STARK

2024

Abitur

Original-Prüfungsaufgaben
mit Lösungen

Niedersachsen

Erdkunde

STARK

19. neu bearbeitete und ergänzte Auflage
www.stark-verlag.de

Inhaltsverzeichnis

Vorwort

Hinweise und Tipps zur Abiturprüfung

Übungsaufgaben

Abiturrelevante Original-Prüfungsaufgaben vergangener Jahre (Auswahl)

Raummodul 1: Deutschland in Europa

Raummodul 2: Nordafrika und Vorderasien (Orient)

Raummodul 10: Australien und Ozeanien

➡ **Farbabbildungen zu den Original-Prüfungsaufgaben auf MyStark**

Abiturprüfungsaufgaben 2023 .... **www.stark-verlag.de/mystark**
Sobald die Original-Prüfungsaufgaben 2023 freigegeben sind, können Sie sie als PDF auf der Plattform MyStark herunterladen (Zugangscode vgl. vorne im Buch/ Umschlaginnenseite).

Autorinnen und Autoren

ALEXANDER ELBEL: Aufgaben 3, 5
KLAUS HANTELMANN: Lösungen Aufgaben 6, 7
RAINER HAWMANN: Lösungen Aufgaben 9, 10, 11, 13
SABINE RÖBEN: Hinweise und Tipps zum Zentralabitur (S. I bis XIV)
REDAKTION: Hinweise und Tipps zum Zentralabitur (S. XIV bis XX); Aufgabe 2; Lösung Aufgabe 14
THOMAS STIGLER: Aufgabe 1
DR. KLAUS ZEHNER: Aufgabe 4; Lösungen Aufgaben 8, 12

Vorwort

Liebe Schülerinnen und Schüler,

Sie haben **Erdkunde** als Fach mit grundlegendem oder erhöhtem Anforderungsniveau als Prüfungsfach gewählt. Dieses Buch bietet Ihnen die Möglichkeit, sich optimal auf das Zentralabitur vorzubereiten.

Das einführende Kapitel „**Hinweise und Tipps zum Zentralabitur**"
- informiert Sie über die offiziellen Vorgaben,
- macht Sie mit den unterschiedlichen Arbeitsanweisungen (Operatoren) vertraut und erläutert die Schwierigkeitsstufen (Anforderungsbereiche) jeder Aufgabe.
- gibt wertvolle **Tipps**, wie Sie die gestellten Aufgaben am besten lösen können,
- informiert über alles Wissenswerte zur **mündlichen Prüfung** im Fach Erdkunde und zur Prüfungsvariante „Präsentationsprüfung".

Der anschließende **Übungsteil**
- stellt Ihnen mehrere praxiserprobte **abiturähnliche Übungsaufgaben** zu den für das **Abitur 2024 festgelegten Raummodulen** zur Auswahl. Die Aufgaben berücksichtigen die unterschiedlichen Anforderungen von mündlicher Prüfung, grundlegendem bzw. erhöhtem Anforderungsniveau.
- Anhand von **Original-Prüfungsaufgaben** aus den letzten Jahren haben Sie dann reichlich Gelegenheit zum Üben des „Ernstfalls".
- Zu jeder Aufgabe finden Sie ausführliche **Lösungsvorschläge** und konkrete **Tipps** zur Bearbeitung. Die Lösungen wurden im Auftrag des Verlags erstellt, nicht vom Land Niedersachsen.

Sollten nach Erscheinen dieses Bandes noch wichtige Änderungen in der Abitur-Prüfung vom Kultusministerium bekannt gegeben werden, finden Sie aktuelle Informationen dazu im Internet unter: *www.stark-verlag.de/mystark*

Lernen Sie gerne am PC, Tablet oder Smartphone? Auf der nächsten Seite finden Sie Hinweise zu den digitalen Zusätzen zu diesem Band.

Die Autorinnen und Autoren wünschen Ihnen eine effektive Abiturvorbereitung
und viel Erfolg bei der Abiturprüfung!

Hinweise zu den digitalen Zusätzen

Auf alle digitalen Zusätze können Sie online über die Plattform **MyStark** zugreifen. Ihren persönlichen Zugangscode finden Sie auf der Umschlaginnenseite.

PDF der Original-Prüfungsaufgaben 2023
Sobald die Original-Prüfungsaufgaben 2023 freigegeben sind, können Sie sie als PDF auf der Plattform MyStark herunterladen. Hier finden Sie auch die gekennzeichneten Abbildungen in Farbe.

Lernvideos
Die Auswertung geographischer Materialien wie Bilder, Karten und Diagramme ist ein wichtiger Bestandteil aller Klausuren. Mithilfe der **Lernvideos zum richtigen Umgang** damit können Sie sich optimal auf das Lösen von Aufgaben vorbereiten. Zusätzlich gibt es ein Video mit hilfreichen Tipps zur mündlichen Abiturprüfung.

Interaktives Grundlagentraining mit Glossar
Das Online-Training ermöglicht die **Wiederholung wichtiger Inhalte**. Alle Aufgaben können direkt am PC oder Tablet bearbeitet werden, Sie erhalten dann sofort eine Rückmeldung zu Ihren Antworten. Folgende Themengebiete sind enthalten:

- Klimageographie
- Ressourcen
- Landwirtschaft
- Industrie
- Dienstleistungen
- Bevölkerungsgeographie
- Siedlungsgeographie
- Mobilität – Migration, Pendlerwesen, Tourismus
- Globalisierung und Weltwirtschaft
- Unterschiedliche Entwicklung in der „Einen Welt“

Ein **Glossar** ermöglicht Ihnen das Nachschlagen wichtiger Fachbegriffe.

HINWEISE UND TIPPS

Hinweise und Tipps zur Abiturprüfung

1 Rahmenbedingungen

Das Fach Erdkunde kann in der **Qualifikationsphase** der gymnasialen Oberstufe
- fünfstündig als Prüfungsfach auf erhöhtem Anforderungsniveau,
- dreistündig als Prüfungsfach auf grundlegendem Anforderungsniveau oder
- dreistündig als Ergänzungsfach

angeboten werden.

In Niedersachsen werden die Prüfungsaufgaben für die schriftlichen Abiturprüfungen **zentral** gestellt. Die mündlichen Prüfungen werden dezentral organisiert. Grundlage für das Abitur sind die von der Kultusministerkonferenz verabschiedeten sogenannten **EPA**, die **E**inheitlichen **P**rüfungsanforderungen in der **A**biturprüfung, sowie das **Kerncurriculum Erdkunde** für das Gymnasium – gymnasiale Oberstufe, die Gesamtschule – gymnasiale Oberstufe, das Abendgymnasium und das Kolleg (KC, 2017).

In der schriftlichen Abiturprüfung können Sie zwischen **zwei Prüfungsaufgaben wählen**. Für die Auswahl haben Sie maximal 30 Minuten Zeit. Die anschließende Bearbeitungszeit für die Prüfungsaufgaben beträgt im Schwerpunktfach mit **erhöhtem Anforderungsniveau 270 Minuten** bzw. im Prüfungsfach mit **grundlegendem Anforderungsniveau 220 Minuten**. Im dreistündigen Ergänzungsfach gibt es keine Prüfungen.

Sowohl für das grundlegende als auch für das erhöhte Anforderungsniveau gelten die gleichen Vorgaben zum Zentralabitur. Die Anforderungen unterscheiden sich laut EPA vor allem im Hinblick auf
- die Komplexität des Stoffes,
- den Grad der Differenzierung und Abstraktion der Inhalte und Begriffe,
- im Anspruch an die Methodenbeherrschung und
- in der Selbstständigkeit der Lösung und Reflexion von Problemen.

Grundlage der Abiturprüfung ist das **Kerncurriculum**[1]. Hier wird u. a. genau erläutert, welche Kompetenzen von Ihnen im Abitur erwartet werden. Dabei sind die **prozessbezogenen und die inhaltsbezogenen Kompetenzen** zu unterscheiden, die jedoch eng miteinander verflochten sind.

Bei den **prozessbezogenen Fähigkeiten und Fertigkeiten** geht es um **übertragbare Verfahren und Methoden**, die Sie seit der 5. Klasse erarbeitet und eingeübt haben. Im Einzelnen werden hierbei folgende Kompetenzbereiche unterschieden[2]:

- **Erkenntnisgewinnung durch Methoden**, d. h. Fähigkeit, Schritte zur Erkenntnisgewinnung in der Erdkunde anzuwenden und dadurch Informationen im Realraum sowie aus Medien zu gewinnen und zu verstehen (z. B. Informationen gewinnen durch Analyse von Karten, Grafiken, Diagrammen, Tabellen, Sachtexten).
- **Kommunikation**, d. h. Fähigkeit, geographische Sachverhalte zu verstehen, zu versprachlichen und zu präsentieren (z. B. Sachverhalte und Darstellungen unter Verwendung der Fachsprache, sachlogisch geordnet und in komplexen Zusammenhängen beschreiben).
- **Beurteilung und Bewertung** (z. B. Stellung nehmen zu Leitbildern, Normen und Konventionen oder raumprägende Faktoren hinsichtlich ihrer Wirkung bewerten oder Räume auf der Grundlage wirksamer Faktoren bewerten).

Außerdem wird erwartet, dass Sie über die Kompetenz der **räumlichen Orientierung** verfügen. Da Sie während des Abiturs den eingeführten Atlas benutzen dürfen, sollten Ihnen folgende Fertigkeiten zur räumlichen Orientierung keine Probleme bereiten:

- das Lokalisieren geographischer Objekte in Karten, Luftbildern und Satellitenaufnahmen,
- das Beschreiben von Lagebeziehungen sowie Größenverhältnissen und Entfernungen im lokalen, regionalen und globalen Kontext,
- das Vergleichen von räumlichen Bezugszusammenhängen auf unterschiedlichen Maßstabsebenen.

Die **inhaltlichen Kompetenzen** beziehen sich auf **Fachwissen** zu bestimmten Inhaltsbereichen. Diese gliedern sich in vier für das Abitur verbindliche **Fachmodule**.

---

1 Das Kerncurriculum kann als PDF-Datei unter folgendem Link vom Niedersächsischen Bildungsserver (NIBIS) heruntergeladen werden: *http://www.cuvo.nibis.de*

2 Sofern nicht anders gekennzeichnet, alle folgenden Informationen nach Niedersächsisches Kultusministerium, Kerncurriculum für das Gymnasium – gymnasiale Oberstufe, die Gesamtschule, gymnasiale Oberstufe das berufliche Gymnasium, das Abendgymnasium, das Kolleg, Erdkunde, 2017.

2.1 Fachmodule[3]

Fachmodul 1: Raumprägende Faktoren und raumverändernde Prozesse

- Physisch-geographische Faktoren (Klima, Relief, Boden, Wasser, Vegetation, Rohstoffe, Tektonik)
- Grundzüge der naturräumlichen Gliederung
- Anthropogeographische Faktoren (z. B. politische Gliederung, Religion, Ethnien, Sprachen)
- Demographische Strukturen und Entwicklungen
- Aspekte der Mobilität (z. B. Pendlerbewegungen, Migration, Tourismus)
- Ursachen und Auswirkungen des Klimawandels
- *Eingriffe in Ökosysteme**[4]

Fachmodul 2: Bedeutungswandel von Räumen

- Indikatoren des Entwicklungsstandes und Entwicklungsstrategien
- Sozial- und wirtschaftsräumliche Disparitäten
- Auswirkungen des Strukturwandels in Landwirtschaft, Industrie, Dienstleistungen
- Wachstumsimpulse, vor allem durch Neue Technologien und Tourismus
- Ursachen und Erscheinungsformen regionaler, internationaler und globaler Verflechtungen
- Stellenwert von Räumen in der Weltwirtschaft (u. a. SWOT-Analyse)
- *Erklärungsansätze wirtschaftlicher Prozesse (z. B. Kondratieff, Postfordismus, Produkt-Lebenszyklus)**

Fachmodul 3: Ressourcennutzung und nachhaltige Entwicklung

- (Nachhaltige) Ressourcen- und Energienutzung
- Entwicklungspotenziale und -perspektiven
- Globale Schädigungsmuster (Syndromansatz)
- Anforderungen und Maßnahmen der nachhaltigen Raumnutzung (z. B. Aufforstung, Umsiedlung)
- Nachhaltiges Verbraucherverhalten (u. a. Fairer Handel, Sharing Systeme)
- Nachhaltigkeitsbewertung (u. a. Ökobilanzen, Dimensionen der Nachhaltigkeit)
- *Agrarische Tragfähigkeit und Ernährungssicherung**

Fachmodul 4: Siedlungsentwicklung und Raumordnung

- Entwicklungen in städtischen Räumen (u. a. Suburbanisierung, Gentrifizierung, *Shrinking City*)
- Grundzüge der Raumordnung für ländliche und städtische Räume (z. B. Zentralität, Regionalisierung)
- Konzepte der Stadtentwicklung (u. a. Stadterneuerung, nachhaltige Stadtentwicklung)
- *Nachhaltige Verkehrssysteme**

---

3 Vgl. KC und *https://www.nibis.de/uploads/mk-bolhoefer/2024/09ErdkundeHinweise2024.pdf.*

4 Die kursiv gedruckten und durch Sternchen gekennzeichneten inhaltlichen Schwerpunkte sind in den Kursen auf erhöhtem Anforderungsniveau zu behandeln.

2.2 Raummodule im Überblick

Die **vier verbindlichen Fachmodule** werden anhand von **elf Raummodulen** konkretisiert.

1. Deutschland in Europa
2. Nordafrika und Vorderasien (Orient)
3. Afrika südlich der Sahara (Subsahara-Afrika)
4. Lateinamerika
5. Angloamerika
6. Russland und asiatische Nachfolgestaaten der Sowjetunion
7. Südasien
8. Ostasien
9. Südostasien
10. Australien und Ozeanien
11. Weltmeere als Zukunftsraum

Das Raummodul 1 „Deutschland in Europa" gilt für jeden Jahrgang als verbindliches Thema. Zwei weitere Raummodule werden aus den verbliebenen 10 Raummodulen jährlich wechselnd durch das Kultusministerium festgelegt.

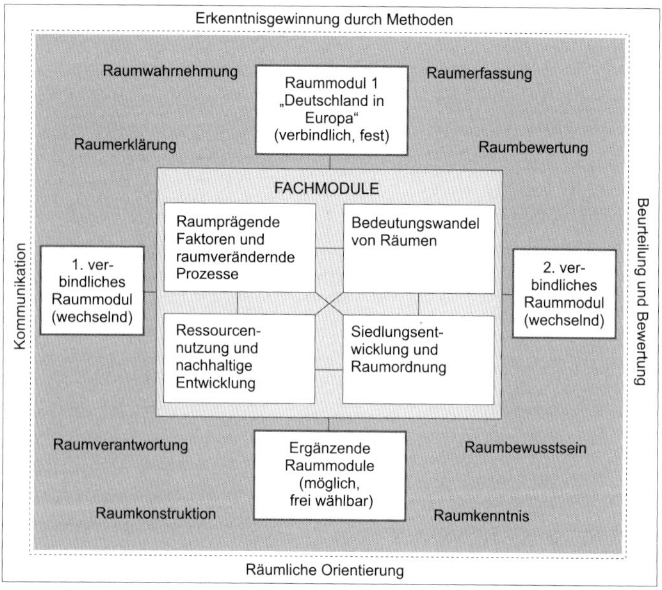

Vernetzung von Fach- und Raummodulen sowie Kompetenzbereichen (aus: KC, S. 11)

2.3 Raummodule 2024

Für den **Abiturjahrgang 2024** wurden folgende Raummodule ausgewählt[5]:

Raummodul 1: Deutschland in Europa

Inhaltliche Schwerpunkte:

- Bevölkerungsverteilung, -struktur und -entwicklung
- Strukturwandel in Landwirtschaft, Industrie und Dienstleistungen
- Stadtentwicklung im 20./21. Jh.
- Probleme und Perspektiven zentraler und peripherer Räume in Deutschland und Europa (u. a. Gunst- und Ungunstfaktoren von Agglomerationen, Tourismus als Chance peripherer Räume)
- Deutschlands und Europas Stellung in der globalisierten Wirtschaft
- *Aufgaben und Instrumente der Raumplanung (u. a. grenzüberschreitende Entwicklung)**

Raummodul 2: Nordafrika und Vorderasien (Orient)

Inhaltliche Schwerpunkte:

- Entwicklungsprozesse in der Landwirtschaft (u. a. Bewässerungsfeldbau, Rentenkapitalismus, Nomadismus)
- Ressourcen Erdgas, Erdöl und Wasser als Entwicklungsfaktoren und Konfliktpotenzial
- Investitionen in die Zukunftssicherung (z. B. ADI, Eventförderung)
- Tourismus als Entwicklungsfaktor
- *Die orientalische Stadt im Wandel**

Raummodul 10: Australien und Ozeanien

Inhaltliche Schwerpunkte:

- Demographische Strukturen und Entwicklungen
- Nutzungsformen und Nachhaltigkeitsprobleme (Landwirtschaft, Bergbau, Tourismus)
- Australiens Rolle in der Weltwirtschaft
- Herausforderungen des Klimawandels
- *Indigene Bevölkerung in Australien und Ozeanien**[6]

---

5 Vgl. *https://www.nibis.de/uploads/mk-bolhoefer/2024/09ErdkundeHinweise2024.pdf.*

6 Die kursiv gedruckten und durch Sternchen gekennzeichneten inhaltlichen Schwerpunkte sind in den Kursen auf erhöhtem Anforderungsniveau zu behandeln.

2.4 Anforderungsbereiche (AFB)

In den EPA werden die drei für die Oberstufe wichtigen **Anforderungsbereiche** (AFB) näher erläutert. Die AFB sind wichtig für die die Aufgabenstellung sowie für die **Bewertung** von Prüfungsleistungen (siehe Abschnitt 4.2).
Die folgende Übersicht skizziert die AFB und ordnet sie den üblichen Handlungsanweisungen bzw. Operatoren zu (nähere Erläuterungen zu den Operatoren finden Sie im Abschnitt 3.2). In jeder Klausur müssen alle drei AFB abgedeckt werden, wobei der **Schwerpunkt der Aufgaben im AFB II** liegt.

Anforderungsbereich	Inhaltsbezogene Fähigkeiten und Kenntnisse	Methodenbezogene Fähigkeiten und Kenntnisse	Handlungsanweisungen/ Operatoren
AFB I	Reproduktion und Reorganisation; Kennen räumlicher Strukturen; Organisationsformen und Prozesse	Gegliederte und sprachlich korrekte Darstellung (vgl. Abschnitt 3.2)	beschreiben, darstellen, gliedern, wiedergeben, zusammenfassen
AFB II	Selbstständige Analyse auf Grundlage des Gelernten; Anwenden auf neue, vergleichbare Zusammenhänge; Transfer	s. o. Übertragung geübter Methoden und Vorgehensweisen auf neue Inhalte (vgl. Abschnitt 3.2)	analysieren, charakterisieren, einordnen, erklären, erläutern, vergleichen
AFB III	Problemerkennendes, problemlösendes und reflektierendes Denken und Argumentieren	s. o. (vgl. Abschnitt 3.2)	begründen, beurteilen, entwickeln, erörtern, Stellung nehmen, überprüfen

3 Die schriftliche Abiturprüfung im Fach Erdkunde

3.1 Auswahl des Prüfungsthemas

Sie haben **30 Minuten Zeit**, um sich für eines der zur Auswahl gestellten Themen zu entscheiden. Deshalb sollten Sie üben, in dieser Zeit Aufbau und Materialien zweier Klausuren im Wesentlichen erfassen zu können.
Jede Prüfungsaufgabe bezieht sich in der Regel auf einen geographischen Raum und/oder ein bestimmtes Thema. Schon aus der **Überschrift** können Sie also in der Regel entnehmen, um welchen Raum es sich handelt und wo der geographische Schwerpunkt des Themas liegt (z. B. Landwirtschaft oder Industrie bzw. Dienstleistungen, Bevölkerung, Entwicklungspolitik oder Stadt- und Raumplanung).
Auch wenn Sie nach dem Lesen der Überschriften schon zu einer Vorentscheidung tendieren, sollten Sie die Teilaufgaben und Materialien **genau ansehen**. Überprüfen Sie, ob Ihnen die Materialien aussagekräftig erscheinen, ob es geeignete Karten im Atlas zu diesem Thema gibt und ob ähnliche Fragestellungen zu einem vergleichbaren Raum im Unterricht behandelt wurden. Fällen Sie erst dann Ihre Entscheidung!

3.2 Operatoren

Um Ihnen Sicherheit zu geben, was von Ihnen erwartet wird, finden Sie in jeder Teilaufgabe eine Arbeitsanweisung, die als Aufforderung verfasst ist – den sogenannten **Operator**. Die meisten Operatoren wie „beschreiben“ oder „charakterisieren“ verlangen eine **durchgehend formulierte Antwort**. Bitte vermeiden Sie Stichwörter hinter Pfeilen ebenso wie unverbundene Auflistungen hinter Spiegelstrichen.
Im Folgenden finden Sie eine Zusammenstellung der für das niedersächsische Zentralabitur im Fach Erdkunde relevanten Operatoren, die in den drei Fächern Erdkunde, Geschichte und Politik gleichermaßen gelten (Quelle: Kerncurriculum, S. 32 f.)

Operatoren, die Leistungen im AFB I verlangen:	
beschreiben	strukturiert und fachsprachlich angemessen Materialien vorstellen und/oder Sachverhalte darlegen
darstellen	Sachverhalte detailliert und fachsprachlich angemessen aufzeigen
gliedern	einen Raum, eine Zeit oder einen Sachverhalt nach selbst gewählten oder vorgegebenen Kriterien systematisierend ordnen
wiedergeben	Kenntnisse (Sachverhalte, Fachbegriffe, Daten, Fakten, Modelle) und/oder (Teil-)Aussagen mit eigenen Worten sprachlich distanziert, unkommentiert und strukturiert wiedergeben
zusammenfassen	Sachverhalte auf wesentliche Aspekte reduzieren und sprachlich distanziert, unkommentiert und strukturiert wiedergeben

Beispiel: *Beschreiben Sie den sozioökonomischen Entwicklungsstand Norwegens.* (EA 2021)

Operatoren, die Leistungen im AFB II verlangen:	
analysieren	Materialien, Sachverhalte oder Räume beschreiben, kriterienorientiert oder aspektgeleitet erschließen und strukturiert darstellen
charakterisieren	Sachverhalte in ihren Eigenarten beschreiben, typische Merkmale kennzeichnen und diese dann gegebenenfalls unter einem oder mehreren bestimmten Gesichtspunkten zusammenführen
einordnen	begründet eine Position/Material zuordnen oder einen Sachverhalt begründet in einen Zusammenhang stellen
erklären	Sachverhalte so darstellen – gegebenenfalls mit Theorien und Modellen –, dass Bedingungen, Ursachen, Gesetzmäßigkeiten und/oder Funktionszusammenhänge verständlich werden
erläutern	Sachverhalte erklären und in ihren komplexen Beziehungen an Beispielen und/oder Theorien verdeutlichen (auf Grundlage von Kenntnissen bzw. Materialanalyse)
vergleichen	Gemeinsamkeiten, Ähnlichkeiten und Unterschiede von Sachverhalten kriterienorientiert darlegen

Beispiel: *Erläutern Sie Zusammenhänge zwischen der Landwirtschaft in Deutschland und dem Klimawandel.* (GA 2021)

Operatoren, die Leistungen im AFB III verlangen:	
begründen	komplexe Grundgedanken durch Argumente stützen und nachvollziehbare Zusammenhänge herstellen
beurteilen	den Stellenwert von Sachverhalten oder Prozessen in einem Zusammenhang bestimmen, um kriterienorientiert zu einem begründeten Sachurteil zu gelangen
entwickeln	zu einem Sachverhalt oder zu einer Problemstellung eine Einschätzung, ein konkretes Lösungsmodell, eine Gegenposition oder ein begründetes Lösungskonzept darlegen
erörtern	zu einer vorgegebenen Problemstellung eine reflektierte, abwägende Auseinandersetzung führen und zu einem begründeten Sach- und/oder Werturteil kommen
Stellung nehmen	Beurteilung mit zusätzlicher Reflexion individueller, sachbezogener und/oder politischer Wertmaßstäbe, die Pluralität gewährleisten und zu einem begründeten eigenen Werturteil führen
überprüfen	Inhalte, Sachverhalte, Vermutungen oder Hypothesen auf der Grundlage eigener Kenntnisse oder mithilfe zusätzlicher Materialien auf ihre sachliche Richtigkeit bzw. auf ihre innere Logik hin untersuchen

Beispiel: *Beurteilen Sie, inwiefern der Bergbau für Port Hedland und die Pilbara-Region eine Perspektive bietet.* (GA 2019)

3.3 Zeitökonomische Bewältigung der Klausur

Auch wenn Sie nur begrenzt Zeit haben: Beginnen Sie nicht zu schnell mit der Reinschrift der Klausur. Wichtig ist, dass Sie vorher **alle Aufgaben und Materialien gründlich lesen**. Nur so können Sie Gesamtzusammenhänge erfassen und Querbezüge zwischen den Aufgaben herstellen.

TIPP: Beim **Sichten des Materials** empfiehlt es sich, mit Textmarkern zu arbeiten und damit in Texten, Diagrammen und Tabellen wichtige Aussagen und Zahlen zu unterstreichen. Ist in einer Aufgabe eine Erörterung oder Diskussion verlangt, sollten Sie zwei Farben für mögliche Pro- und Kontra-Argumente verwenden.
Markieren Sie, welche Inhalte der Materialien zu welchen Teilaufgaben passen, und machen Sie sich strukturierte **Notizen** mit Schlüsselbegriffen!

Suchen Sie mithilfe des Registers **passende thematische Karten im Atlas** und notieren bzw. markieren Sie diese ebenfalls (z. B., indem Sie sie mit Papierstreifen oder Haftnotizzetteln einmerken). Dadurch vermeiden Sie wiederholtes Suchen. Bedenken Sie bei der Suche nach geeigneten Karten aber auch bereits, was Sie in der zur Verfügung stehenden Zeit schreiben können. Zu viele Details bei den Anfangsaufgaben kosten Zeit, die Ihnen eventuell bei der letzten Teilaufgabe für grundlegende Aussagen fehlt.

Schreiben Sie auf keinen Fall einfach „drauflos", sondern überlegen Sie sich zunächst ein **Grundkonzept**, in dem Sie Strukturierungsideen, wichtige Materialstellen, Atlaskarten und mögliche Querbezüge festhalten. Insgesamt sollte die Erstellung dieses Grundkonzepts jedoch nicht mehr als ein Fünftel der gesamten Arbeitszeit in Anspruch nehmen.
Für die weitere Bearbeitung setzen Sie sich einen festen **Zeitplan**, damit Sie am Ende noch genügend Zeit für die letzte Aufgabe oder für das Korrekturlesen haben.

TIPP: Lassen Sie hinter jeder Teilaufgabe für eventuelle **nachträgliche Zusätze** ausreichend Platz! So können Sie, falls Sie früher fertig werden, Ihre Ausführungen zu bestimmten Aufgaben noch ergänzen. Zusätze, die im Anschluss an Ihren Lösungsvorschlag keinen Platz mehr haben, sollten Sie genau kenntlich machen und am Ende der Klausur bzw. auf einem Extrablatt anfügen.

Am Schluss sollten Sie noch mindestens 10 bis 20 Minuten einplanen, um Ihren Text **korrekturzulesen** und formale Fehler (Grammatik, Zeichensetzung, Rechtschreibung) zu berichtigen. Sie können jetzt auch noch Zwischenüberschriften ergänzen oder hervorheben. Beachten Sie, dass für eine mangelhafte **äußere Form** ein bis zwei Notenpunkte abgezogen werden dürfen! Eine lesbare Schrift und eine übersichtliche Gestaltung sind deshalb besonders wichtig.

3.4 Strukturierung

Bei der **Strukturierung** sollten Sie unbedingt die Reihenfolge der Teilaufgaben einhalten. Jede Teilaufgabe sollte eine Einleitung und ein Fazit enthalten. In der Einleitung können Sie kurz umreißen,

- was inhaltlich verlangt ist,
- wie Sie die Aufgabe strukturieren werden (s. u.),

welche Materialien Sie dazu verwenden werden.

Diese Vorgehensweise hilft Ihnen dabei, die Aufgabenstellung genau zu erfassen und nicht am Thema „vorbeizuschreiben". Ausführungen, die nicht passen, führen bei der Korrektur nämlich zu Punktabzug.

Prüfen Sie bei den Teilaufgaben, ob diese nicht schon **Strukturierungshilfen** enthalten, die Sie bei der Gliederung Ihrer Antworten übernehmen können.

Beispiel: Im Abitur 2021 (EA) lautete eine Teilaufgabe: *Erläutern Sie Struktur und Bedeutung des Energiesektors Norwegens sowie den dortigen Energieverbrauch.* Die Stichworte „Struktur des Energiesektors", „Bedeutung des Energiesektors" und „Energieverbrauch Norwegens" sollten Sie unbedingt als Strukturierungsschema übernehmen; Sie können diese auch optisch als **Zwischenüberschriften** einfügen.

Oft enthalten die Aufgaben Ihnen bekannte **Schlüsselbegriffe**, für deren Untergliederung Sie bereits im Unterricht Schemata entwickelt haben.

1. Beispiel: *Beschreiben Sie Lage und Naturpotenzial Neuseelands.*

Hier sollten Sie wissen, dass zur **Lagebeschreibung** i. d. R.folgende Punkte gehören:

- Lage im Großraum (Kontinent, Staat, Bundesland o. ä.) und im Gradnetz
- naturräumliche Lage
- Grenzen, Nachbarstaaten o. ä.
- verkehrsräumliche Lage
- ggf. politische Lage (Staatsform, Mitgliedschaft zu Organisationen)

Beachten Sie dabei aber, dass die Lagebeschreibung im Hinblick auf Ihr Thema auch ergiebig sein muss. Wenn Sie sich z. B. mit der Raumordnung einer deutschen Stadt befassen, spielt die Einordnung dieser Stadt ins Gradnetz oder in eine Geozone i. d. R. keine Rolle. Arbeiten Sie also nicht einfach Ihr Wissen ab, sondern wählen Sie gezielt die für Ihr Thema relevanten Aspekte aus.

Wenn es um das **Naturpotenzial** (= physische Strukturmerkmale)/Geopotenzial/Geofaktoren geht, sind dazu folgende Aspekte zu zählen:

- Relief und Hydrologie
- Geologie und mineralische Rohstoffe
- Klima und potenzielle natürliche Vegetation
- Böden

Beachten Sie auch bei solchen Aufgaben immer den **Gesamtzusammenhang**. Geht es in den folgenden Teilaufgaben um landwirtschaftliche und/oder ökologische Fragestellungen, sind Klima und Boden sicherlich ausführlicher darzustellen als bei siedlungs- oder industriegeographisch ausgerichteten Aufgaben.

Häufig wird, z. B. in Teilaufgabe 1 oder 2, die Beschreibung oder Erläuterung von **natürlichen Standortbedingungen** oder **natürlichen Standortfaktoren** verlangt. Hier sollten Sie zunächst prüfen, ob die weiteren Teilaufgaben eher einen industriellen oder einen landwirtschaftlichen Schwerpunkt haben, und Ihre Ausführungen daraufhin abstimmen. Für eine **Klausur mit Schwerpunkt auf der Agrarwirtschaft** sind Relief, Klima, natürliche Vegetation und Bodeneigenschaften die entscheidenden natürlichen Standortfaktoren. Für die **industrielle Entwicklung** eines Landes bzw. einer Region spielen dagegen eher folgende Aspekte eine Rolle:

- das Rohstoffangebot
- das Relief in Bezug auf potenzielle Flächenverfügbarkeit
- die Hydrologie bezüglich der Verkehrsgunst (schiffbare Flüsse, Meeresnähe)
- eventuell die tektonische Situation und damit verbundene Gefahren
- Klima und Attraktivität der umgebenden Landschaft (weiche Standortfaktoren)

2. Beispiel: *Beschreiben Sie die demographische Entwicklung Australiens.*
Auch hier sollten Sie sich grundsätzlich klarmachen, welche Aspekte überhaupt zur demographischen Situation bzw. Entwicklung eines Landes gehören. Diese Gesichtspunkte können als Strukturierungshilfe oder Zwischenüberschriften dienen, z. B.:

- Gang der Besiedelung/Einwanderung
- Bevölkerungsdichte
- Natürliches Bevölkerungswachstum (positiv oder negativ) in Abhängigkeit von Geburten-, Sterberate und Lebenserwartung
- Bevölkerungswanderungen (Migration)
- Altersstruktur
- Minderheiten

3. Beispiel: *Charakterisieren Sie den Entwicklungsstand Marokkos.*
Hier können Sie z. B. nachfolgenden Faktoren gliedern:

- Allgemeine Einordnung mithilfe des HDI
- Demographische Kriterien (z. B. Wachstumsrate, Lebenserwartung, Geburten-, Sterberate, Säuglingssterblichkeit)
- Soziokulturelle Kriterien (z. B. medizinische Versorgung, Einwohner pro Arzt, Nahrungsmittelversorgung, Analphabetenquote, Anzahl von PKWs oder Internetanschlüsse pro 1 000 Einwohner)
- Ökonomische bzw. wirtschaftliche Kriterien (z. B. BIP, BIP/Kopf, Arbeitslosenquote, Inflationsrate, Wirtschaftswachstum in %, Anteil der Sektoren am BIP bzw. bei den Erwerbstätigen, Infrastruktur, Energieverbrauch)
- Politische Kriterien (Staatsform, politische Stabilität, Umweltstandards)

Wichtig ist bei all diesen Gliederungshilfen, dass trotz der Strukturierung Zusammenhänge zwischen den einzelnen Faktoren deutlich gemacht werden.

In einem abschließenden **Fazit** sollten Sie die Hauptaussagen der Teilaufgabe noch einmal zusammenfassen.

3.5 Arbeit mit dem Atlas

Der Atlas, den Sie auch im Abitur benutzen dürfen, ist ein unentbehrliches Hilfsmittel. Wenn Sie eine bestimmte Atlaskarte suchen, kann Ihnen folgendes Schema weiterhelfen:

Wo finde ich zu einem bestimmten Raum eine Karte?	Auf der **Umschlaginnenseite** Ihres Atlas finden Sie Übersichtskarten zu Deutschland, Europa und der Welt, die Ihnen mit konkreten Seitenangaben weiterhelfen.
Wie finde ich eine passende thematische Karte zum Thema meiner Aufgabe?	Eine erste Orientierung bietet das **Regionalregister** (meist zu Beginn des Kartenwerks). Hier sind die Kartentitel nach Großräumen, Ländern und Erdteilen geordnet. Eine Ordnung nach Sachgruppen und Themen (z. B. Klima/Wetter, Boden/Vegetation) bietet das **thematische Register**. Es befindet sich meist am Anfang des Kartenwerks. Sie können auch gezielt im **Sachwortregister** (in der Regel am Ende des Kartenwerks) nachschlagen.
Wie kann ich ein unbekanntes topographisches Merkmal (Ort, Gewässer, Land) schnell finden?	Im **alphabetischen Ortsregister** am Ende des Kartenwerks sind alle im Atlas genannten Namen verzeichnet.

Da der Diercke Weltatlas in Niedersachsen sehr weit verbreitet ist, beziehen sich die meisten Angaben in diesem Buch auf diesen Atlas. Alle Prüfungsklausuren müssen aber auch mit anderen Schulatlanten zu bearbeiten sein.

Egal mit welchem Atlas bzw. welcher Auflage gearbeitet wird: Wichtig ist, dass Sie immer die Seitenzahl der benutzten Atlaskarte und die Kartennummer in Klammern angeben, wenn Sie daraus Informationen entnommen haben.

Beispiel: *In Pilbara findet man als mineralische Rohstoffe vor allem Eisenerz vor (Diercke Weltatlas 2016, S. 202).*

3.6 Auswertung der Materialien

Die Erdkundeklausuren enthalten neben **Karten** meist Informationen in Form von **Texten, Diagrammen und Tabellen**. Hierbei ist vor allem zu beachten, dass Sie diese Materialien geschickt miteinander **verknüpfen** und sie nicht losgelöst von der Aufgabe einzeln „abarbeiten".
Wichtig ist außerdem, dass Sie in der Klausur genaue **Materialhinweise** geben, d. h. in Klammern angeben, welchem Material Sie die zitierte Information entnommen haben. Bei Texten nennen Sie bitte auch die **Zeilenangaben** und vergessen Sie nicht, dass **wörtliche Zitate in Anführungszeichen** gesetzt werden müssen.

3.7 Bewertung der Prüfungsaufgaben

Bewertungskriterien

Bei der Bewertung der Prüfungsklausuren werden zunächst alle Teilaufgaben einzeln mit Notenpunkten bewertet. Deshalb ist es besonders wichtig, dass Sie **alle Aufgaben bearbeiten**, da eine völlig unbearbeitete Teilaufgabe mit 0 Punkten bewertet werden muss. Aus der Bewertung der Teilaufgaben setzt sich nach vorgegebener Gewichtung der Teilaufgaben die Gesamtpunktzahl zusammen. Auf den AFB II entfällt dabei in der Regel das größte Gewicht.

Es werden
- inhaltliche,
- methodische und
- sprachliche Leistungen

berücksichtigt und als Gesamtheit erfasst (vgl. EPA, S. 12).

Inhaltlich spielen sowohl
- die **Qualität**, d. h. die Genauigkeit, Abstraktion und Differenziertheit der Aussagen zum Thema,
- als auch die **Quantität**, d. h. Umfang der Kenntnisse und Vielfalt der Aspekte und Bezüge,

eine entscheidende Rolle.

Methodisch sind besonders wichtig:
- Übersichtlichkeit der **Gliederung**,
- Beachtung der Anforderungen der Aufgabe, insbesondere der Operatoren,
- Herstellung von **Materialbezügen** und sichere Auswertung der Materialien, ohne die Materialien einfach hintereinander „abzuarbeiten",
- Souveränität beim Umgang mit dem **Atlas** als wichtigem Quellenmaterial,
- Anwendung **fachspezifischer Verfahren** (z. B. bei der Auswertung von Tabellen und Diagrammen),
- **Logik der Gedankenführung** ohne Widersprüche und Gedankensprünge, aber mit sinnvollen **Überleitungen**.

Sprachlich sind entscheidend:
- Beherrschung der **Fachsprache**,
- **Anspruchsniveau** der Formulierungen (Klarheit und Eindeutigkeit der Aussagen, Treffsicherheit),
- Qualität der Formulierung bei Zusammenfassungen am Ende der Aufgabe,
- **sprachliche Richtigkeit** (Grammatik, Rechtschreibung, Zeichensetzung).

Beachten Sie, dass auch die **äußere Form** Einfluss auf die Notengebung hat und bei Mängeln ein bis zwei Notenpunkte abgezogen werden dürfen!

Rolle der Anforderungsbereiche und Mindestanforderungen

Bei der Gewichtung der Teilaufgaben spielt das Anspruchsniveau eine Rolle. So kann eine Klausur nur dann als „**Sehr gut**" beurteilt werden, wenn sie auch entsprechende

Leistungen im Anforderungsbereich III aufweist. „Auch ein als ‚**Gut**' beurteiltes Prüfungsergebnis verlangt mindestens ansatzweise Leistungen im Anforderungsbereich III." (EPA, S. 12)
Den **Schwerpunkt** der Klausur bildet aber stets der **Anforderungsbereich II**, der, da er auf grundlegenden Kenntnissen und Fertigkeiten aufbaut, auch immer den Anforderungsbereich I einschließt.

TIPP: Fachliche Kompetenz verlangt Leistungen auf allen drei Ebenen. Also nicht stur „Fakten pauken", sondern üben, den **Gesamtzusammenhang** herzustellen!

Wichtig sind auch die Aussagen der Prüfungsordnung zur Note „**Ausreichend**" (5 Punkte), die mindestens zum Bestehen der Abiturprüfung nötig ist. Danach kann die Note „Ausreichend" nur dann erteilt werden, wenn

- „(...) die Kenntnis wesentlicher Sachverhalte nachgewiesen ist,
- zentrale Aussagen und bestimmende Merkmale des vorliegenden Materials in Grundzügen erfasst sind,
- die Aussagen auf die Aufgabe bezogen sind,
- dabei grundlegende, vorher geübte fachspezifische Verfahren und Begriffe angewendet werden,
- die Darstellung im Wesentlichen sachlogisch und sprachlich angemessen ausgeführt sowie erkennbar geordnet ist." (EPA, S. 12)

4 Die mündliche Abiturprüfung im Fach Erdkunde

4.1 Voraussetzungen

Die mündliche Prüfung findet unter folgenden Voraussetzungen statt:

- Erdkunde ist Ihr **fünftes Prüfungsfach** (auf grundlegendem Anforderungsniveau): In diesem Fall ist im Abitur zwingend eine mündliche Prüfung oder, wenn Sie es wünschen, eine Präsentationsprüfung (siehe unten) vorgesehen. Die mündliche Prüfung findet unmittelbar im Anschluss an alle in der Schule durchgeführten schriftlichen Prüfungen statt.
- Erdkunde ist Ihr **drittes oder viertes Prüfungsfach:** Die Prüfungskommission *kann* nach den Ergebnissen der schriftlichen Prüfung, v. a. bei größeren Abweichungen (ca. 5 Punkte) zu den Semesterbeurteilungen, beschließen, dass Sie in einem oder mehreren dieser Fächer zusätzlich mündlich geprüft werden. Eine entsprechende Mitteilung erfolgt mit der Bekanntgabe der schriftlichen Prüfungsleistungen des Zentralabiturs. Diese zusätzliche mündliche Prüfung darf frühestens vier Werktage nach dieser Bekanntgabe stattfinden.
- Erdkunde ist Ihr **drittes oder viertes Prüfungsfach:** Wenn Sie nach Bekanntgabe des Prüfungsergebnisses überzeugt sind, dass eine zusätzliche mündliche Prüfung sinnvoll ist, haben Sie bis zu einem von der Schule gesetzten Termin den Antrag schriftlich zu stellen. Die Frist beträgt mindestens zwei Werktage.

4.2 Allgemeine Grundsätze

Die mündliche Abiturprüfung ist eine Einzelprüfung, die mindestens 20 und höchstens 30 Minuten dauern soll. Die Prüfung darf sich nicht nur auf Sachgebiete eines Kurshalbjahres beziehen und bei denjenigen, die Erdkunde als schriftliches Prüfungsfach gewählt haben (und eine Nachprüfung absolvieren), keine Wiederholung der schriftlichen Prüfung sein. Die Ihnen gestellte Aufgabe wird also bei einer Nachprüfung – trotz aller erforderlichen Schwerpunktbildung – auf (noch nicht abgeprüfte) Inhalte und Lernbereiche aus mindestens zwei Semestern zurückgreifen.

Die Prüfung findet vor dem zuständigen **Fachprüfungsausschuss** statt, der im Regelfall aus drei stimmberechtigten Mitgliedern besteht: dem Fachprüfungsleiter als Vorsitzendem, dem Prüfer (in der Regel Ihre Erdkunde-Lehrkraft) und dem Protokollführer.

Sie erhalten eine **Vorbereitungszeit von in der Regel 20 Minuten**. Die Vorbereitung findet unter Aufsicht von Lehrkräften der Schule statt. Währenddessen dürfen Sie sich als Grundlage für Ihre Ausführungen Aufzeichnungen anfertigen.

4.3 Aufgabenstellung

Die mündliche Prüfung richtet sich nach den Zielen, Inhalten und Methoden der EPA. Als **dezentraler Prüfungsteil** liegt die inhaltliche Ausgestaltung und Schwerpunktbildung **in der Verantwortung der prüfenden Lehrkraft**, die bei der Aufgabenstellung sehr wahrscheinlich auf Kenntnisse und Fähigkeiten zurückgreifen wird, die Ihnen im Unterricht zu den für das jeweilige Abiturjahr festgelegten schwerpunktmäßig bzw. überblicksartig zu behandelnden Themen und Inhalten vermittelt worden sind. Diese Beschränkung ist allerdings, im Gegensatz zur zentralen schriftlichen Abiturprüfung, nicht zwingend. Ihre Kursleiterin bzw. Ihr Kursleiter kann eine mündliche Prüfung auch zu weiteren, über die vorgegebenen thematischen Schwerpunkte hinausgehenden Unterrichtsinhalten konzipieren.

Als Ausgangspunkt für die mündliche Prüfung dient eine begrenzte, gegliederte, schriftlich formulierte **Aufgabenstellung mit Materialbezug**, die sich in der Konzeption nicht wesentlich von einer schriftlichen Aufgabenstellung unterscheidet. Umfang und Abstraktionsgrad des zu bearbeitenden Materials sowie die Aufgabenstellung (drei bis vier Arbeitsaufträge) sollen Ihnen eine angemessene Erarbeitung während der Vorbereitungszeit ermöglichen.

Die Aufgabenstellung wird so gestaltet sein, dass Sie schon im ersten Teil der Prüfung, also in Ihrem selbstständigen Vortrag (siehe 4.4), **Leistungen in allen drei Anforderungsbereichen** erbringen können. Der **Schwerpunkt** wird dabei – wie bei der schriftlichen Abiturprüfung – im **Anforderungsbereich II** liegen.

4.4 Ablauf der Prüfung

Die mündliche Prüfung besteht aus zwei etwa gleich langen **Teilen:** dem selbstständigen Prüfungsvortrag und dem Prüfungsgespräch.

- Im **Prüfungsvortrag** äußern Sie sich zu der in der Vorbereitungszeit bearbeiteten Aufgabe und stellen Ihre Ergebnisse dar. Die Prüferin bzw. der Prüfer hält sich in diesem Teil der Prüfung weitgehend zurück. Auf Ihre in der Vorbereitungszeit angefertigten Aufzeichnungen dürfen Sie selbstverständlich zurückgreifen. Der Charakter eines Vortrags wird jedoch verfehlt, wenn Sie sich überwiegend auf das Vorlesen Ihrer Aufzeichnungen beschränken. Benutzen Sie diese als gegliederten Stichwortkatalog und haben Sie Mut zur freien Darstellung.
- Das **Prüfungsgespräch** geht – an den Vortrag anknüpfend – über die bisher behandelte Thematik hinaus und bezieht größere fachliche Zusammenhänge mit ein. Es erschließt verschiedene Sachgebiete und Lernbereiche, damit der sog. Semesterübergriff gewährleistet ist. Der geforderte Gesprächscharakter verbietet das zusammenhanglose Abfragen von Kenntnissen bzw. den kleinschrittigen Dialog.

Zur Klärung der Prüfungsleistung *kann* auch der/die Fachprüfungsleiter/in Fragen an den Prüfling stellen. Ebenso *kann* der/die Vorsitzende der Prüfungskommission (sofern anwesend) in die Prüfung mit Fragen zum Thema eingreifen. Erfahrungsgemäß wird das allerdings erst am Ende der Prüfung geschehen.

4.5 Tipps für die Vorbereitungszeit

Ausgangspunkt für Ihr Vorgehen ist die Überlegung, dass die Ihnen vorgelegte Aufgabe zu einem **Themenkomplex** gehört, den Sie aus dem Unterricht kennen. Sie müssen sich darüber im Klaren sein, dass eine Vorbereitungszeit von 20 Minuten keine ausführlichen schriftlichen Aufzeichnungen erlaubt; **Stichpunkte** *müssen* (!) genügen.

1. **Einordnung des Themas (ca. 2 Minuten):**
   Sie „überfliegen" einmal das vorgelegte Material und notieren nach kurzer Einordnung des Materials sofort **Stichpunkte**, die Ihnen noch aus Ihrer häuslichen Vorbereitung einfallen und auf die Sie – weil es sich um wichtige Aspekte handelt – auf jeden Fall in Ihrer Präsentation eingehen wollen. Eventuell lässt sich ein aktueller Bezug herleiten (Relevanz des Themas). Eine solche erste Einordnung des Themas führt dazu, verschiedene in der Vorbereitung erarbeitete Sinnzusammenhänge in der Erinnerung zu reaktivieren.
2. **Strukturierung des Materials (ca. 10 Minuten):**
   Aufgabenstellung und Materialien werden nun sorgfältig gelesen, Schlüsselbegriffe markiert, unterstrichen und ggf. am Rand notiert oder strukturiert auf dem Konzeptpapier aufgeschrieben (Möglichkeit: Mindmapping-Verfahren).
3. **Organisation/Strukturierung des Vortrags (ca. 8 Minuten):**
   Stichpunkte für den Prüfungsvortrag/die Präsentation werden zu allen Aufgaben übersichtlich notiert. **Zentrale Materialaussagen bzw. Textstellen** sollten Sie noch einmal besonders markieren.

Überlegen Sie sich für Ihren Vortrag einen eröffnenden und einen sinnvoll abschließenden Satz. Diese beiden Sätze werden formuliert. Einen „letzten" Satz können Sie eigentlich immer einbringen, z. B. als kurze Zusammenfassung oder These, auf die die Prüferin oder der Prüfer ggf. eingehen wird. Im Prinzip eignet sich dieses Vorgehen (Einleitung/Schluss) bei jeder einzelnen Aufgabe. Gehen Sie die stichwortartigen Aufzeichnungen noch einmal „im Geiste" durch. Eine Strukturierung mit Nummern oder Pfeilen empfiehlt sich als optische Unterstützung.

4.6 Tipps für den Vortrag und das Prüfungsgespräch

1. Bei Ihrem Prüfungsvortrag müssen Sie darauf achten, **laut und deutlich** zu **sprechen**. Bemühen Sie sich auch, **frei** zu **sprechen**!
2. Halten Sie **Blickkontakt** zum Prüfer und achten Sie auf Gesprächsführung, Fragestellung und Impulsgebung des Prüfers, die Hinweise darauf geben, welche Art von Antwort erwartet wird. Vermeiden Sie auf jeden Fall den Satz: „Das weiß ich nicht!" Sie sollten zumindest versuchen, sich über einen „Umweg" an ein Ergebnis anzunähern. Eventuell wird in einem solchen Fall vom Prüfer ein weiterer Impuls folgen. Wenn Sie im Vorfeld der mündlichen Prüfung – mit Bezug zum erteilten Unterricht – überlegen, welche Problemsicht die Prüferin oder der Prüfer ggf. zu einzelnen Themen haben könnte, erhalten Sie Anhaltspunkte für von Ihnen zu thematisierende Aspekte.
3. **Gliedern Sie Ihren Vortrag** (1., 2., 3., …; einerseits – andererseits; zunächst, weiterhin, darüber hinaus, schließlich …). So lassen Sie erkennen, dass Ihr Vortrag einem „roten Faden" folgt, und Sie vermitteln den Eindruck eines kontrollierten Vorgehens. Denken Sie an Ihre **Zeiteinteilung**!

Das **Beispiel im Übungsteil** (vgl. S. 1 ff.) verdeutlicht den möglichen Ablauf der mündlichen Prüfung und bietet eine Übungsmöglichkeit auf der Grundlage einer Aufgabenstellung zum Thema „Neuorientierung altindustrieller Räume in Deutschland: Der Strukturwandel und seine Folgen".

4.7 Bewertung

Für die Bewertung Ihrer Prüfungsleistung gelten im Prinzip dieselben Grundsätze wie für die schriftliche Prüfung, allerdings ergänzt um die besondere **kommunikative Komponente** der Prüfungssituation. Die Prüfungsleistung ist grundsätzlich als Ganzes zu beurteilen.
In der mündlichen Prüfung wird der Fachprüfungsausschuss – auf **Prüfungsvortrag und -gespräch** bezogen – darauf achten, in welchem Maße Sie über die folgenden **Kompetenzen** verfügen:

- die Fähigkeit, das Arbeitsergebnis **klar**, **differenziert, strukturiert und verständlich** unter angemessener **Verwendung der Fachsprache** und auf der Basis sicherer **aufgabenbezogener Kenntnisse** wiederzugeben („darstellen");

- die Fähigkeit, das behandelte Thema oder Problem zu erläutern, es in übergeordnete Zusammenhänge einzuordnen und in einem Gespräch ggf. eigene **themen- und problemangemessene Beiträge** einzubringen („verstehen“);
- die Fähigkeit, sich mit Sachverhalten und Problemen anhand des vorliegenden Materials auseinanderzusetzen und ggf. eine eigene **begründete Stellungnahme, Beurteilung oder Wertung** abzugeben („argumentieren“).

Die beiden Prüfungsteile (Vortrag/Gespräch) werden etwa gleich gewichtet. Wie bei der Bewertung einer Klausurleistung gilt auch für die mündliche Prüfung, dass nicht ausschließlich mit der Wiedergabe von Kenntnissen (Anforderungsbereich I) eine ausreichende Leistung erbracht werden kann. Gute und sehr gute Bewertungen setzen Leistungen voraus, die deutlich über den Anforderungsbereich II hinausgehen, d. h. mit einem wesentlichen Anteil dem Anforderungsbereich III zuzuordnen sind.

TIPP Wenn Sie an die bevorstehende Prüfung denken, wird Ihnen immer noch ein wenig mulmig? – Scannen Sie den nebenstehenden QR-Code und sehen Sie sich unser Video mit vielen hilfreichen Tipps z. B. zu selbstbewusstem Auftreten, angemessener Kleidung, positivem Denken usw. an.

5 Die Präsentationsprüfung

5.1 Voraussetzungen

Die Präsentationsprüfung stellt eine Variante der mündlichen Abiturprüfung im fünften Prüfungsfach dar und kann **anstelle der mündlichen Prüfung** gewählt werden. Das Anforderungsniveau der Prüfungsaufgabe ist mit dem einer mündlichen Prüfung vergleichbar, verlangt von Ihnen jedoch durch den Grad der Offenheit der Aufgabenstellung ein höheres Maß an Eigenständigkeit beim Lösen der Aufgabe. Die Prüfungsaufgabe ist von Ihnen selbstständig zu bearbeiten und durch Unterschrift als eigenständig erbrachte Leistung zu bestätigen.

5.2 Allgemeine Grundsätze

Die Präsentationsprüfung wird wie beim mündlichen Abitur als Einzelprüfung vor dem zuständigen Fachprüfungsausschuss durchgeführt. Sie soll **mindestens 30 und höchstens 45 Minuten** dauern, wobei die Zeiten für die Präsentation und das Prüfungsgespräch in etwa gleich verteilt sein sollen. Die Präsentationsprüfung besteht aus einem Präsentationsteil und einem Prüfungsgespräch. Im Präsentationsteil besteht die Prüfungsleistung aus einem **mediengestützten Vortrag** und dessen **schriftlicher Vorbereitung/Dokumentation**.

5.3 Aufgabenstellung

Die Festlegung des Themas und der Aufgabenstellung der Präsentationsprüfung erfolgt durch die unterrichtende Lehrkraft. Die Fachlehrkraft stellt zwei Wochen vor dem Prüfungstermin eine Prüfungsaufgabe. Sie können selbst einen thematischen Vorschlag unterbreiten. Die Lehrkraft entscheidet, inwieweit dieser berücksichtigt wird.

Der Umfang der gestellten Prüfungsaufgabe, die in Teilaufgaben gegliedert sein kann, muss so konzipiert sein, dass Sie sie im Zeitraum von der Ausgabe bis zum Prüfungstermin bearbeiten und lösen können. Dies beinhaltet auch die Vorbereitung des mediengestützten Vortrages. Dabei sind sowohl materialfreie als auch materialgestützte Prüfungsaufgaben denkbar, jedoch kann die Materialsuche oder die Erhebung von Daten angesichts des Zeitrahmens nur in sehr begrenztem Maße Voraussetzung für die Bearbeitung der Aufgabenstellung sein. Die Präsentation der bearbeiteten Prüfungsaufgabe soll mithilfe analoger und/oder digitaler Medien erfolgen, die Prüflingen im Allgemeinen zugänglich sind. Sie wählen auch eine für die Aufgabenstellung geeignete Präsentationsform (z. B. Powerpoint-Präsentation).

5.4 Ablauf der Prüfung

- Die Präsentationsprüfung besteht aus drei Elementen: einer schriftlichen Dokumentation, dem mediengestützten Vortrag (**Präsentationsteil**) und dem anschließenden **Prüfungsgespräch**.
- Eine Woche nach Erhalt der Prüfungsaufgabe geben Sie eine **schriftliche Dokumentation** in der Schule ab. Diese verdeutlicht die inhaltliche Struktur des geplanten Vortrages sowie in Grundzügen die Lösungen der Aufgabenstellung. In der Dokumentation müssen Sie die verwendeten Quellen angeben und auf Verlangen der unterrichtenden Lehrkraft vorlegen. Darüber hinaus ist die gewählte Präsentationsform anzugeben.
- Sie präsentieren Ihre Ergebnisse in einem zusammenhängenden, **mediengestützten Vortrag**. Der Vortrag erfolgt ohne die Verwendung von Hilfen (z. B. Moderationskarten) freisprechend.
- Das **Prüfungsgespräch** geht wie bei der mündlichen Prüfung – an den Vortrag anknüpfend – über die in der Präsentation zu lösende Aufgabe hinaus und bezieht semesterübergreifend größere fachliche Zusammenhänge mit ein.

5.5 Bewertung der Prüfungsleistung

Die Prüfung ist so durchzuführen, dass – wie bei der mündlichen Prüfung – alle drei Anforderungsbereiche und die damit verbundenen Kompetenzen (vgl. S. VI) abgedeckt werden. Der Schwerpunkt der zu erbringenden Prüfungsleistung liegt im Anforderungsbereich II. Darüber hinaus sind die Anforderungsbereiche I und III zu berücksichtigen. Die beiden vor dem Fachprüfungsausschuss zu erbringenden Prüfungsteile, der **mediengestützte Vortrag** (und dessen vorherige schriftliche Vorbereitung bzw. Dokumentation) sowie das **Prüfungsgespräch**, werden etwa **gleich gewichtet**. Zur

Klärung der Prüfungsleistung kann außer der Fachlehrkraft auch die Fachprüfungsleiterin oder der Fachprüfungsleiter Fragen an Sie stellen. Die Bewertung der Präsentationsprüfung wird wie bei einer mündlichen Prüfung von der Prüferin oder vom Prüfer vorgeschlagen und vom Fachprüfungsausschuss festgesetzt.

5.6 Präsentationsprüfung (Beispiel)

Das niedersächsische Kultusministerium stellt eine Beispielprüfung zum Thema **„Geothermie auf Island – nachhaltiger Wirtschaftsfaktor mit Vorbildcharakter?“** zur Verfügung, anhand der Sie die Strukturierung einer Präsentationsprüfung nachvollziehen können. Das Beispiel enthält Materialien (Aufgabenstellung) für Sie sowie Material für die Lehrkräfte. Des Weiteren sind die zu erbringenden Leistungen (sog. Erwartungshorizont) aufgeführt. Die Beispielaufgabe beinhaltet auch Angaben zum unterrichtlichen Zusammenhang und Hinweise zum Inhalt der Dokumentation.
https://www.nibis.de/uploads/mk-bolhoefer/2021/Praesentationspruefung/20191125_Pr%C3%A4sentationspr%C3%BCfung%20Erdkunde_final.pdf

6 Wichtige Hinweise zur Benutzung dieses Buches

Dieses Buch enthält praxiserprobte **Übungsklausuren** im Stil des Zentralabiturs **zu den für 2024 relevanten Themen** sowie eine Auswahl an thematisch geeigneten **Abituraufgaben** der vergangenen Jahre.

Um Sie bei Ihrer Abiturvorbereitung optimal zu unterstützen, stehen vor jedem Lösungsvorschlag **allgemeine Tipps**. Hier erfahren Sie, mit welchem Themenschwerpunkt sich die jeweilige Aufgabe auseinandersetzt und welches Vorwissen zur Beantwortung der Fragestellungen nötig ist.

Nach den allgemeinen Tipps folgen die **Lösungsvorschläge**. Jeder Lösungsvorschlag ist zusätzlich mit **methodischen Tipps** versehen. Diese zeigen auf, wie die einzelne Teilaufgabe gewichtet wird und was bei der jeweiligen Aufgabe zu beachten ist. Erläutert wird z. B. der Operator der Teilaufgabe. Vermittelt wird Ihnen somit eine gezielte Vorgehensweise beim selbstständigen Lösen der Aufgaben.

Auf den folgenden Seiten haben Sie nun die Gelegenheit, das Gelesene anzuwenden und sich so optimal auf das schriftliche Abitur vorzubereiten. Viel Erfolg!

ÜBUNGSAUFGABEN

NEUORIENTIERUNG ALTINDUSTRIELLER RÄUME IN DEUTSCHLAND – DER STRUKTURWANDEL UND SEINE FOLGEN

Aufgabenstellung

1 Beschreiben Sie kurz, welche wirtschaftliche Thematik des Ruhrgebiets das Foto M 1 beinhaltet.

2 Charakterisieren Sie vor diesem Hintergrund das Projekt CreativRevier Heinrich Robert in Hamm in seinen Grundzügen (M 2).

3 Beurteilen Sie das Projekt vor dem Hintergrund des „Drei-Säulen-Modells der nachhaltigen Entwicklung" (M 2, M 3).

M 1 **Produktionsanlagen der Dortmunder Hermannshütte 2001 vor dem Transport nach China**

Quelle: unbekannt

M 2 Nach „Schicht im Schacht“ kommt die „ExtraSchicht“ – Aufbruch und Neubeginn auf dem Areal der aufgegebenen Zeche Heinrich Robert (Bergwerk Ost) in Hamm

Die *ExtraSchicht 2019* leitet den Wandel auf dem ehemaligen Zechengebiet Heinrich Robert in Hamm im östlichen Ruhrgebiet ein. Das Kulturfestival zieht jedes Jahr über 200 000 Besucher an und vernetzt dabei über 50 Spielorte in 24 Städten des Ruhrgebiets. Auch das Areal der 2010 stillgelegten Zeche Heinrich Robert (Bergwerk Ost) ist Teil dieser Veranstaltung und bietet mit seinem altindustriellen Gebäudeensemble eine eindrucksvolle Kulisse für die zahlreichen Veranstaltungen wie Konzerte, Laser- und Feuerwerkshows.

Doch das ist erst der Anfang. Denn ab 2019 wird der brachliegende Bereich des ehemaligen Bergwerks mit dem Projekt *CreativRevier Heinrich Robert* zu neuem Leben erweckt. Wo bis zur Schließung im Jahr 2010 über 100 Jahre lang in 1 200 Metern Tiefe von über 2 000 Beschäftigten rund 1,5 Millionen Tonnen Steinkohle im Jahr gefördert wurden, soll bald ein neues Szeneviertel entstehen. Geplant ist eine Umwandlung des Industriekomplexes in einen Raum für Kunst und Kultur sowie für die Kreativ- und Dienstleistungswirtschaft. Außerdem soll das neu entstehende Gelände Touristen anlocken. Dabei sollen einige der besonders imposanten Gebäude, wie etwa der Hammerkopfturm der Zeche, erhalten bleiben und so ein Arbeiten in einzigartiger Industrieerbekulisse ermöglichen.

Zudem ist vorgesehen, einen Teil der 55 Hektar großen Fläche in Baugrundstücke umzuwandeln, um attraktive Immobilien in unmittelbarer Nähe zu einer spannenden Haldenlandschaft und zum Ruhrradschnellweg zu schaffen. Insgesamt soll die bereits vorhandene Verkehrsinfrastruktur ebenfalls eine Aufwertung erfahren.

Der Einsatz von Photovoltaikanlagen sowie die Nutzung von austretendem Grubengas zur Energiegewinnung stellen einen Kontrast zur „schmutzigen“ Vergangenheit dar, welche sich bis heute in dem durch Altlasten teilweise kontaminierten Erdreich auf dem Gelände des ehemaligen Bergwerks zeigt.

Neben einem geringen Teil an staatlichen Fördergeldern kommt das für die Revitalisierung der Industriebrache notwendige Geld insbesondere von privaten Investoren und Immobilienfirmen.

Quelle: eigene Zusammenstellung nach:
Wirtschaftsförderung Hamm (https://www.wf-hamm.de/fuer-unternehmen/creativrevier/);
ExtraSchicht – Die Nacht der Industriekultur (https://www.extraschicht.de/programm/nach-spielorten/spielort/creativrevier-heinrich-robert-hamm/detail/);
Westfälischer Anzeiger (https://www.wa.de/hamm/pelkum-ort370530/traum-grosser-event-flaeche-hamm-geplatzt-rahmenplan-heinrich-robert-creativrevier-11874342.html)

M 3 **Gebiet des stillgelegten Bergwerks Heinrich Robert (Bergwerk Ost) in Hamm mit städtischem Bebauungsplan (vereinfachte Darstellung)**

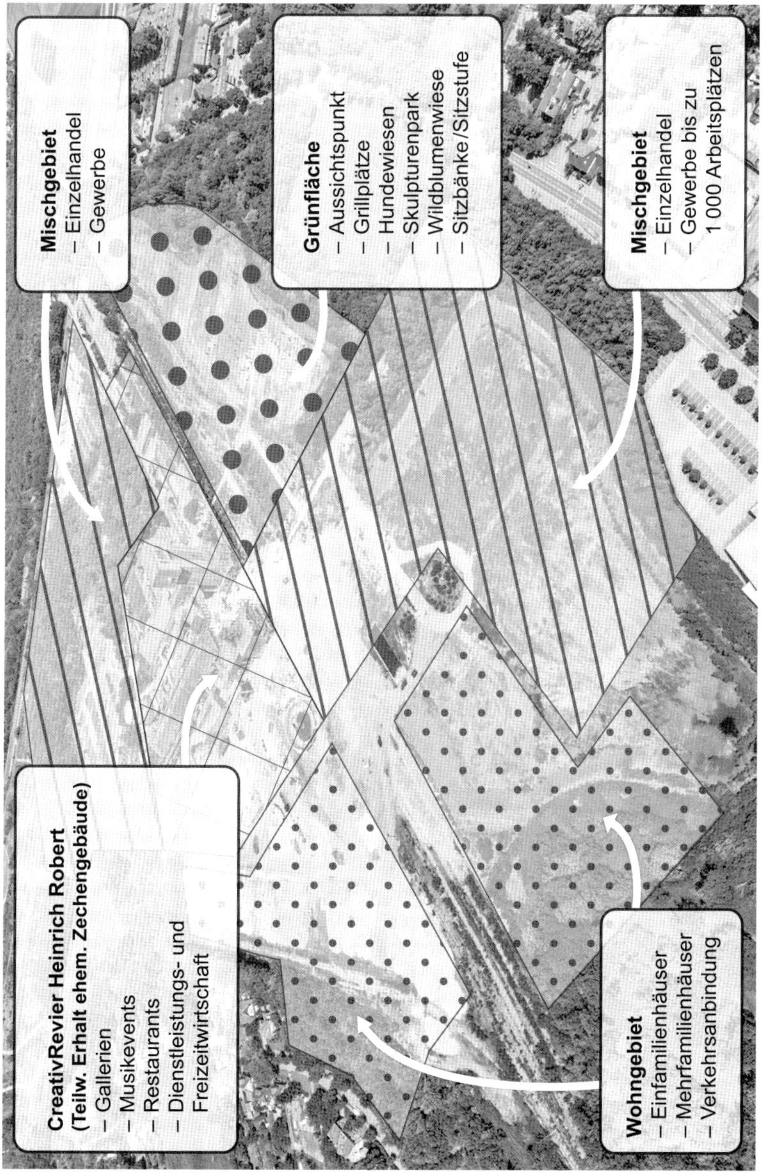

Quelle: © Luftbild: Hans Blossey

TIPP **Allgemeine Hinweise zur Lösung der Aufgabe**

Die Aufgabe ist dem **Raummodul 1: Deutschland in Europa** zuzuordnen. Bei den Fachmodulen wird v. a. das **Fachmodul 2: Bedeutungswandel von Räumen** (Auswirkungen des Strukturwandels in Landwirtschaft, Industrie und Dienstleistungen) einbezogen.

Wünschenswert ist ein **zielführender**, **knapper Einstieg**, der den erklärenden Ausführungen zum Strukturwandel vorangestellt wird. Als prägnanter Aufhänger kann dabei z. B. auf aktuelle Klischees über das Ruhrgebiet verwiesen werden.

Der Operator „**beschreiben**" (Anforderungsbereich I) fordert von Ihnen, strukturiert und fachsprachlich angemessen Materialien vorzustellen und/oder Sachverhalte darzulegen. Fassen Sie kurz zusammen, was auf dem Foto M 1 zu sehen ist, und stellen Sie einen Zusammenhang zum Strukturwandel im Ruhrgebiet her. Auch was unter „Strukturwandel" zu verstehen ist, sollten Sie knapp darlegen.

Der Operator „**charakterisieren**" (Anforderungsbereich II) verlangt, dass Sie Sachverhalte in ihren Eigenarten beschreiben, typische Merkmale kennzeichnen und diese dann gegebenenfalls unter einem oder mehreren bestimmten Gesichtspunkten zusammenführen. Im vorliegenden Fall müssen die für die Aufgabenstellung wichtigen Inhalte aus dem Text M 2 sowie aus dem Bildmaterial M 3 entnommen werden, um zu einer kurzen, aber dennoch das Wesentliche umfassenden Beschreibung des Projektes *CreativRevier Heinrich Robert* zu kommen.

Der Operator „**beurteilen**" (Anforderungsbereich III) umfasst das Überprüfen von Sachverhalten oder Prozessen mit dem Ziel, kriterienorientiert zu einem begründeten Sachurteil zu gelangen. Sie sollen hier mithilfe der Materialien, Ihrer Kenntnisse und unter Verwendung gelernter Arbeitstechniken und Methoden (hier sind das zum einen die Textanalyse und zum anderen die Interpretation eines um zusätzliche Informationen ergänzten Luftbildes) zu einer Beurteilung des *Creativ Reviers Heinrich Robert* kommen. Dabei sollen Sie ökologische, ökonomische und soziale Kriterien zugrunde legen – das fordert das Stichwort „Nachhaltigkeit" von Ihnen. Dies soll selbstverständlich vor dem Hintergrund der vorangegangenen Ausführungen zum Strukturwandel und dessen Folgen geschehen. Dabei müssen Sie am Ende deutlich machen, ob bzw. inwieweit dieses Projekt beispielhaft für einen erfolgversprechenden Umgang mit dem Strukturwandel im Ruhrgebiet stehen kann. Eine geschickte Auswertung sowohl des Textes als auch des Luftbildes liefert zahlreiche Hinweise, die für die Beantwortung der Fragestellungen sehr hilfreich sind.

Folgende themenspezifische **Atlaskarten** sind hilfreich:

- Diercke Weltatlas, S. 67: Deutschland (Raumordnung) – Emscher Landschaftspark/Landschaft des Strukturwandels (Karte 4)
- Haack Weltatlas, S. 55: Deutschland (Entwicklung und Strukturen von Wirtschaftsstandorten) – Entwicklung der Industrieregion Ruhrgebiet (Karte 4)

Lösungsvorschlag

Gliederung des Kurzreferats

Einstieg:

- Klischees über das Ruhrgebiet vs. Realität
- Vorstellen des Referatsaufbaus

Hauptteil:

1. Beschreibung des Fotos und der wirtschaftlichen Thematik:

- Abbau eines Eisen- und Stahlwerks in Dortmund (Hermannshütte) und Wiederaufbau in China im Jahr 2001
- Symbol für die Globalisierung und den endgültigen Strukturwandel des größten altindustriellen Raums in Deutschland, des Ruhrgebiets
- **Strukturwandel:** Veränderung der relativen Anteile der Wirtschaftssektoren im Zeitverlauf (im Ruhrgebiet: Bergbau / Industrie verliert an Bedeutung); Wandel hin zur Dienstleistungsgesellschaft
- **Ursachen:** Kohlekrise (Ende der 1950er-Jahre), Stahlkrise (Ende der 1960er-Jahre)
- **Folgen:** Massenarbeitslosigkeit und Abwanderung, Deindustrialisierung: Ab- bzw. Rückbau der Montan- und Schwerindustrie); Reindustrialisierung: Versuche der Ansiedlung „ruhrgebietsfremder" Betriebe; Tertiärisierung: Veränderung der Beschäftigtenstruktur zugunsten der Dienstleistungen

2. Beschreibung des Projekts *CreativRevier Heinrich Robert* in Hamm

- **Ausgangssituation**
  - aufgegebenes Bergwerk in Hamm
  - seit 2010 Industriebrache
- **Bebauungsplan**
  - Nutzung als Kulisse für kulturelle Veranstaltungen (Beispiel *ExtraSchicht 2019*)
  - in Planung: Szeneviertel *CreativRevier Heinrich Robert,* Gewerbeflächen, Wohnraum, Renaturierung

3. Bewertung des Projekts unter Gesichtspunkten der Nachhaltigkeit

- **ökologische Perspektive:**
  - keine negativen Aspekte
  - Beseitigung/Sicherung von Altlasten im Erdreich (+)
  - Flächenrecycling mittels Renaturierung durch Anlage von Grünflächen (+)
  - Fokus auf regenerative Energiegewinnung (+)
  - Erschließung und Anbindung an wichtige Rad- und Fußwege zur umweltfreundlichen Fortbewegung (+)

- **ökonomische Perspektive:**
  - hohe Investitionskosten, bei Scheitern evtl. Verlust von Steuergeldern (–)
  - Abhängigkeit von privaten Investoren und deren Interessen (Stichwort: halböffentliche Räume; Schaffung von lediglich hochpreisigem Wohnraum; Gentrifizierungsprozesse in unmittelbarer Umgebung) (–)
  - Inwertsetzung des Industriegebäudeensembles (+)
  - Sicherung eines diversifizierten Arbeitsplatzangebots im Dienstleistungssektor; „Tertiärisierung" (+)
  - Sicherung von Arbeitsplätzen und Steuereinnahmen (+)
- **soziale Perspektive:**
  - erhöhte Belastung der Anwohner während Bauphase und bei geplanten kulturellen Großveranstaltungen (–)
  - Ausschluss bestimmter Teile der Bevölkerung durch voraussichtlich hochpreisiges Freizeit- und Immobilienangebot (–)
  - Schaffung eines vielfältigen Kultur- und Freizeitangebots (+)
  - Aufwertung der bestehenden Wohngrundstücke in unmittelbarer Umgebung und der Verkehrsinfrastruktur (+)
  - Zugang zu Industriekulturdenkmälern als öffentlichen Räumen (+)
  - Imagegewinn (+)
- **Fazit**
  - insgesamt positive Bewertung des Projekts bei langfristiger Sicherung der Investitionen, vollständiger Beseitigung bzw. Sicherung der Altlasten sowie bei Bedacht auf Interessenausgleich zwischen alten und neuen Anwohnern, Gewerbetreibenden und Investoren

Schluss:
- trotz und wegen des Strukturwandels: Metropole Ruhr als Wachstums- und Zukunftsregion Europas
- Gründe dafür: zentrale Lage, hohe Einwohnerzahl, großes Potenzial an qualifizierten Arbeitskräften, gute Verkehrsinfrastruktur und zahlreiche wichtige Bildungseinrichtungen

Einstieg
Aufbau des Referats

Kohle, Stahl, schlechte Luft und kaputte Umwelt? Dieses Klischee haben viele tatsächlich noch immer vor Augen, wenn sie den Begriff Ruhrgebiet hören. Dabei hat sich in Deutschlands größtem und bedeutendstem altindustriellen Raum in den letzten Jahrzehnten einiges verändert.
Die folgenden Ausführungen haben den Transformationsprozess altindustrieller Räume, speziell des Ruhrgebiets, zum Thema. Vor diesem Hintergrund wird das Projekt *CreativRevier Heinrich Robert*, das exemplarisch für die erfolgreiche Gestaltung des Strukturwandels steht, vorgestellt und aus unterschiedlichen Perspektiven beleuchtet.

Hauptteil
Bildbeschreibung M 1

Im Jahr 2001 vollzog sich auf dem Gelände der Hermannshütte, einem Eisen- und Stahlwerk in Dortmund, ein bemerkenswerter Vorgang, der beispielhaft für die Veränderungen steht, welche das Ruhrgebiet und andere altindustrielle Räume Deutschlands seit einigen Jahrzehnten prägen: Chinesische Arbeiter zerlegten die komplette Anlage, um sie anschließend in Teilen in China wieder aufzubauen und in Betrieb zu nehmen. Dieser „Umzug" eines riesigen Industriebetriebs führt den sogenannten Strukturwandel im Ruhrgebiet ganz konkret vor Augen.

Begriffserklärung: Strukturwandel

Unter dem Begriff **Strukturwandel** versteht man eine häufig regional auftretende Veränderung der relativen Anteile der drei Wirtschaftssektoren im Zeitverlauf. Es kommt dabei zu einer Verschiebung der Berufsstrukturen innerhalb sowie zwischen den Sektoren, häufig ausgelöst durch den Bedeutungsverlust einstmals wichtiger Wachstumsindustrien, welche im weiteren Verlauf als Altindustrien bezeichnet werden. Im Fall des Ruhrgebiets vollzog sich der Wandel weg von der Montanindustrie (Bergbau sowie Kohle- und Stahlindustrie) hin zur Dienstleistungsgesellschaft.

Ursachen und Folgen des Strukturwandels im Ruhrgebiet

Ursachen waren zunächst die Ende der 1950er-Jahre einsetzende **Kohlekrise** und später, gegen Ende der 1960er-Jahre, die **Stahlkrise**. In beiden Fällen sorgte billige Importware aus anderen Regionen des Weltmarkts für eine sinkende Nachfrage nach den entsprechenden Erzeugnissen aus dem Ruhrgebiet; auch die Substitution durch andere Werkstoffe spielte bei beiden Krisen eine Rolle. In der Folge kam es zur Stilllegung zahlreicher Zechen, Hochöfen und Stahlwerke; zu Massenarbeitslosigkeit, Abwanderung und dem Entstehen von Industriebrachen. Es folgte die Phase der **Deindustrialisierung**, in der ein Großteil der Montan- und Schwerindustriebetriebe ab- bzw. rückgebaut wurden. Gleichzeitig versuchte man durch **Reindustrialisierung** die Ansiedlung ruhrgebietsfremder Branchen umzusetzen, um so die Arbeitsplatzverluste im Bereich der Montan- und

Schwerindustrie aufzufangen (Beispiel: Gründung eines Opelwerks in Bochum in den 1960er-Jahren).
Seit den 1970er-Jahren setzte allmählich eine grundlegende Veränderung der Beschäftigtenstruktur zugunsten der Dienstleistungen ein, die man unter dem Begriff der **Tertiärisierung** zusammenfassen kann. In diesem Zusammenhang galt es, neue Nutzungsmöglichkeiten für die nun brachliegenden Industriekomplexe zu finden. Dabei spielen heute die Bereiche Forschung und Bildung sowie die Kultur- und Freizeitwirtschaft eine tragende Rolle.

Charakterisierung: Projekt *CreativRevier Heinrich Robert*

Ein anschauliches Beispiel für eine solche Umwidmung ehemals industriell genutzter Räume stellt das Projekt *CreativRevier Heinrich Robert* dar. Auf dem Gelände des im Jahr 2010 endgültig aufgegebenen Bergwerk Ost in Hamm im östlichen Ruhrgebiet soll neben dem neuen Szeneviertel *Heinrich Robert* Platz für Gewerbe, Wohnen und Renaturierungsmaßnahmen geschaffen werden. Geplant ist der Raum als Kulisse für verschiedene kulturelle Veranstaltungen wie Konzerte, Kunstausstellungen und Unterhaltungsevents. Gleichzeitig sollen in unmittelbarer Nähe bis zu 1 000 neue Arbeitsplätze sowie Wohnraum für zahlreiche Menschen entstehen.

Bewertung des Projekts

Ökologische Aspekte

Aus **ökologischer Sicht** ist dieses Projekt ausschließlich positiv zu bewerten. Für die Folgenutzung ist es unabdingbar, kontaminierte Bereiche des Gebiets zu säubern. Durch die Anlage einer Grünfläche auf dem ehemaligen Zechengelände werden weite Teile des 55 Hektar großen Areals „recycelt" und finden u. a. als Grillplatz, Hunde- und Wildblumenwiesen sowie als Skulpturenpark neue Verwendung. Zudem liegt ein Fokus des Projekts auf regenerativer Energiegewinnung durch Photovoltaikmodule sowie durch die Nutzung von Grubengas, sodass ein Beitrag zum Klima- und Ressourcenschutz geleistet wird. Auch die Anbindung des Geländes an wichtige Rad- und Fußwege zur umweltfreundlichen Fortbewegung unterstreicht den ökologischen Anspruch des Projekts.

Ökonomische Aspekte

Bei der Bewertung der ökonomischen sowie der sozialen Perspektive muss angemerkt werden, dass es nicht immer möglich ist, diese beiden Bereiche trennscharf voneinander abzugrenzen. Aus **ökonomischer Sicht** sind zunächst einige problematische Aspekte zu nennen. Die voraussichtlich hohen Investitionskosten werden mehrheitlich von privaten Investoren geleistet. Damit verbunden ist eine gewisse Abhängigkeit von deren Interessen. Durch die Schaffung von halb-öffentlichem Raum sowie durch die Entstehung von Wohnimmobilien, die voraussichtlich ausschließlich im Hochpreissegment angesiedelt sein werden, kann einer Gentrifizierung Vorschub geleistet werden. Eine Partizipation des sozial schwächeren Teils der Bevölkerung würde somit erschwert. Darüber hinaus könnte ein Scheitern des Projekts Verluste von Steuergeldern zur Folge haben, da auch der Staat durch Fördermaßnahmen beteiligt ist. Dennoch bietet das Vorhaben auch ökonomische Chancen. Es kommt zu einer Inwertsetzung des Industriegebäudeensembles, wodurch diese imposanten Industriekulturdenkmäler der Öffentlichkeit zugänglich gemacht werden. Durch die Schaffung eines diversifizierten Arbeitsplatzangebots im tertiären Sektor werden zudem Arbeitsplätze und Steuereinnahmen langfristig gesichert und so ein direkter Beitrag zur Bewältigung des Strukturwandels geleistet.

Soziale Aspekte

Aus **sozialer Sicht** sind zunächst einmal die bereits erwähnten möglichen Gentrifizierungstendenzen zu nennen. Es ist zu erwarten, dass bei einer erfolgreichen Umsetzung des Projekts die Immobilienpreise sowie die Mieten in unmittelbarer Umgebung zum Areal *Heinrich Robert* steigen. Somit kann ein Verdrängungsprozess einsetzen, der das gegenwärtige Sozialgefüge der umliegenden Viertel beeinflusst. Außerdem stellen die Arbeiten am Projekt selbst sowie einige der zukünftig geplanten kulturellen Veranstaltungen eine erhöhte Lärmbelästigung für die Anwohner dar. Demgegenüber steht die Schaffung eines vielfältigen Kultur- und Freizeitangebots, welches zu einem deutlichen Imagegewinn der Region beitragen kann. Nicht zuletzt profitiert der Raum von der zu erwartenden Verbesserung der Verkehrsinfrastruktur, womit auch eine Aufwertung der bereits vorhandenen Wohngrundstücke in unmittelbarer Umgebung verbunden ist.

Fazit

Insgesamt fällt die **Bewertung des Projekts positiv** aus. Wichtig ist, eine langfristige Sicherung der Investitionen zu gewährleisten, um eine Fertigstellung des gesamten Projekts sicherzustellen. Wenn es zu einer erfolgreichen Beseitigung aller Altlasten auf dem Gelände kommt und auf einen fairen Interessenausgleich zwischen alten und neuen Anwohnern, Gewerbetreibenden sowie Investoren geachtet wird, hat das Projekt *CreativRevier Heinrich Robert* großes Zukunftspotenzial.

Schluss

Das Beispiel zeigt, dass umsetzbare Lösungen für die Bewältigung des Strukturwandels im Ruhrgebiet existieren. Und obwohl die Erfolgsbilanz der Maßnahmen zur wirtschaftlichen Revitalisierung dieses Raums gemischt ausfällt – so liegt etwa die Arbeitslosigkeit im Ruhrgebiet immer noch klar über dem Bundesdurchschnitt –, kann festgehalten werden, dass die Region an der Ruhr trotz oder gerade wegen des Strukturwandels als Wachstums- und Zukunftsregion gilt. Die zentrale Lage im Herzen Europas, das große Potenzial an mittlerweile gut qualifizierten Arbeitskräften, die gute Verkehrsinfrastruktur sowie zahlreiche bedeutende Bildungseinrichtungen bilden dafür das Fundament.

Mögliche Fragen zum Schwerpunktthema

1 *Anders als das Ruhrgebiet stellt sich der Großraum München als wirtschaftliche Boom-Region dar. Schildern Sie Gründe für den wirtschaftlichen Erfolg des Wachstumsraums München.*

- Großraum München als eine der wirtschaftsstärksten Regionen Europas
- Wirtschaftsstandort München zeichnet sich aus durch: geringe Arbeitslosenquote, geringen Anteil von Empfängern von Sozialleistungen, hohe Einkommen und hohe Kaufkraft
- sowohl bedeutender Versicherungs-, Finanz- und Medienstandort als auch wichtiger Wissenschafts- und Technologiestandort
- hoher Anteil an Arbeitsplätzen im Hightech-Segment (Maschinen- und Fahrzeugbau, Elektrotechnik, Luft- und Raumfahrt, IT) und in gehobenen Dienstleistungen (FIRE-Sektor: Finance, Insurance, Real Estate)
- hoch qualifizierte Arbeitskräfte (Hochschulstandort)
- hohe Attraktivität des Standorts für Arbeitnehmer (sehr gutes Image, hoher Freizeitwert)
- anders als z. B. im Ruhrgebiet keine Altlasten durch Montan- und Schwerindustrie

2 *Ein Strukturwandel vollzog sich auch in der Landwirtschaft Deutschlands. Schildern Sie diesen genauer.*

- Strukturwandel in der Landwirtschaft ist gekennzeichnet durch große technische Fortschritte und eine erhebliche Steigerung der Produktivität des Bodens sowie der Arbeitsleistung
- **Chemisierung** (Einsatz von Mineraldüngern und Pflanzenschutzmittel), **Mechanisierung** (Einsatz von leistungsfähigen Maschinen zur Bewirtschaftung der Nutzflächen) sowie **Spezialisierung** (Konzentration einzelner Betriebe auf wenige oder gar nur eine Nutzpflanze bzw. -tierart) tragen erheblich zur Effizienzsteigerung und zur Zunahme der Produktionsmengen bei (Stichwort Agroindustrie: Vorbild für betriebswirtschaftliche Organisation der Landwirtschaft sind Industriebetriebe)
- zudem Züchtung von ertragreicheren Tierrassen bzw. Kulturpflanzen, Maßnahmen der Flurbereinigung und eine Kapitalisierung der Produktion (hohe Investitionen zur Steigerung der Erträge)
- damit verbunden sind zum einen niedrigere Preise für Konsumenten (durch Überangebot), zum anderen eine Konzentration auf Großbetriebe bei gleichzeitiger räumlicher Konzentration auf besonders geeignete Standorte
- Anzahl der kleinen Betriebe sowie Anzahl der Beschäftigten in der Landwirtschaft nahm und nimmt stark ab
- Intensivierung verändert das Landschaftsbild und führt meist zu Boden- und Grundwasserbelastung, zu verstärkten Erosionsprozessen und einer schwindenden Artenvielfalt

3 *Das Ruhrgebiet ist Deutschlands größter urbaner Agglomerationsraum. Erörtern Sie das Zukunftspotenzial ländlicher Räume in Deutschland.*

Zum einen schwindendes Potenzial durch:

- Verlust traditioneller Arbeitsplätze in Landwirtschaft und Handwerk (siehe Strukturwandel der Landwirtschaft)
- „Entleerung" besonders peripherer ländlicher Gebiete (insbesondere Abwanderung hoch qualifizierter, junger Menschen mit der Folge, dass Regionen überaltern)
- Reduzierung der vorhandenen Infrastruktur (Schließung von Geschäften des täglichen Bedarfs, Arztpraxen, Kindergärten, Bildungseinrichtungen, reduziertes Angebot des ÖPNV)
- Leerstand bei Gewerbe- und Wohnimmobilien

→ deutlicher Attraktivitätsverlust

Zum anderen Möglichkeiten zur Entwicklung durch:

- Konzentration auf touristische Erschließung (Voraussetzung: hoher Freizeitwert der Landschaft) sowie auf die Bereiche Gastronomie, Gesundheit und Wellness
- Vermarktung von regionaltypischen Produkten (z. B. biologische Landwirtschaft) bei gleichzeitiger Pflege der Kulturlandschaft
- Schaffung innovativer Geschäftsfelder im Bereich der regenerativen Energien (z. B. Solarparks, Windparks) und der Landschaftspflege

→ Erhalt bzw. Steigerung der Attraktivität des ländlichen Raums durch Konzentration auf nachhaltige Entwicklung

Fazit: ländliche Räume großer landschaftlicher Schönheit sowie ländliche Räume mit Nähe zu dynamischen urbanen Verdichtungsräumen haben insgesamt ein größeres Zukunftspotenzial

BAD HINDELANG – MIT DEM „ÖKOMODELL" FIT FÜR DIE ZUKUNFT?

Aufgabenstellung

1 Beschreiben Sie die Lage der Gemeinde Bad Hindelang sowie deren naturräumliche Gegebenheiten für eine wirtschaftliche Nutzung (M 1–M 3, Atlas).

2 Analysieren Sie das „Ökomodell Hindelang" und dessen Bedeutung für die Entwicklung des Tourismus in der Gemeinde (M 3, M 4).

3 Beurteilen Sie die Perspektiven des Tourismus in Bad Hindelang (M 3–M 5, Atlas).

Hilfsmittel: eingeführter Schulatlas, Wörterbuch der Rechtschreibung, Taschenrechner

M 1 **Lage des Untersuchungsgebiets**

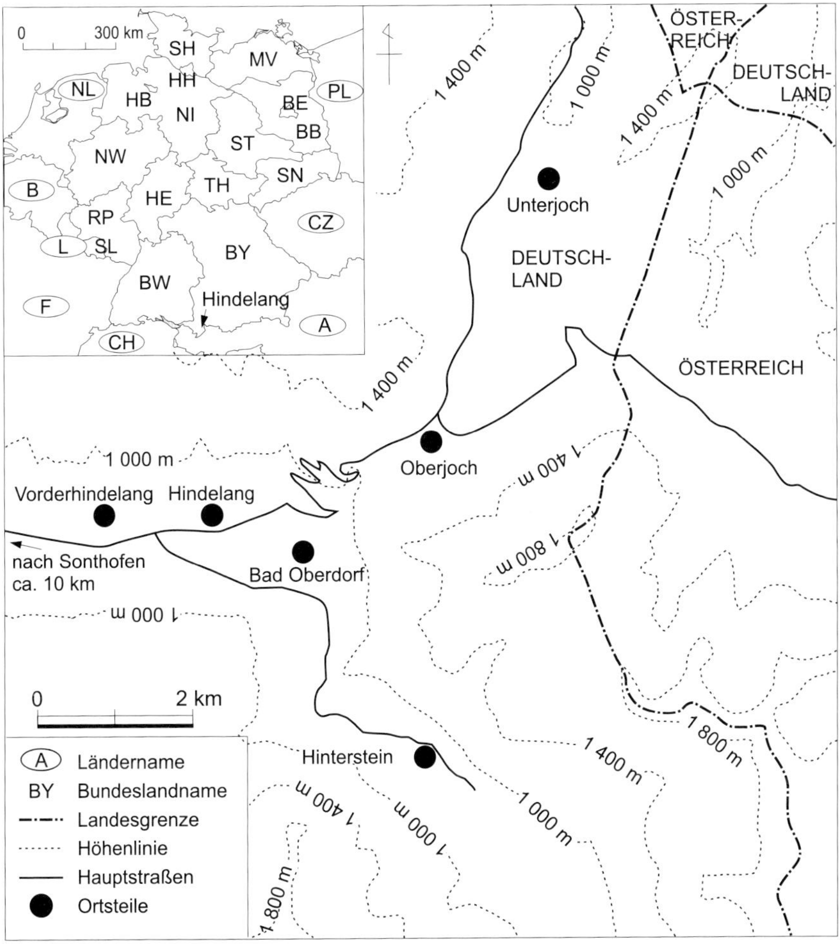

Quelle: eigene Darstellung nach Masaaki Kureha, System for Relationship of Symbiosis between Tourism and Agriculture in Hindelang, the German Alps

M 2 Klimadiagramm Bad Hindelang

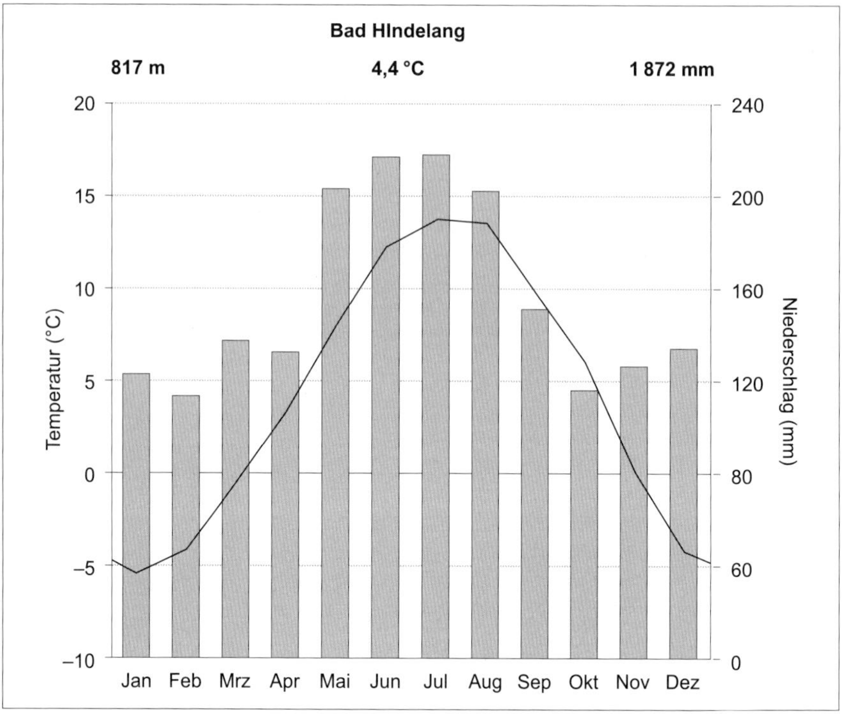

Quelle: Climate-Data, https://de.climate-data.org/europa/deutschland/bayern/bad-hindelang-6814/#climate-graph

M 3 Daten zum Tourismus in Bad Hindelang

	Jahr	Wert
Einwohner*innen mit Hauptwohnsitz in der Gemeinde	2022	5 371
Ortsteile		Bad Hindelang Bad Oberdorf Hinterstein Oberjoch Unterjoch Vorderhindelang
Größe des Gemeindegebiets		insgesamt 137 km^2; rund 80 % dieser Fläche stehen unter Landschafts- und Naturschutz
Gäste **davon Ausland**	2021	131 428 (2020: 844 663) 6 099
Übernachtungen **davon Ausland**	2021	725 353 (2020: 844 663) 28 384
Aufenthaltsdauer (durchschnittlich in Tagen)	2021	5,52 (2020: 5,38)
Bettenkapazität	2021	5 140 (2020: 6 192)
Auslastung gesamt in %	2021	39,43 (2020: 37,51)
Herkunft der Urlauber	2019	Baden-Württemberg 36,55 % Bayern 24,51 % NRW 10,88 % Hessen 8,24 % Rheinland-Pfalz 7,49 % übrige dt. Bundesländer 12,32 % Ausland 10,68 %
Betriebsarten – Betten	2020	Hotels/Klinik 2 689 Ferienwohnungen 2 323 Gästehaus/Pension 458 Verbandsheime 298 Privatzimmer 257 Hütten 74 Gasthöfe 66

Zehnjahresvergleich (2012–2021 gesamt)

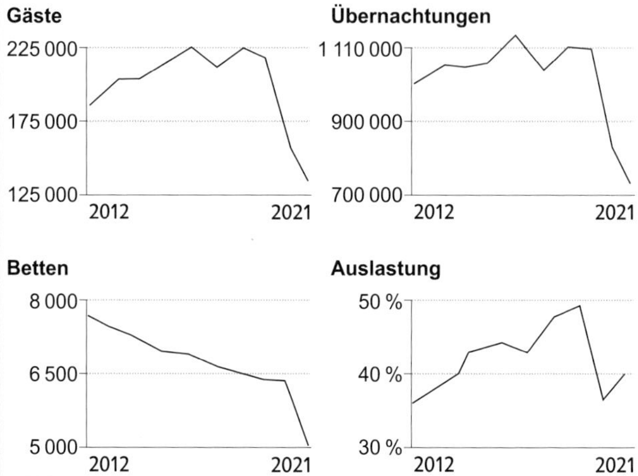

Winter-Sommer-Vergleich (2017–2021)

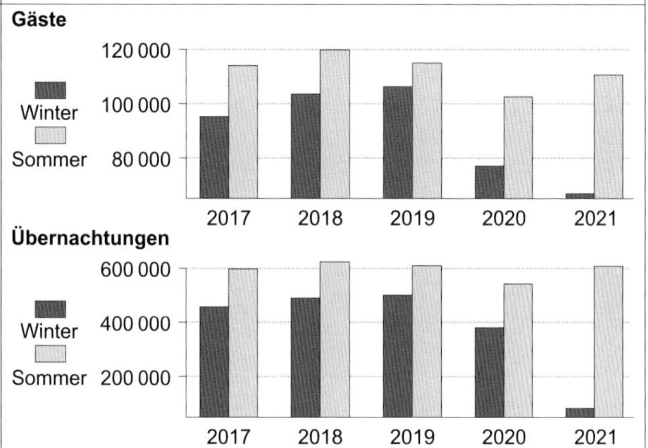

Quelle: zusammengestellt nach Markt Bad Hindelang, https://www.marktbadhindelang.de/; Markt Bad Hindelang/Bad Hindelang Tourismus: Tourismusberichte 2019–2021

M 4 Das Ökomodell Hindelang

M 4a Entstehung und Merkmale des Ökomodells Hindelang

- Das „Ökomodell Hindelang" besteht seit Mitte der 80er-Jahre. […]
- Das Ökomodell Hindelang […] ist ein einmaliges Projekt zum großflächigen Schutz einer halbnatürlichen Landschaft (einer intakten alpinen Kulturlandschaft). […]
- 1992 […] war die Gründung des Landschaftspflegevereins „Hindelang – Natur und Kultur". Mitglied werden die rund 90 Landwirte aller sechs Ortsteile. Die Landwirte verpflichten sich in der eigenen Satzung zu strengen Regeln, wie zum Beispiel, nur eine Großvieheinheit pro Hektar zu halten, um die Überdüngung zu vermeiden, und um damit möglichst viel Fläche zu bewirtschaften. Weitere Kriterien sind die Beachtung von Schnittzeitpunkten, dass 90 % des Futters aus dem eigenen Betrieb gewonnen werden müssen oder Milchkontingente nur innerhalb des Gemeindegebiets weiter veräußert werden dürfen etc. […]
- In den Folgejahren schließen sich immer mehr Landwirte ökologischen Verbänden wie Bioland oder Naturland an. Etwa ein Drittel unserer derzeit 64 landwirtschaftlichen Betriebe sind heute […] biologische Betriebe. Besonders in Unterjoch und Oberjoch (zusammen 20 Betriebe): Dort sind bis auf zwei Betriebe alle biologisch. Man kann also sagen, ein gesamtes Hochtal von 5 km Länge wird biologisch bewirtschaftet. […]
- Auch die Gemeinde Bad Hindelang hat seit Jahren einen Vertrag mit „Hindelang – Natur und Kultur": Die Gemeinde zahlt jährlich 70 000 €, die Landwirte halten dafür die Kulturlandschaft so offen, wie sie heute ist.
- Seit 2016 ist die hochalpine Alpwirtschaft im Hintersteiner Tal eingetragen in das nationale Verzeichnis der Deutschen UNESCO-Kommission als „besonders gutes Praxisbeispiel" und darf sich „Immaterielles Kulturerbe" nennen. Die hochalpine Alpwirtschaft* bis auf über 2 000 m Höhe praktiziert seit Jahrhunderten eine von Ökologie geprägte Wirtschaftsweise, die im Naturschutzgebiet der Allgäuer Hochalpen den Erhalt einer hochsensiblen Kulturlandschaft garantiert.
- Die durch das Ökomodell Hindelang und die hochalpine Alpwirtschaft gepflegte und geprägte Kulturlandschaft ist nicht nur für den Naturschutz von Bedeutung, sondern ist auch der Hauptgrund für Urlauber, nach Bad Hindelang zu kommen. Darüber hinaus lieben unsere Gäste die hochwertigen ökologischen Produkte, wie zum Beispiel den Alp- oder Bergkäse. […] Zu erwähnen ist auch noch, dass ganz Bad Hindelang gentechnikfreie Zone ist.

* Anmerkung: Alpe = Alm = Bergweide. Im Hindelanger Tal bewirtschaften etwa von Juni bis September rund 70 Älplerinnen und Älpler die in 1 000 – 2 000 m Höhe gelegenen Sommerweideflächen: Sie hüten Vieh, stellen Milcherzeugnisse her, pflegen die Naturlandschaft und bewirten Tagesgäste.

Quelle: Factsheet Ökomodell Hindelang/Immaterielles Kulturerbe. Bad Hindelang Tourismus; Anmerkung nach https://www.bavarikon.de/object/bav:BSB-CMS-0000000000007431?lang=de

M 4 b Das Ökomodell in der Hindelanger Zukunftsstrategie „Unser Bad Hindelang 2030“

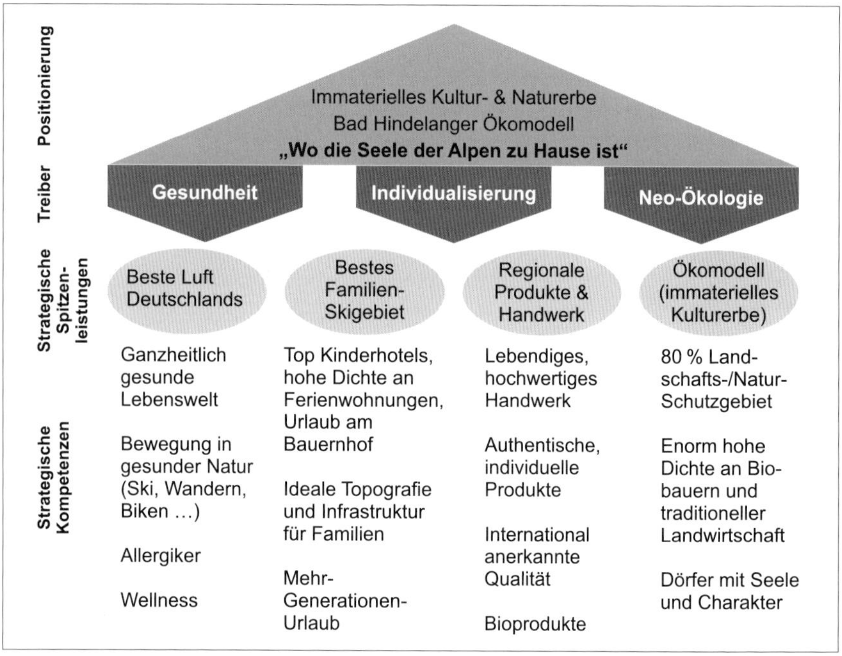

Quelle: Werner Taurer, Stephanie Zorn: „UNSER BAD HINDELANG 2030“ – Lebensraumkonzept mit integrierter Tourismusstrategie, STRATEGIE- und MASSNAHMENPAPIER, kohl & Partner - Hotel & Tourism Consulting vom 27. 01. 2020, S. 46, https://www.marktbadhindelang.de/fileadmin/Gemeinde/Dateien/Unsere_Gemeinde/Bad_Hindelang_2030/Konzept_Lebensraum_Hindelang_web.pdf

M 5 Geldmangel, Wolf, Touristen: Almen und Alpen unter Druck

[…] Nach Auffassung des Alpenforschers [Bätzing] stehen Almen und Alpen vor drei zentralen Problemen. Zum einen gerate diese Art der großflächigen Landwirtschaft seit den 60er-Jahren wegen der Konkurrenz zu großen Agrar-Betrieben unter wirtschaftlichen Druck. Deshalb würden vor allem an der Südseite der Alpen „immer mehr wenig produktive Alpflächen aufgegeben", sagte Bätzing. Während diese Weideflächen brach fielen, würden andere dafür zu intensiv genutzt.
Der Tourismus sei dabei für viele Alm- und Alpwirte zwar eine wichtige Einnahmequelle, aber auch zunehmend eine Belastung, sagte Bätzing. Besucher fielen oft durch „völlig unangemessenes Verhalten" auf: Erschrecken von Kühen, Wildcampen und Lärmen. „Die Alpweiden werden dabei als reine Natur wahrgenommen", sagte Bätzing. Dass es sich um eine Kulturlandschaft handle, sei vielen nicht mehr bewusst. Auch von natürlicher Seite steige der Druck: Wegen des Klimawandels würden zunehmend Büsche und Sträucher auf den Weiden wachsen, sagte Bätzing. Zudem würden im Alpenraum immer mehr Wölfe gesichtet.
Zum Schutz der europaweit rund 30 000 Almen und Alpen forderte Bätzing mehr wirtschaftliche Förderung, die Möglichkeit, Wölfe in der Nähe der Weiden zu bejagen, sowie Aufklärung und eine bessere Lenkung von Touristen. Bei Großveranstaltungen wie den Viehscheiden im Allgäu offensiver über die Arbeit der Alphirten zu informieren, würde diese „viel stärker beeindrucken".
Die Alm- und Alpwirtschaft zu erhalten, sei nicht nur wegen ihres ideellen Werts wichtig, betonte Rainer Hoffmann von der Allgäuer Alpwirtschaftsakademie in Kempten. Ohne die Betriebe breche auch der Tourismus ein: „Erst geht die Kuh, dann der Gast." Gerade in Orten wie Bad Hindelang mit 46 Alpen sei das deutlich sichtbar. […]

Quelle: dpa/lby (11. 10. 2021): Geldmangel, Wolf, Touristen - Almen und Alpen unter Druck, *https://alpe-klank.de/impressionen/ (Foto)*

TIPP **Allgemeine Hinweise zur Lösung der Aufgabe**

Voraussetzungen

Die Übungsaufgabe bezieht sich auf das **Raummodul 1: Deutschland in Europa** bzw. auf folgende inhaltliche Schwerpunkte:

- Strukturwandel in Landwirtschaft, Industrie, Dienstleistungen,
- Probleme und Perspektiven zentraler und peripherer Räume in Deutschland und Europa (hier v. a.: Tourismus als Chance peripherer Räume).

Des Weiteren werden folgende Fachmodule angesprochen:

- **Fachmodul 1: Raumprägende Faktoren und raumverändernde Prozesse** (v. a. physisch-geographische Faktoren, Aspekte der Mobilität (Tourismus), Ursachen und Auswirkungen des Klimawandels),
- **Fachmodul 2: Bedeutungswandel von Räumen** (Auswirkungen des Strukturwandels in Landwirtschaft, Industrie, Dienstleistungen; Wachstumsimpulse durch Tourismus),
- **Fachmodul 3: Ressourcennutzung und nachhaltige Entwicklung** (Entwicklungspotenziale und -perspektiven; Anforderungen und Maßnahmen der nachhaltigen Raumnutzung).

Das gewählte Raumbeispiel, die in den Allgäuer Alpen gelegene Gemeinde Bad Hindelang, ist hinsichtlich seiner touristischen Voraussetzung und Nutzung zu untersuchen; dabei sollen Bezüge zum dort etablierten Ökomodell hergestellt werden. Abschließend geht es um eine Beurteilung der Perspektiven des Fremdenverkehrs in Bad Hindelang.

Lösungsvorschlag

1 **TIPP** *Anforderungsbereich I, Gewichtung 25 %*

Vermutlich ist Ihnen die bayerische Gemeinde Bad Hindelang unbekannt. Verorten Sie die Gemeinde zunächst mithilfe des Atlas und der Karte M 1. Um die wirtschaftlichen Nutzungsmöglichkeiten sinnvoll beschreiben zu können, müssen Sie zunächst auf die naturräumlichen Voraussetzungen eingehen; dazu gehören hier vor allem Relief, Böden und klimatische Bedingungen.

Lage und Verkehrsanbindung

Bad Hindelang liegt **peripher** ganz im Süden Deutschlands, genauer im Südwesten des Bundeslandes Bayern an der Grenze zu Österreich. Die gut 5 000 Einwohner*innen der Gemeinde leben verteilt auf 137 km^2 bzw. auf die sechs Ortsteile Bad Hindelang, Bad Oberdorf, Hinterstein, Oberjoch, Unterjoch und Vorderhindelang. Die nächste größere Stadt, Sonthofen, ist ca. 10 km entfernt und über die B 308 erreichbar; hier gibt es auch einen Bahnhof. Die Entfernung zur bayerischen Landeshauptstadt München beträgt ca. 150 km (M 1, M 3, Atlas).

Relief und Böden

Bad Hindelang liegt inmitten der Allgäuer Alpen, d. h., die **Reliefenergie** ist hoch. Die verschiedenen Ortsteile befinden sich auf ca. 700–800 m ü. NN, das Gemeindegebiet umfasst aber auch alpine Bereiche. Wie im Gebirge üblich, findet man vorrangig **flachgründige Böden** wie Rendzinen sowie Parabraunerden (M 1, M 3 a, Diercke Weltatlas 2015, S. 24, S. 57.2).

Klima und Naturgefahren

Die **Temperaturen** schwanken im Jahresverlauf deutlich: von unter –5 °C im Januar bis 14 °C im Juli. Die Jahresniederschlagssumme ist sehr hoch, sie beträgt in Bad Hindelang 1 872 mm. Die **Niederschläge** fallen vor allem von Mai bis August – in dieser Zeit regnet es in Bad Hindelang mehr als 200 mm/Monat. Im Winter gehen die Niederschläge wegen der geringen Temperaturen vor allem als Schnee nieder (M 2).

Muren, Schnee- und Geröllawinen sowie Hochwasser stellen in der gesamten Alpenregion eine nicht zu unterschätzende Gefahr für Mensch und Tier da, die durch den Klimawandel weiter gesteigert wird (Diercke Weltatlas 2015, S. 60.3; Unterrichtswissen).

Wirtschaftliche Nutzung

Wegen des in vielen Bereichen des Gemeindegebiets steilen Reliefs und der generell hohen Niederschläge ist Ackerbau nur schwer möglich. Traditionell wird **Viehhaltung** betrieben, hier speziell die **hochalpine Alpwirtschaft** (M 4 a): Das Vieh wird im Sommer auf die hochgelegenen Weiden, die hier „Alpen" heißen, getrieben. Dort bleibt es den Sommer über bis zum Almabtrieb im Herbst. Die täglich anfallende Milch wird traditionell direkt vor Ort zu Käse verarbeitet, da die Kühl- und Transportmöglichkeiten auf bzw. von den hochgelegenen Alpen schlecht waren bzw. sind. Die Älplerinnen und Älpler sorgen somit auch für den Erhalt einer jahrhundertealten Kulturlandschaft (M 4 a, Unterrichtswissen).

Neben der Landwirtschaft ist vor allem der **Tourismus** eine zentrale wirtschaftliche Nutzungsform. Die idyllische Bergwelt lockte vor Beginn der Coronapandemie jährlich knapp 225 000 Gäste nach Bad Hindelang. Auch als Luftkurort ist Bad Hindelang beliebt. Dominierend ist der Sommertourismus mit Bergsteigen, Wandern, Outdoorsport usw., aber auch der Wintertourismus (Ski-, Snowboard-, Schlittenfahren) ist ein wichtiger Bestandteil (M 3; Diercke Weltatlas 2015, S. 62).

2 **TIPP** *Anforderungsbereich II, Gewichtung 40 %*

Bei dieser Teilaufgabe steht die Analyse der Materialien M 3 und M 4 im Vordergrund. Es bietet sich an, in Ihrer Antwort zu differenzieren zwischen den „Vor-Corona-Jahren“, also dem Zeitraum bis 2019, und den durch die Pandemie geprägten Jahren 2020 und 2021. Bei der Analyse des Ökomodells sollten Sie Ihr Unterrichtswissen z. B. zur ökologischen Landwirtschaft einfließen lassen.

Analyse Ökomodell

Beim Ökomodell in Bad Hindelang handelt es sich um einen **Zusammenschluss der Landwirte** der Gemeinde, der bereits in den 1990er-Jahren erfolgte. Die Landwirte verpflichteten sich freiwillig zu **strengen Regeln:** So dürfen sie z. B. nur eine Großvieheinheit – dies entspricht einem ausgewachsenen Rind – pro Hektar Land halten. Sie müssen 90 % des Futters für ihre Tiere im eigenen Betrieb erzeugen, dabei allerdings Schnittzeitpunkte beachten und keine Gentechnik einsetzen. Die Milch darf nur innerhalb des Gemeindegebiets weiterverkauft werden, was lokale Molkereien und Käsereien stärkt. Da sich inzwischen die meisten Bäuerinnen und Bauern ökologischen Anbauverbänden angeschlossen haben, gelten für sie teils noch weitere Regeln (z. B. das Verbot beim Anbauverband Demeter, Rinder zu enthornen; M 4 a, Unterrichtswissen).
Auch die Gemeinde Bad Hindelang ist beteiligt – sie zahlt jährlich 70 000 Euro an die Bergbäuerinnen und Bergbauern, die dafür die Kulturlandschaft erhalten (M 4 a).
Durch das Ökomodell wird vor allem die **hochalpine Alpwirtschaft** erhalten, die sich ansonsten finanziell und vom Aufwand her nicht lohnen würde. Diese traditionelle Form der Bewirtschaftung hielt die UNESCO für so bewahrenswert, dass sie sie als „**immaterielles Kulturerbe**“ einstufte (M 4 a).
Das Ökomodell ist aber nicht nur wichtig für die Landwirte und den Naturschutz, sondern auch für den **Tourismus:** Die Urlauber*innen profitieren von der intakten, idyllischen Natur, die von den Bergbauern gepflegt und erhalten wird. Das Ökomodell trug auch dazu bei, dass 80 % der Gemeindefläche unter Landschafts- und Naturschutz stehen. Auch die auf den Alpen erzeugten hochwertigen Produkte wie Bergkäse und Alpkäse sind sehr beliebt (M 3, M 4 a) und finden bei den Touristinnen und Touristen guten Absatz.

Entwicklung des Tourismus

Die Beliebtheit Bad Hindelangs als Urlaubsort spiegelt sich in einer **Zunahme der Gäste- und Übernachtungszahlen** wider. Diese stiegen von 2012–2019 an auf ca. 225 000 Gäste und rund 1,1 Mio. Übernachtungen im Jahr 2019. Auch die Auslastung der Betten nahm in diesem Zeitraum zu, wobei zu berücksichtigen ist, dass die Anzahl der Betten seit 2012 kontinuierlich zurückging (M 3).

Die Urlauber*innen, die 2021 zu ca. 95 % aus dem **Inland** kamen, blieben im Durchschnitt für fünf Tage in Bad Hindelang. Dies passt zum deutschlandweiten Trend zu Kurzurlauben und kürzeren Urlaubsreisen. Der extrem hohe Anteil an inländischen Reisenden ist sicher darauf zurückzuführen, dass aufgrund der Coronapandemie die Menschen weltweit lieber zu Hause blieben bzw. im Inland Urlaub machten; im Vor-Corona-Jahr 2019 kamen immerhin gut 10 % der Urlauber aus dem **Ausland**. Die meisten deutschen Gäste stammten aus den südlichen Bundesländern Baden-Württemberg (über ein Drittel) und Bayern (knapp ein Viertel) – die **kurze Anreise** ins Allgäu war hierfür sicher ausschlaggebend. Die Besucher*innen übernachteten vorrangig in einem Hotel/einer Klinik oder in einer Ferienwohnung (M 3).
In den Jahren 2020 und 2021 brachen die Gäste- und Übernachtungszahlen infolge der **Coronapandemie** stark ein. 2021 kamen nur noch ca. 130 000 Gäste nach Bad Hindelang – ein Rückgang um mehr als 40 % im Vergleich zu 2019. Auch die Bettenzahl ging stark zurück (M 3).
In den Jahren 2017–2019 lag der Schwerpunkt auf dem **Sommertourismus**. So kamen etwa im Jahr 2019 ca. 112 000 Gäste im Sommer, ca. 102 000 im Winter (M 3). Dieser Trend war in den Coronajahren 2020 und 2021 besonders stark ausgeprägt – schließlich hielten in den Wintermonaten Lockdown, Beherbergungsverbote usw. die Menschen vom Verreisen ab, sodass hier die Ankünfte bzw. Übernachtungen minimal waren.

Fazit

Bad Hindelang ist ein in „normalen“ Jahren beliebter Tourismusort, der v. a. von Süddeutschen gern für Kurzreisen angesteuert wird. Das „Ökomodell Hindelang“ fungiert dabei als Touristenmagnet: Es gewährleistet den Erhalt der traditionellen Kulturlandwirtschaft, schützt die idyllische Bergwelt und versorgt die Urlauber*innen mit hochwertigen, regional erzeugten Produkten.

3 **TIPP** *Anforderungsbereich III, Gewichtung 35 %*

Achten Sie bei der Beurteilung der Perspektiven unbedingt darauf, Wiederholungen zur zweiten Teilaufgabe zu vermeiden. Analysieren Sie also keinesfalls das Ökomodell oder die Touristenzahlen erneut, sondern fassen Sie die zuvor genannten Entwicklungen prägnant zusammen. Davon ausgehend müssen Sie mögliche positive und negative Entwicklungen beurteilen. Das Material M 5 liefert hinsichtlich möglicher Probleme zahlreiche Anhaltspunkte, die Sie, ergänzt durch Ihr Unterrichtswissen, anführen können.
Je nach Stichhaltigkeit Ihrer Argumentation können Sie auch zu einem anderen Fazit als dem folgenden Urteil, das überwiegend positiv ausfällt, kommen.

Angesichts des **Klimawandels** steht der Wintertourismus in seiner „klassischen“ Form mit Ski- und Snowboardfahren alpenweit vor großen Problemen. Tiefere Lagen wie die Region Bad Hindelang werden in Zukunft **nicht mehr schneesicher** sein (bzw. sind es jetzt schon nicht mehr). Hier muss die Gemeinde unbedingt mit alternativen Angeboten gegensteuern, will man den bereits jetzt erkennbaren Trend zur Abnahme der Touristenankünfte im Winterhalbjahr stoppen. Da Bad Hindelang in seiner Zukunftsstrategie „Unser Bad Hindelang 2030“ immer noch mit dem Merkmal „Bestes Familien-Skigebiet“ wirbt (vgl. M 4b), scheint hier ein weiteres Umdenken notwendig zu sein. Mögliche Probleme – Klimawandel

Der Klimawandel bedroht auch die Alpweiden in Form einer **Verbuschung** der Flächen (vgl. M 5, Z. 12 f.). Will man die Weideflächen weiterhin offen und artenreich wie bisher halten, stellt dies eine zusätzliche Aufgabe für die Bergbauern da.

Dies erschwert die ohnehin harte Arbeit der Älplerinnen und Älpler weiter. Es besteht die Gefahr, dass andere, lukrativere Einkommensquellen im Tourismus bevorzugt werden (z. B. als Wanderführer*in o. Ä.) und damit die für den Tourismus Bad Hindelangs so wichtige **Alpwirtschaft zurückgeht**. Bereits jetzt ist erkennbar, dass trotz Ökomodell, Förderung und des sicher hohen Stellenwerts, den die Landwirtschaft in Bad Hindelang noch hat, die Anzahl der Landwirte seit 1992 von damals 90 auf derzeit 64 abgenommen hat (M 4a). Weitere Unterstützung und finanzielle Anreize z. B. durch staatliche Förderprogramme sind hier wohl auch in Zukunft nötig, denn sonst drohen im Fremdenverkehr ebenfalls massive Probleme: „Erst geht die Kuh, dann der Gast.“ (M 5, Z. 22 f.) – Rückgang der Landwirtschaft

Dass sich allmählich wieder Wölfe in der Alpenregion ansiedeln (vgl. M 5, Z. 13 f.), kann einen neuen Keil zwischen Landwirte und Naturschützer treiben.

Die Bergbauern kämpfen aber auch an anderer Front: Die Touristinnen und Touristen **verhalten sich** oft **unangemessen**, sie erschrecken Kühe, machen Lärm und campen an Stellen, an denen es nicht erlaubt ist (vgl. M 5, Z. 8 ff.). Die Älplerinnen und Älpler haben hier eine weitere schwierige Aufgabe, nämlich die Urlauber zu einem sensiblen Umgang mit der Natur zu bewegen. – Overtourism

Als während der Coronapandemie die Möglichkeit für Urlaubsreisen stark eingeschränkt war, erlebten Naherholungsgebiete wie die Alpen einen regelrechten Besucheransturm. Auf solche Besuchermassen, die durch das Schlagwort **Overtourism** beschrieben werden können, sind kleine Orte wie Bad Hindelang nur unzureichend eingestellt; auch die Verkehrsströme können im engen Talbereich kaum gelenkt bzw. untergebracht werden (Unterrichtswissen).

Die schon seit mehreren Jahren **sinkende Bettenzahl** könnte ein Hinweis auf ein strukturelles Problem des Hindelanger Tourismus – Beherbergungsstruktur sein. Denn der überwiegende Teil der Betten wird im Bereich Hotel/Klinik bzw. in Ferienwohnungen angeboten; Gästehäuser/Pensionen oder Privatzimmer haben nur einen verschwindend kleinen Anteil daran. Dieser Trend zur Reduzierung der Bettenzahl wurde durch Corona noch verstärkt – vermutlich wurden in den Coronajahren viele Betten in solchen Privatunterkünften gar nicht erst angeboten. Diese Betten werden aber bei einer möglichen künftigen Steigerung der Touristenzahlen fehlen.

Positive Perspektiven

Die Analyse der Touristenzahlen (vgl. Teilaufgabe 2) zeigt, dass die Gemeinde Bad Hindelang eine **beliebte Tourismusdestination** ist – es gibt eigentlich keinen nachvollziehbaren Grund, warum an diesen Trend nicht künftig angeknüpft werden sollte.

– Touristische Highlights

Die Gemeinde kann mit zahlreichen **touristischen Highlights** aufwarten, auf die auch die **Zukunftsstrategie** „Unser Bad Hindelang 2030“ setzt. Hier sind zum einen die Vorzüge, die das **Ökomodell** mit sich bringt, zu nennen (80 % des Gemeindegebiets unter Landschafts- und Naturschutz; viele Biobauern, Alpwirtschaft als immaterielles Weltkulturerbe, handwerklich hergestellte (Bio-)Produkte). Zum anderen wirbt Bad Hindelang mit der „besten Luft Deutschlands“, was Allergiker und Gesundheitsbewusste begeistern wird, und vermarktet sich als „**gesund**“. Eine weitere wichtige Zielgruppe, nämlich **Familien**, werden durch Kinderhotels, Urlaub auf dem Bauernhof, familiengerechte Infrastruktur und die Möglichkeit für Mehr-Generationen-Urlaub ebenfalls gezielt angesprochen (vgl. M 4b).
Das Konzept „Unser Bad Hindelang 2030“ berücksichtigt folglich **wichtige gesamtgesellschaftliche Trends** (Gesundheit, Neo-Ökologie, Individualisierung) und kann somit als sehr **zukunftsträchtig** angesehen werden.

– Ökomodell

Der Druck, der häufig auf der Berglandwirtschaft lastet, weil sie zunehmend in Konkurrenz zu großen Agrarbetrieben gerät (vgl. M 5, Z. 2 ff.), führt alpenweit zur Aufgabe vieler Betriebe. In Bad Hindelang wird dieser Entwicklung durch das **Ökomodell** vorgebeugt; auch die Gemeinde unterstützt die Alpwirtschaft finanziell. So kann das Landschaftsbild erhalten bleiben, was wiederum den Tourismus stärkt.

Fazit

Bad Hindelang wird, wie alle Orte in den Alpen, zukünftig verstärkt mit den Folgen des Klimawandels zu kämpfen haben. Allerdings setzt die Gemeinde in ihrer Zukunftsstrategie auf zahlreiche Alleinstellungsmerkmale, die in enger Verbindung zum Ökomodell stehen. Somit scheint man in Bad Hindelang für die Zukunft des Tourismus gut aufgestellt zu sein.

MAROKKOS „VISION 2020" – ERFOLGREICHE ENTWICKLUNG DURCH TOURISMUS?

Aufgabenstellung

1 Beschreiben Sie den Naturraum und das touristische Potenzial Marokkos.

2 Charakterisieren Sie vor dem Hintergrund der „Vision 2020" die Entwicklung des Tourismus in Marokko.

3 Beurteilen Sie den Erfolg der „Vision 2020". Berücksichtigen Sie dabei auch zukünftige Chancen und Probleme des Tourismus in Marokko.

Hilfsmittel: eingeführter Schulatlas, Wörterbuch, Taschenrechner

M 1 Klimadiagramme ausgewählter Stationen

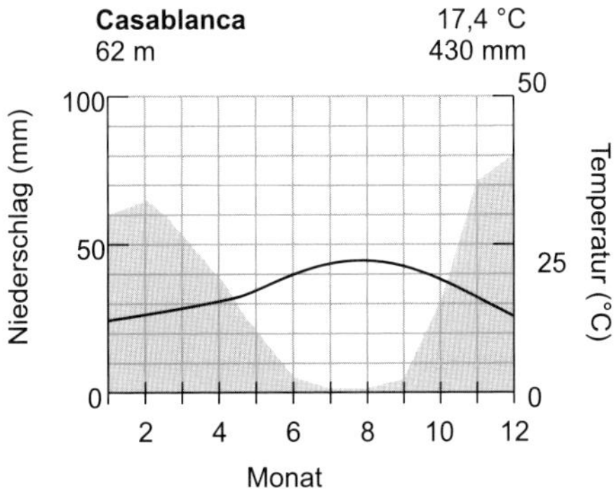

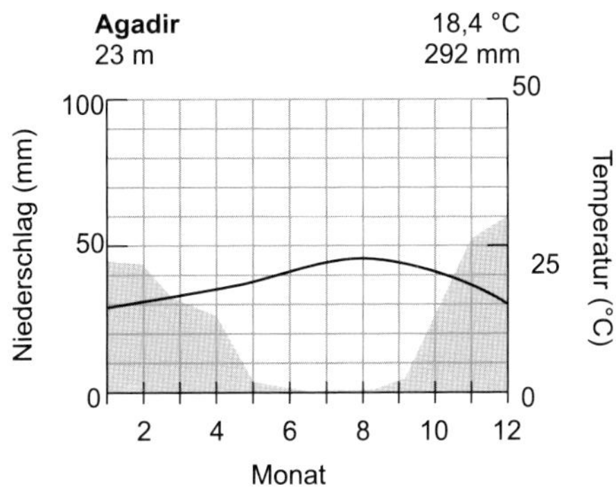

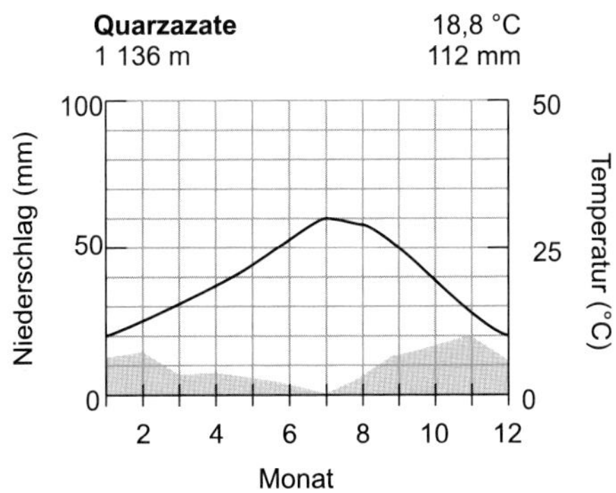

Quelle: Bernhard Mühr, Klimadiagramme.de

M 2 Tourismuskarte Marokko

Quelle: © mytouristmaps.com

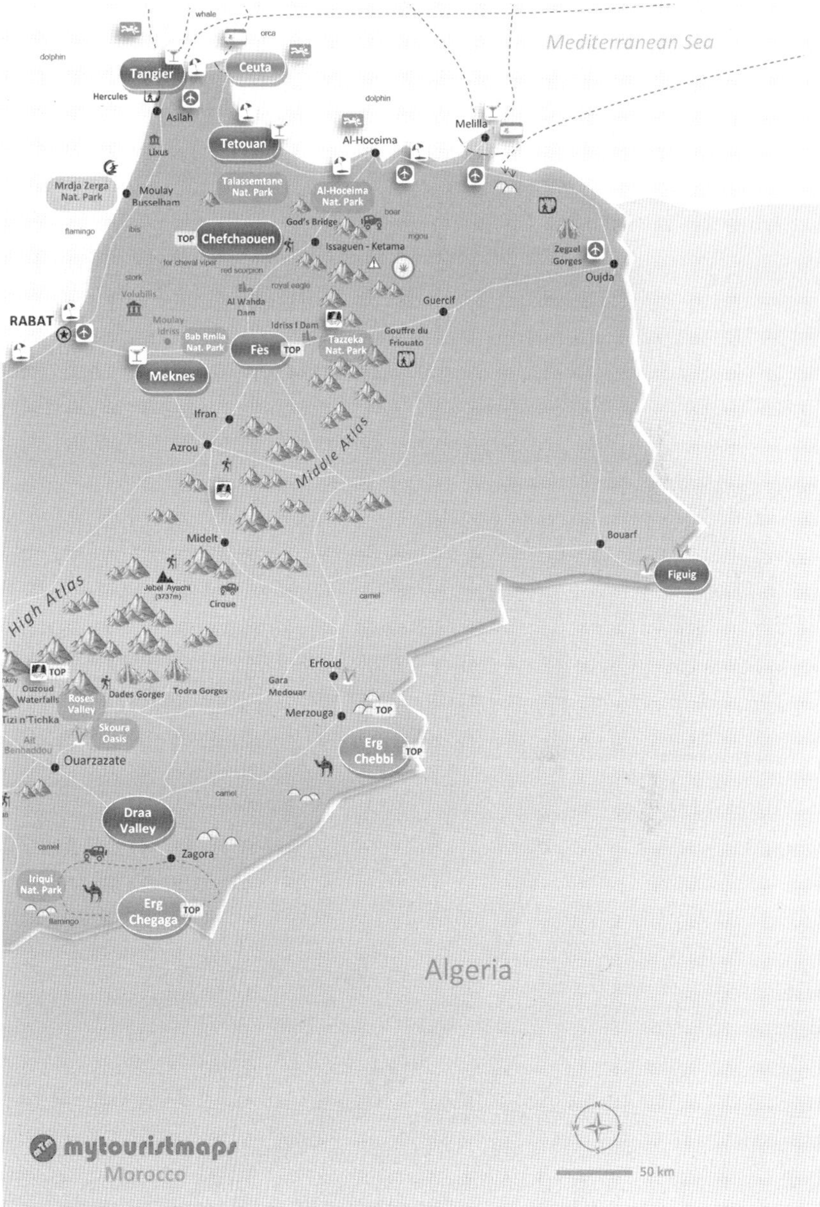
Mediterranean Sea
whale
orca
dolphin
Tangier
Ceuta
Hercules
Asilah
Lixus
Tetouan
Melilla
Al-Hoceima
Mrdja Zerga
Nat. Park
Moulay
Busselham
Talassemtane
Nat. Park
Al-Hoceima
Nat. Park
boar
flamingo
ibis
TOP
Chefchaouen
God's Bridge
Issaguen - Ketama
mgou
Zegzel
Gorges
Oujda
stork
Volubilis
red scorpion
royal eagle
Al Wahda
Dam
Guercif
RABAT
Moulay
Idriss
Bab Rmila
Nat. Park
Idriss I Dam
Fès
TOP
Tazzeka
Nat. Park
Gouffre du
Friouato
Meknes
Ifran
Azrou
Middle Atlas
Midelt
Bouarf
Figuig
High Atlas
Jebel Ayachi
(3737m)
Cirque
camel
TOP
Ouzoud
Waterfalls
Roses
Valley
Dades Gorges
Todra Gorges
Gara
Medouar
Erfoud
Merzouga
TOP
Tizi n'Tichka
Skoura
Oasis
Ait
Benhaddou
Ouarzazate
Erg
Chebbi
TOP
camel
Draa
Valley
camel
Zagora
Iriqui
Nat. Park
Erg
Chegaga
TOP
flamingo
Algeria
mytouristmaps
Morocco
50 km

M 3 Sicherheitshinweise des Auswärtigen Amtes für Reisen nach Marokko (Auszüge)

Startseite › Marokko › Reise- und Sicherheitshinweise

Sicherheitshinweise für Reisen nach Marokko

- Trotz hoher Sicherheitsmaßnahmen besteht das Risiko terroristischer Angriffe.
- Die spontane und unerwartete Entwicklung von Demonstrationen und gewaltsamen Auseinandersetzungen ist möglich.
- Von Reisen in das Gebiet Westsahara und in Grenzregionen zu Mauretanien wird dringend abgeraten (auch wegen Minen und Kampfmitteln).
- Von Reisen in die unmittelbare Grenzregion zu Algerien wird abgeraten.
- Mögliche Belästigungen durch Drogenhändler im Rif-Gebirge (Besitz von Drogen führt zu hohen Haftstrafen).
- Mögliche Kriminalität in der Nähe von touristischen Attraktionen, vor allem Diebstähle, auch unter Einsatz von Hieb- und Stichwaffen.
- Erhöhte Vorsicht im Straßenverkehr, kein Verlass auf Rücksichtnahme und Beachtung von Verkehrsregeln; Fußgänger, Tiere und unbeleuchtete Fahrzeuge auch auf Autobahnen.
- Wertkonservative Einstellung und traditionelles Rollenverständnis der Mehrheit der Marokkaner, insbesondere Frauen sollten zurückhaltend auftreten.
- Außereheliche und gleichgeschlechtliche Beziehungen sind gesetzlich strafbar, teilweise müssen in Hotels Heiratsurkunden vorgelegt werden. Zurückhaltung in der Öffentlichkeit ist dringend ratsam.
- Alkohol in der Öffentlichkeit ist strikt untersagt.
- Während des Fastenmonats Ramadan sollte es vermieden werden, in der Öffentlichkeit zu essen, zu trinken oder zu rauchen.

Quelle: zusammengestellt und verändert nach Auswärtiges Amt Berlin, Internetredaktion; https://www.auswaertiges-amt.de/de/aussenpolitik/laender/marokko-node/marokkosicherheit/224080

M 4 Tourismus in Marokko

M 4a Steckbrief zur „Vision 2020“

Programm aus dem Jahr 2010 zur Entwicklung des Tourismus in Marokko mit folgenden Zielen für das Jahr 2020:

- Marokko als eine der Top-20-Destinationen weltweit etablieren
- Modellregion für Nachhaltigkeit unter den Destinationen im Mittelmeerraum werden
- Verdoppelung der Touristenzahlen im Vergleich zu 2010
- Verdreifachung der Zahl der Inlandsreisenden
- Erhöhung des BIP-Anteils des Tourismus um zwei Prozentpunkte
- Schaffung von 470 000 direkten und weiteren etwa 500 000 indirekten Arbeitsplätzen
- Verdoppelung der touristischen Einnahmen im Vergleich zu 2010

VISION 2020
STRATÉGIE DE DÉVELOPPEMENT TOURISTIQUE

Maßnahmen: 6 Programme	
Azur 2020	Stärkung der Resorts am Mittelmeer und am Atlantik, Entwicklung neuer Projekte im Süden (Souss & Sahara)
Green Sustainable Development Programme	Entwicklung „grüner“ Projekte durch innovative und nachhaltige Tourismus-Angebote (Öko-Lodges, Wüsten-Resorts, Glamping)
High-Value Niche Programme	Schaffung von Infrastruktur für internationale Meetings, Nutzung von Synergien für Sport, Wellness, Ausstellungen und Kulturveranstaltungen
Patrymony and Heritage Programme	Erhöhung der Ausnutzung des marokkanischen Kulturerbes für touristische Angebote, z. B. für kulturelle Erlebnisse
Event, Sport & Leisure Programme	Entwicklung international wettbewerbsfähiger Kultur- und Freizeitevents (Vergnügungsparks, Sportveranstaltungen usw.)
Biladi Programme	Schaffung von auf die Bedürfnisse und Gewohnheiten marokkanischer Reisender zugeschnittener Angebote

Noch im Jahr 2010 wurde mit der Umsetzung begonnen. Umfangreiche Maßnahmen (Bau, Infrastruktur, Anwerbung von Investoren, Imagekampagne) wurden in die Wege geleitet.

Quelle: eigene Übersetzung nach Rouides, Nada (Direction of Regulation, Development an Quality, Department of Tourism): Vision 2020 for Tourism in Morocco. Vortrag vom 14. 10. 2010; https://www.degruyter.com/document/doi/10.1515/tw-2019-0020/html?lang=de (Tabelle); Ministère du Tourisme (Logo)

M 4b Daten zur Entwicklung des Tourismus in Marokko

Jahr	Anzahl Touristen (Mio.)	Einnahmen (Mrd. €)	Einnahmen/ Tourist*in	Anteil am BIP (%)
1995	2,75	1,08	391	k. A.
2000	4,46	2,47	554	k. A.
2005	6,08	4,36	718	8,7
2006	6,78	5,50	811	k. A.
2007	7,70	6,06	787	k. A.
2008	8,21	6,04	736	k. A.
2009	8,66	5,72	661	k. A.
2010	9,75	6,17	632	8,8
2011	9,78	6,54	668	k. A.
2012	9,83	6,61	672	k. A.
2013	10,35	6,17	597	k. A.
2014	10,51	6,83	650	k. A.
2015	10,54	7,00	664	7,7
2016	10,68	7,16	670	k. A.
2017	11,54	8,04	697	k. A.
2018	12,49	8,06	645	k. A.
2019	13,11	8,09	678	8,3

Anmerkungen:
- Werte für das Jahr 2020 sind nicht aussagekräftig, da der Tourismussektor sehr stark durch Coronaeinschränkungen betroffen war.
- Eine Prognose kommt zu der Einschätzung, dass im Jahr 2024 etwa die Touristenzahlen von 2019 erreicht werden. Für das Jahr 2025 werden dann ca. 13,5 Mio. Ankünfte erwartet.

Quelle: © Statistisches Bundesamt (Destatis), 2022: Marokko – Statistisches Länderprofil Ausgabe 06/2022 (Daten); eigene Zusammenstellung, Daten nach Statista (Prognose)

M 5 Analyse zur Entwicklung des Tourismus in Marokko

[…] Zuletzt hatten in Spanien Anwohner gegen ausländische Touristen protestiert. Die rund 68 Mio. vor allem europäischen Gäste empfinden einige Iberer als Belastung. Manchen Orten wie der Insel Mallorca droht der Kollaps. […] Doch was sind nun die Alternativen für Ferien mit kurzem Flug? Bedeutete das Mittelmeer für Mitteleuropäer einst Sonne, Strand und Sightseeing ohne Jetlag, so gilt dies heute offenbar nur noch bedingt: Nach Revolutionen, Regimewechseln und Bürgerkriegen scheuen Urlauber die Arabische Welt. Gezielt griffen dort Terroristen oftmals touristische Ziele an, um Regime finanziell zu schwächen. Nach Anschlägen [und aufgrund von Kriegen und gewaltsamen Auseinandersetzungen kommen immer weniger Urlauber nach Tunesien, Ägypten oder gar Syrien.] Auch vor den Stränden am Roten Meer scheuen Sonnenhungrige mittlerweile zurück. Außerhalb Arabiens sieht es nur wenig besser aus, vor allem seitdem in der Türkei Journalisten, Urlauber und Geschäftsleute von Geiselhaft bedroht sind. Und nun noch nicht einmal südeuropäische Länder wie Griechenland und Spanien? Da meldet Marokko eine Steigerung des Tourismus von 8 Prozent im ersten Halbjahr 2017. Mittlerweile hat das Königreich die gesamte afrikanische Konkurrenz überflügelt und beherbergt mehr Gäste als der bisherige Spitzenreiter Südafrika. Das Königreich ist insbesondere auch bei Deutschen beliebt. Mehr als eine halbe Million machten sich im vergangenen Jahr nach Marokko auf – Tendenz steigend.

[…] [Doch] auch das islamische Königreich spürt die Zurückhaltung von Urlaubern und Investoren und verfehlt die eigenen ehrgeizigen Ziele. Bis 2020 wollte man sich auf 20 Millionen Touristen pro Jahr gesteigert haben. So sieht es die nationale Tourismusstrategie „Vision 2020“ von 2010 vor. Von diesen Zahlen ist man noch weit entfernt. […] Die Zielmarke von einer Million Erwerbstätigen im Tourismussektor ist bei derzeit rund 515 000 außer Sicht geraten. Woran es liegt, scheint keiner so richtig zu wissen. […] Es zeigt sich eine große Diskrepanz zwischen den einstigen Vorhaben und den tatsächlich realisierten Projekten. Gerade einmal 44 sollen es von den rund eintausend geplanten bis zur Umsetzung geschafft haben. Von den avisierten 15,6 Milliarden Euro für Investitionen wurden 4,1 Milliarden abgerufen. […] Zudem sind mehrere ausländische Investoren aus großen Bauvorhaben wieder abgesprungen, und obschon die ausländischen Direktinvestitionen nach Marokko stiegen, gingen sie im Tourismussektor zurück. […] Dabei befindet sich der Tourismussektor im internationalen Vergleich in keinem so schlechten Zustand. Laut dem Reise- und Tourismus-Wettbewerbsindex 2017 des Weltwirtschaftsforums nimmt Marokko Platz 65 von 136 Ländern ein – […] als drittes afrikanisches Land hinter Südafrika (Platz 53) und Mauritius (55). Aber es hat sich gegenüber 2015 um drei Plätze verschlechtert. Da der Index sich aus 14 Komponenten zusammensetzt, lohnt ein Blick auf die Komponenten, in denen Marokko besonders schlecht abschneidet. Diese sind: Internationale Offenheit (Rang 91), Ökologische Nachhaltigkeit (Rang 107), Personal und Arbeitsmarkt (Rang 117). […] Im Bereich der ökologischen Nachhaltigkeit ist vor allem die Wasserknappheit problematisch. Bereits jetzt hat vor allem der Süden des Landes ein Wasserproblem. In diesem Monat kam es zu Protesten der betroffenen Bevölkerung, besonders in der Region Drâa-Tafilalet südlich des Atlas. Die „DurstDemos“ weisen auf einen künftig noch größeren Mangel hin. Das World Resources Institute hat berechnet, dass Marokko im Jahr 2040 das Wasser ausgehen könnte. […] Marokkaner verbrauchen ca. 70 Liter Wasser am Tag. Der statistisch umgelegte Aufwand von 850 Litern pro Tag und Tourist in der Hochsaison ist in diesem Zusammenhang eine Herausforderung, wenn das Land seine Touristenzahl weiterhin verdoppeln will. […] Die Achillesferse des marokkanischen Tourismus ist jedoch der Personal- und Arbeitsmarkt. Bemängelt [wird] unter anderem der geringe Anteil an Frauen unter den Arbeitnehmern, Einstellungs- und Kündigungsverfahren, Anstellung ausländischer Fachkräfte, Bezahlung und Produktivität. Zudem sind Aus- und Weiterbildung ein großes Problem. Dies verwundert angesichts der großen Arbeitslosigkeit, vor allem unter jungen Menschen. […] Stattdessen beschäftigen viele Betriebe Unausgebildete schwarz oder über steuerbefreite Kurzanmeldungen und in beiden Fällen ohne Sozialversicherung. Die Bezahlung ist schlecht, je nach Art der Arbeit bekommt ein Kellner 250 bis 300 Euro im Monat. […]

Derzeit setzt Marokko auf die Diversifizierung sowohl der Herkunftsländer der Touristen wie auch des Angebotes vor Ort. […] Der innerafrikanische Tourismus birgt Potenzial für Marokko. Bislang kommen zwei von zehn Touristen in Nordafrika aus Subsahara-Afrika, während es in Subsahara-Afrika selbst zwei von drei sind. […] Nicht nur die Herkunftsländer werden immer zahlreicher, auch die Touristikarten, mit denen Marokko aufwartet, werden immer bunter. Neben dem klassischen Strandurlaub oder der Bildungsreise sind immer mehr auch andere Trends in Marokko zu verzeichnen. Bergwandern im Atlas, Classic-Ralleys, Fallschirmspringen, Trikes und Quads etc.

Quelle: Olaf Kellerhoff: Marokko statt Mallorca? Friedrich Naumann Stiftung vom 24. 10. 2017, https://www.freiheit.org/de/deutschland/marokko-statt-mallorca

TIPP **Allgemeine Hinweise zur Lösung der Aufgabe**

Voraussetzungen

Die Aufgabenstellung bezieht sich schwerpunktmäßig auf folgende Fachmodule und Schwerpunkte:

- **Fachmodul 1: Raumprägende Faktoren und raumverändernde Prozesse** (hier: physisch-geographische Faktoren, Mobilität, anthropogeographische Faktoren),
- **Fachmodul 2: Bedeutungswandel von Räumen** (hier: Wachstumsimpulse, vor allem durch neue Technologien und Tourismus),
- **Fachmodul 3: Ressourcen und nachhaltige Entwicklung** (hier: Entwicklungspotenziale und -perspektiven).

Bezüge zum **Raummodul 2: Nordafrika und Vorderasien** sind vor allem im inhaltlichen Schwerpunkt „Tourismus als Entwicklungsfaktor" des Raumbeispiels zu suchen.

Methodisch zielt die Aufgabe zum einen auf eine eingehende mehrperspektivische Analyse des Natur- und Kulturraums Marokkos, zum anderen auf eine Interpretation der gegebenen sozioökonomischen Daten hinsichtlich der Entwicklung des Tourismus ab. Ziel ist es, daraus in Kombination mit dem vorhandenen Unterrichtswissen eine differenzierte Prognose über zukünftige Entwicklungen abzugeben.

Lösungsvorschlag

1 **TIPP** *Anforderungsbereich I, Gewichtung 35 %*

Zu Beginn sollte knapp die geographische Lage Marokkos beschrieben und der Raum abgegrenzt werden. Der Operator „Beschreiben" fordert das strukturierte und fachsprachlich angemessene Vorstellen von Materialien und Sachverhalten. Bezüglich des Naturraums müssen Sie eine ausführliche Kartenanalyse (Atlas) vornehmen, um topographische, klimatische und tektonische Gegebenheiten sowie die Vegetation zu erfassen. Um das Klima räumlich differenzierter beschreiben zu können, stellen Sie einen Bezug zu den Klimadiagrammen in M 1 her. Hinsichtlich des touristischen Potenzials können vielfältige Informationen aus der Karte M 2 (Standorte, touristische Angebote, Infrastruktur usw.) die Darstellung ergänzen. Einschränkend sollten Sie auch die Hinweise des Auswärtigen Amtes in M 3 berücksichtigen.

Lage und Abgrenzung

Das **nordafrikanische Land** Marokko liegt nordwestlich der Sahara und weist eine Fläche von ca. 459 000 km^2 auf. **Die Hauptstadt** Rabat ist im Norden des Landes lokalisiert. Marokko befindet sich zwischen 1°–13° westlicher Länge und 28°–36° nördlicher Breite. Im Nordwesten und Westen grenzt es an den Atlantischen Ozean, im

Nordosten an das Mittelmeer, getrennt durch die Straße von Gibraltar. Im Osten, Südosten und Süden grenzt Marokko an Algerien und im Südwesten an die von Marokko besetzte, aber international nicht anerkannte Konfliktregion Sahara. Im Norden des Landes befinden sich zwei spanische Enklaven (Ceuta und Melilla). Südwestlich sind die zu Spanien gehörigen Kanarischen Inseln vorgelagert (Diercke Weltatlas 2015, S. 154 f.).

Naturraum

Der Großteil des Landes wird dominiert von den etwa 3 000–3 500 m hohen **Gebirgszügen des Atlas** (Hoher Atlas und Mittlerer Atlas im Zentrum, Antiatlas im Süden, Er-Rif-Gebirge an der Mittelmeerküste). Die höchste Erhebung ist der 4 167 Meter hohe Toubkal im Westen des Hohen Atlas. Aus dem Gebirge entwässern Flüsse in alle Richtungen, im Süden versiegen sie jedoch und bilden **Wadis** aus (Draa, Saoura). Nach Norden münden sie ins Mittelmeer bzw. in den Atlantik. Das Er-Rif-Gebirge bildet eine relativ **steile Küste zum Mittelmeer**, die Küstenregion zum **Atlantik** ist dagegen flacher. Hier findet sich auch der Großteil der Siedlungsflächen und der Wirtschaftsstandorte des Landes. Südlich des Atlas geht das Land in die **Wüste Sahara** über (Diercke Weltatlas 2015, S. 158 f.).

Klima

Der Norden des Landes ist durch **subtropisches, semihumides mediterranes Winterregenklima** geprägt (Diercke Weltatlas 2015, S. 244.4). Die Durchschnittstemperaturen liegen bei 17–20 °C, wobei aufgrund maritimer Einflüsse eine nur gering ausgeprägte Jahresamplitude zu erkennen ist (M 1, Diagramm Casablanca). Die Niederschlagssumme liegt hier bei etwa 500 mm (Station Casablanca: 430 mm).
Im südlichen Teil Marokkos herrscht **Steppen- bzw. Wüstenklima**. Die Temperaturen sind hier höher als im Norden und es ist deutlich trockener (vgl. Station Agadir: 292 mm; M 1). In den Bergen findet man ein entsprechendes **Gebirgsklima** mit stärkeren Temperaturschwankungen vor (vgl. M 1, Station Quarzazate).

Vegetation und Nutzung

In den Halbwüsten- und Wüstenregionen ist die **natürliche Vegetation** spärlich und besteht aus **Dornsträuchern und Gräsern**, eine Nutzung des Landes ist hier klima- und reliefbedingt nur in **Oasen** möglich. Die wirtschaftliche Nutzung beschränkt sich in diesem Teil ansonsten auf den **Abbau von Rohstoffen** (v. a. Metalle). Im mediterranen Teil finden sich natürlicherweise v. a. **Hartlaubgewächse und Palmen**, bei entsprechender **Bewässerung** können Weizen, Obst, Gemüse und Wein angebaut werden. Eine weitere verbreitete Nutzung ist die Kultivierung von Korkeichen (Diercke Weltatlas 2015, S. 158 f., S. 258.1).

Marokko liegt auf der Grenze der **konvergierenden Afrikanischen und Eurasischen Platten**, sodass eine **Erdbebengefahr** grundsätzlich gegeben ist. Diese ist jedoch weitaus geringer als im östlichen Mittelmeerraum (Diercke Weltatlas 2015, S. 252.3).

Tektonik

Das **touristische Potenzial** Marokkos ergibt sich aus naturräumlichen, kulturräumlichen, infrastrukturellen und Sicherheitsaspekten.

Touristisches Potenzial

Naturräumlich kann die Region als sehr attraktiv angesehen werden, insbesondere für den **Bade-, Strand- und Wassersporttourismus**. **Warme und niederschlagsarme Sommer** sowie eine **lange Küstenlinie** bieten hierfür beste Voraussetzungen. Darüber hinaus haben die **Bergregionen** mit attraktiven landschaftlichen Highlights ein Potenzial für den **Wandertourismus**. **Wüstenregionen**, insbesondere Oasen, können ebenfalls als Anziehungspunkte für **Abenteuer- und Individualreisende**, aber auch für Rundfahrten und Safaris angesehen werden (M 2).

– Naturraum

Auch das **kulturelle Angebot** ist attraktiv. Die **historischen orientalischen Altstädte (Medinas)** der größeren Städte (z. B. Fes, Casablanca, Marrakesch) locken mit ihren verschlungenen Innenhofstrukturen, Bauwerken und **traditionellen Basaren** Touristen an. In Marokko gibt es neun **UNESCO-Welterbestätten**. Viele Städte werben zudem mit einem bunten und lebendigen **touristischen Angebot** wie Hotels, Gastronomie, Veranstaltungen und Festen, Sport- und Kulturveranstaltungen etc. (M 2, Unterrichtswissen).

– Kulturraum

Auch **infrastrukturell** ist die Ausstattung des Landes, insbesondere in den touristischen Regionen, als gut zu bezeichnen: In nahezu allen größeren Städten an der Küste und in Marrakesch gibt es **Flughäfen** (M 2). Hier findet sich auch ein **gut ausgebautes Straßennetz**, das die Orte miteinander verbindet. Auch **Seehäfen** sind in den meisten Küstenstädten vorhanden. Etwas spärlicher ist das Straßennetz im Zentrum und im Süden des Landes, also in den Gebirgs- und Wüstenregionen, ausgebaut. Hauptverbindungsachsen, die z. B. auch Rundreisen ermöglichen, sind aber vorhanden (M 2, Diercke Weltatlas 2015, S. 158).

– Infrastruktur

Als einschränkender Faktor kann die **Sicherheit** in Marokko genannt werden. Zwar liegt keine offizielle Reisewarnung des Auswärtigen Amtes für Reisen nach Marokko vor, es wird aber zur Vorsicht gemahnt. Naturkatastrophen wie **Erdbeben und Überschwemmungen** im Bergland sind möglich. Außerdem wird vor **Terrorismus und Kriminalität** sowie den relativ **strengen Verhaltensregeln** und Restriktionen in dem konservativ islamisch geprägten Land gewarnt. Vor dem Alleinreisen und dem Verlassen der touristischen Regionen und Hauptverkehrsadern wird ebenso dringend abgeraten

– Sicherheit

wie vor Reisen in die Grenzregion zu Algerien sowie in die Region des Gebietes der Westsahara (M 3).

Zusammenfassend lässt sich festhalten, dass Marokko ein durchaus hohes und differenziertes touristisches Potenzial hat, das verschiedene Touristengruppen anspricht. Allerdings muss auf die eingeschränkte Sicherheit bei Reisen in das Land hingewiesen werden. Fazit

2 **TIPP** *Anforderungsbereich II, Gewichtung 35 %*

Der Operator „Charakterisieren" fordert, dass Sachverhalte in ihren Eigenarten beschrieben, typische Merkmale gekennzeichnet und dann gegebenenfalls unter einem oder mehreren Gesichtspunkten zusammengeführt werden. In diesem Fall geht es darum, auf Basis einer Materialanalyse die Entwicklung der Tourismusdaten (M 4 b) anhand ausgewählter Beispiele zu beschreiben. Diese Entwicklung müssen Sie dann mit Auswirkungen der Maßnahmen der „Vision 2020" (M 4 a) verknüpfen, deren Einzelheiten und Ziele ebenfalls beschrieben werden sollen. Auch Daten aus M 5 können bereits in die Darstellung einfließen, allerdings sollten Sie darauf achten, dass hier noch keine Wertungen vorgenommen werden. Von zentraler Bedeutung für die Lösung ist es, dass die Werte und Informationen aus den Tabellen nicht einfach aufgezählt und aneinandergereiht werden, sondern dass wesentliche Entwicklungen und Tendenzen erkannt und miteinander verknüpft werden. Dies kann bei dieser Teilaufgabe z. B. auch mit einer Einordnung in das Lebenszyklusmodell nach Butler nachgewiesen werden.

Entwicklung des Tourismus bis 2019

Der Tourismus ist für Marokkos **Wirtschaft** ein wichtiger Faktor, der in den vergangenen Jahrzehnten stets **BIP-Anteile** von 7 bis 9 % ausmachte. Seit den Neunzigerjahren wächst die **Zahl der Touristinnen und Touristen** stetig an: Die Zahlen haben sich zwischen 1995 und 2010 fast vervierfacht (von 2,75 auf 9,75 Mio. Gäste). Danach ließ dieses enorme Wachstum etwas nach, insbesondere zwischen 2010 und 2012, als die Zahlen auf hohem Niveau nahezu stagnierten. Dennoch konnten die Ankünfte bis 2019 auf über 13 Mio. gesteigert werden. Nachdem in den letzten beiden Jahren der internationale Tourismus aufgrund der Coronapandemie annähernd zum Erliegen kam, rechnet man damit, dass dieser Wert bis 2024 wieder erreicht wird und danach weiter ansteigt. Analog zu den Touristenzahlen konnten auch die **Einnahmen** gesteigert werden: Brachte der Fremdenverkehr 1995 etwa eine Mrd. € Einnahmen, konnte dieser Wert bis zum Jahr 2010 versechsfacht und anschließend weiter auf knapp über acht Mrd. im Jahr 2019 gesteigert werden. Auch hier flacht sich das Wachstum also ab. Besonders eindrücklich zeigt sich dies, wenn man die **Einnahmen pro Tourist*in** für die verschiedenen Zeiträume betrachtet: Während die Werte bis ins Jahr 2006 (teils deutlich) auf bis zu über 800 € zulegten, stagnieren diese zwischen 2010 und 2019 zwischen 650 und 700 €, im Jahr 2013 rutschten sie sogar auf 597 € ab (M 4 b).

Einordnung in das Lebenszyklusmodell nach Butler

Erklären könnte man diese Entwicklung mit dem **Modell des Lebenszyklus eines Tourismusstandortes nach Butler:** Nachdem der Standort in den Neunziger- und Nullerjahren die **Erschließungs- und Konsolidierungsphase** durchgemacht hat, die durch eine **steigende Nachfrage** und entsprechende Anpassungen in der touristischen Infrastruktur geprägt sind, zeigt sich um 2010 tendenziell der Übergang zu einer **Stagnationsphase**, in der die Besucherzahlen nur noch langsam steigen und erste ökonomische, ökologische und soziokulturelle Probleme – typische **Phänomene des Massentourismus** – auftreten.

Entwicklungsprogramm „Vision 2020"

Dass die Nachfrage nach 2012 wieder zunimmt, kann mit der Reaktion der marokkanischen Tourismusbehörde erklärt werden. Diese setzte im Jahr 2010 ein ambitioniertes **Entwicklungsprogramm** auf, die „Vision 2020" (M 4 a). Der sinkenden Attraktivität sollte durch eine umfassende **Erneuerung und Ausweitung der touristischen Angebote** und eine groß angelegte Imagekampagne entgegengewirkt werden. Die „Vision 2020" umfasst sechs Programme, die mit verschiedenen Schwerpunkten eine Entwicklung des Tourismus in Marokko zum Ziel haben.

Maßnahmen der „Vision 2020"

Unter anderem sollte z. B. die **Infrastruktur** für internationale Veranstaltungen aus den Bereichen Sport, Kultur, Freizeit und Business geschaffen werden, um durch solche Events die Aufmerksamkeit auf Marokko zu lenken *(High-Value Niche Programme, Event, Sport & Leisure Programme)*. Ein weiteres Programm sieht vor, das marokkanische **Kulturerbe** besser zu inszenieren, um kulturell interessierte Zielgruppen anzusprechen *(Patrymony and Heritage Programme)*. Aber auch **„klassische" Badeorte** am Mittelmeer und Atlantik *(Azur 2020)* sowie neue **nachhaltige Destinationen**, die mit Öko-Lodges, Glamping usw. neue Zielgruppen ansprechen sollten, wurden geplant *(Green Sustainable Development Programme)*. Zudem sollte ein weiterer Fokus auf den **Ausbau des Binnentourismus** gelegt und die Bedürfnisse einheimischer Reisender sollten berücksichtigt werden (*Biladi Programme*; M 4 a).
Für die Umsetzung der Projekte wurden 15,6 Mrd. Euro (M 5) bereitgestellt, in der Hoffnung, dass **ausländische Investoren** auf den Zug aufspringen und in den marokkanischen Tourismus investieren.

Ziele der „Vision 2020"

Wirtschaftliche Ziele der Maßnahmen sahen vor, im Zeitraum von 2010 bis 2020 die **Einnahmen im Tourismussektor** zu verdoppeln und den **BIP-Anteil** dieses Sektors um zwei Prozentpunkte zu erhöhen. Daneben erhoffte man sich einen **Imagegewinn** für die Destination Marokko, indem man sich zur **Modellregion für Nachhaltigkeit im Mittelmeerraum** erklärte, und setzte sich zum Ziel, in die Top 20 der Destinationen weltweit aufzusteigen. Hierdurch sollte ein **katalytischer Effekt**, also eine Steigerung der Touristenzahlen durch gesteigerte Bekanntheit und Medienpräsenz, erzeugt werden. Dieser neue Tourismusboom sollte sich durch **indirekte Effekte** auch auf **sozioökonomischer Ebene** auswirken: Die Schaffung von 470 000 direkten und 500 000 weiteren Arbeitsplätzen wurde als Ziel ausgegeben **(Beschäftigungseffekt)** und man erhoffte sich so entsprechende **Entwicklungsimpulse** auch für die eigene Bevölkerung **(Trickle-Down-Effekt)**. Schließlich sollte die Zahl der Binnentouristen verdreifacht werden. Noch im Jahr 2010 begann man mit der Umsetzung und startete umfangreiche Maßnahmen, indem man mit dem Bau und Ausbau der nötigen Infrastruktur anfing und Investoren anwarb (M 4 a).

Fazit

Die „Vision 2020" stellt eine breit gefächerte, umfassend geplante und ambitionierte Reaktion auf die Stagnation der Touristenzahlen dar. Wie oben angesprochen, zeigten sich relativ schnell erste Erfolge und die Touristenzahlen legten ab 2013 wieder deutlicher zu. Um diese Erfolge präzise beurteilen zu können, müssen aber die Zielsetzung und die Entwicklung der Zahlen differenzierter untersucht werden.

3 **TIPP** *Anforderungsbereich III, Gewichtung 30 %*

Der Operator „Beurteilen" fordert, den Stellenwert von Sachverhalten und Prozessen in einem Zusammenhang zu überprüfen, um kriterienorientiert zu einem begründeten Sachurteil zu gelangen. In dieser Teilaufgabe sollen die Ergebnisse der Teilaufgaben 1 und 2 reflektiert und zusammengeführt werden, um zu einer Prognose zur künftigen Entwicklung zu gelangen. Zahlreiche inhaltliche Ansätze dazu bietet M 5. Darüber hinaus kann auch Unterrichtswissen eingebunden werden. Daraus sollen dann verschiedene Argumente abgeleitet und begründet werden. Die Schwierigkeit der Aufgabe liegt einerseits darin, das auf den ersten Blick recht eindeutige Urteil hinsichtlich der Ziele der „Vision 2020" sinnvoll einzuschränken. Andererseits müssen Sie verschiedene zukunftsorientierte Perspektiven einander gegenüberstellen, um zu einem differenzierten Urteil zu gelangen.
Ausschlaggebend ist dabei vor allem die Argumentationstiefe, weniger die Anzahl der angeführten/genannten Argumente.

Scheitern der angestrebten Ziele

Betrachtet man nur die **Ziele der „Vision 2020"** und vergleicht sie mit der **Realität im Jahr 2019** (2020 kann aufgrund des pandemiebedingten Zusammenbruchs der globalen Tourismusbranche nicht zum Vergleich dienen), kann man auf den ersten Blick nur zu dem

Schluss kommen, dass das **Programm auf ganzer Linie gescheitert** ist. **Keines der Ziele** konnte auch nur annäherungsweise **erfüllt** werden. Von den angestrebten 20 Mio. Touristinnen/Touristen kamen 2019 gerade einmal 13 Mio.; statt geplanter 12 Mrd. wurden nur 8 Mrd. € eingenommen; der Anteil des Tourismus am BIP stagniert und statt in den Top 20 rangiert man auf Platz 65 des Wettbewerbsindex, Tendenz fallend. Nicht einmal ein Drittel der ausgeschriebenen Investitionssumme wurde abgerufen und internationale Investoren scheinen das Interesse an der Destination Marokko verloren zu haben. Auch im sozioökonomischen Bereich ist man **weit von den eigentlichen Zielen entfernt:** Nur etwa die Hälfte der angestrebten neuen Arbeitsplätze wurde geschaffen; statt der erhofften Trickle-Down-Effekte zeigen sich eher **Tendenzen zur Ausbeutung** der lokalen Arbeiterinnen und Arbeiter. Im Personal- und Arbeitsmarkt finden sich **kaum Impulse**, die auf eine nachhaltige Entwicklung hindeuten: Frauen sind weiterhin benachteiligt, Angestellte müssen für geringe Löhne und ohne nennenswerte Absicherung arbeiten, was dazu führt, dass höherqualifiziertes Personal sich lieber auf andere Branchen konzentriert und trotz hoher Arbeitslosigkeit im Land ausgebildetes Personal im Tourismussektor fehlt (M 4 b, M 5).

Positive Entwicklung

Trotz dieser recht eindeutigen Bilanz kann man feststellen, dass es Marokko, wie in Teilaufgabe 2 beschrieben, gelungen ist, die **Zahlen im Tourismussektor grundsätzlich zu steigern**. Ausgehend vom Lebenszyklusmodell nach Butler befand sich Marokko um 2010 in einer **Stagnationsphase**, in der die Weichen für die Zukunft gestellt werden mussten. Angesichts der beschriebenen Programme und der resultierenden Zahlen kann festgestellt werden, dass die **Tendenz** hin **zu einer Erneuerungsphase** hier deutlich erkennbar ist – und das, obwohl viele der Vorhaben offensichtlich gar nicht umgesetzt wurden. Das Problem scheint also weniger in der tatsächlichen Entwicklung zu liegen, sondern in der illusorischen Zielsetzung.

Zukunftsperspektiven

Für die **zukünftige Entwicklung** des Tourismusstandorts lassen sich verschiedene **Chancen und Probleme** herausarbeiten.

– Chancen

Als **Chancen** können angeführt werden:

- Das grundsätzlich große **touristische Potenzial** (vgl. Teilaufgabe 1).
- Die **positive Entwicklung der Touristenzahlen und der Einnahmen** seit 2012 (vgl. Teilaufgabe 2).
- Die **positive Prognose** für die kommenden Jahre: Das Erreichen der Werte von 2019 wird für 2024 erwartet (M 4 b). Auch danach werden Steigerungen vorhergesagt. Marokko kann sich also offenbar gut von den Folgen der Coronapandemie erholen.
- Pläne zum **Ausbau des nachhaltigen Tourismus** liegen vor bzw. sind bereits umgesetzt worden (M 4 a). Sicherlich wird der Trend in den kommenden Jahren auch in diese Richtung gehen und

Standortvorteile, z. B. gegenüber südeuropäischen Ländern wie v. a. Spanien, die mit **Overtourism** und drohendem Imageverlust kämpfen, könnten erschlossen werden.
- Die angestrebte **Diversifizierung** weg vom Massentourismus könnte **neue Zielgruppen** ins Land locken (Wanderurlaub, Erlebnistourismus, Events etc.; M 5).
- Die **Erschließung neuer Herkunftsregionen** z. B. in Afrika birgt nach wie vor Potenzial, auch wenn eine Exploration in diese Richtung aufgrund der Coronapandemie und des nach wie vor recht langsam fortschreitenden Wohlstands eher als langfristige Entwicklung angesehen werden muss (M 5).

Als mögliche **Probleme** können genannt werden: – Probleme
- Ein **uneingeschränktes Reisen** ist nicht überall in Marokko möglich (vgl. Teilaufgabe 1).
- Die offensichtlich auf Regierungs- und Verwaltungsebene **scheiternde Planung und Umsetzung von Projekten** (schwache Strukturen, fehlendes Knowhow, Korruption) führt zum Abspringen von Investoren.
- Nur **geringe Weiterentwicklung auf sozialer Ebene**, schlechte Arbeitsbedingungen, ggf. Ausbeutung schaden einerseits der Qualität und dem Image der Destination und verhindern andererseits Wohlstand, der Voraussetzung für die Zunahme des **Binnentourismus** wäre.
- Im Nahen Osten besteht mit Ländern wie Dubai, Katar usw., die den Tourismussektor in jüngster Zeit mit gewaltigen Investitionen ausgebaut haben, starke **Konkurrenz**.
- **Ökologische Probleme**, v. a. Wasserknappheit, werden dem Tourismussektor zu schaffen machen und zunehmend zu sozialen Spannungen führen. Dies gilt insbesondere bei einem weiteren Ausbau des Tourismus – schließlich ist der Wasserverbrauch einer Touristin bzw. eines Touristen zwölf Mal so hoch wie der einer/eines Einheimischen (vgl. M 5).

Obwohl die Ziele der „Vision 2020“ durchweg als gescheitert angesehen werden können, ist es Marokko zumindest teilweise gelungen, positive Impulse setzen. So konnte eine Stagnation oder sogar ein Rückgang in der Tourismusbranche, der sich um 2010 angedeutet hatte, verhindert werden. Die Ansätze des Entwicklungsprogramms griffen das grundsätzlich hohe touristische Potenzial des Landes auf und sind vermutlich auch geeignet, um auch in Zukunft viele Touristen anzulocken. Um dies nachhaltig zu gewährleisten, müssen aber Lösungen für drängende Probleme, v. a. im ökologischen und sozialen Bereich, gefunden werden. Fazit

AUSTRALIEN – MIT ODER OHNE KOHLE IN DIE ZUKUNFT?

Aufgabenstellung

1 Beschreiben Sie die naturräumliche Gliederung Australiens, siedlungs- und bevölkerungsgeographische Besonderheiten sowie die Verbreitung der Kohlevorkommen.

2 Charakterisieren Sie die Wirtschaftsstruktur Australiens.

3 **a** Erläutern Sie Australiens Rolle als Kohleexporteur im Spannungsfeld von wirtschaftlichen Zwängen und Klimaschutz.

b Erörtern Sie Australiens mögliche künftige Rolle in der Weltwirtschaft.

Hilfsmittel: eingeführter Schulatlas, Wörterbuch der Rechtschreibung, Taschenrechner

M 1 Kohlevorkommen Australiens

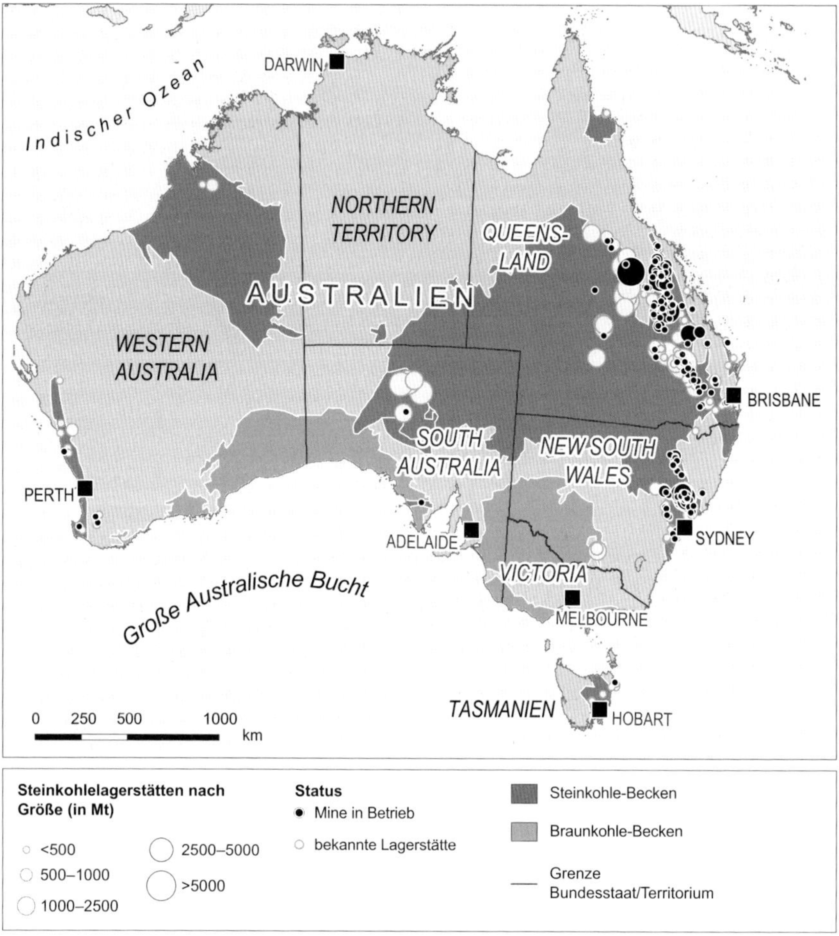

Quelle: eigener Entwurf, leicht verändert nach Braun, B. (2021): Australische Kohle und der Carbon Lock-in: zwischen Energietransition und Weltmarktabhängigkeit; in: Becker, S., Klagge, B. und Naumann, M. (Hg.): Energiegeographie, Stuttgart, S. 359

M 2 Bevölkerungsdichte und Großstädte in Australien

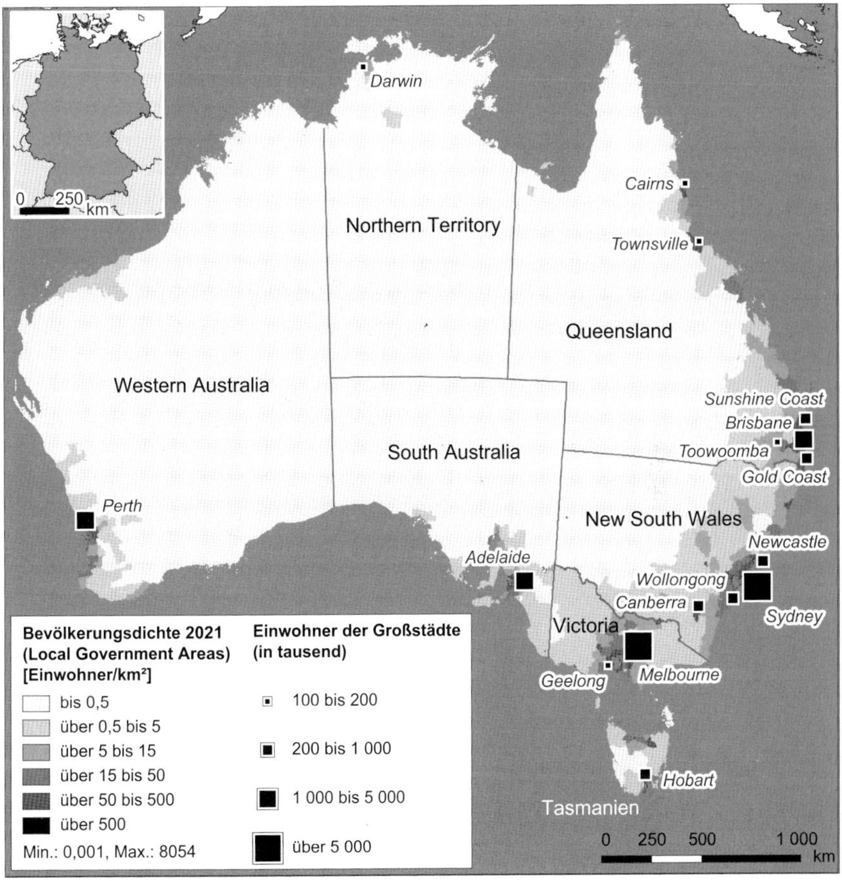

Quelle: Entwurf K. Zehner, Kartographie: U. Schwedler; Datengrundlage: Australian Bureau of Statistics 2022, GADM 2022

M 3 Wirtschaftsstruktur Australiens

Indikator	Einheit	Jahr (A/D*)	Jahr (A/D*)
Anteile der Wirtschaftssektoren am Bruttoinlandsprodukt (BIP) nach Sektoren • Landwirtschaft • Industrie • Dienstleistungen	%	2021/2021	 2,3/D: 0,9 25,5/D: 24,0 66,7/D: 75,1
Anteil der Beschäftigten nach Wirtschaftssektoren • Landwirtschaft • Industrie • Dienstleistungen	%		 2,5/D: 1,2 19,8/D: 23,8 77,7/D: 75,0
Bruttoinlandsprodukt (BIP)	Mrd. US-$	2021	1 337,3 /D: 4 225,9
Bruttoinlandsprodukt/Kopf (BIP/Kopf)	US-$	2021	63 529,3 /D: 50 767,7
Export von Gütern	Mrd. US-$	2016–2021	2016: 192,5 2017: 231,3 2018: 257,1 2019: 271,0 2020: 250,8 2021: 343,6
Top-5-Exportländer	%	2021	1 China: 34,2 2 Japan: 8,8 3 Südkorea: 6,6 4 Indien: 4,0 5 USA: 3,2
Top-5-Exportgüter	%	2021	1 Metallurgische Erze und Metallabfälle: 39,9 2 Kohle, Koks und Briketts: 13,7 3 Gas: 11,2 4 Gold: 5,1 5 bes. Warenverkehrsvorgänge: 3,3
Import von Gütern	Mrd. US-$	2016–2021	2016: 196,3 2017: 228,8 2018: 235,6 2019: 221,6 2020: 211,8 2021: 361,3

Indikator	Einheit	Jahr (A/D*)	Jahr (A/D*)
Top-5-Importländer	%	2021	1 China: 27,9 2 USA: 10,8 3 Japan: 6,0 4 Thailand: 4,4 5 Deutschland: 4,3
Top-5-Importgüter	%	2021	1 Fahrzeuge: 13,4 2 Erdöl, Erdölerzeugnisse und verwandte Waren: 10,6 3 elektr. Maschinen, Apparate, Geräte und Einrichtungen: 6,2 4 verschiedene bearbeitete Waren: 5,5 5 Geräte für Nachrichtentechnik: 5,4

* D: ausgewählte Vergleichswerte für Deutschland

Quelle: zusammengestellt nach: KOSMOS Welt-Almanach & Atlas 2023 © Franckh-Kosmos Verlags-GmbH & Co. KG, Stuttgart 2022; Statista (2022): Länder und Regionen, Australien (https://de.statista.com/statistik/studie/id/ 12273/dokument/austra¬lien-statista-dossier/); © Statistisches Bundesamt (Destatis, 2023): Ergebnisse der Erwerbstätigenrechnung im Rahmen der Volkswirtschaftlichen Gesamtrechnungen (VGR); Wirtschaftskammer Österreich (2022): Länderprofil Australien (https://wko.at/statistik/ laenderprofile/lp-australien.pdf)

M 4 Australiens Rolle in der Welt als Kohleexporteur (2021)

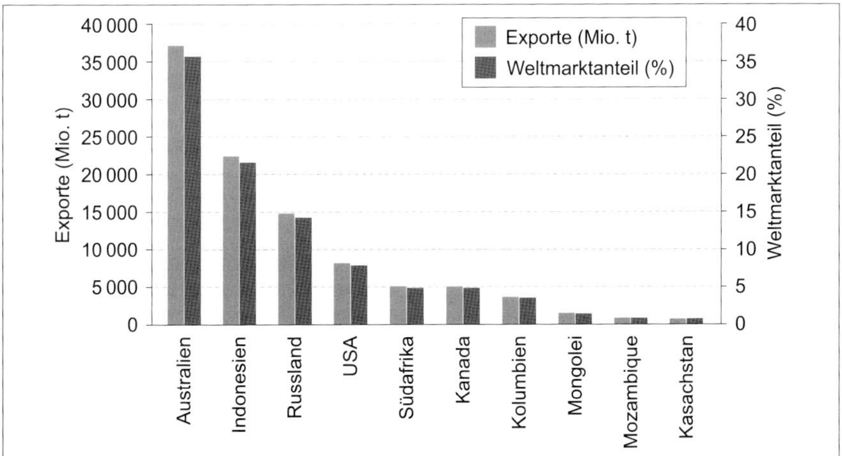

Quelle: eigene Darstellung, Daten nach International Trade Centre (ITC)

M 5 Zur wirtschaftlichen Abhängigkeit Australiens von Kohle

Australien befindet sich im Kreuzfeuer der Klimaaktivisten und weltweiter Staats- und Regierungschefs. Die Wirtschaft des Landes ist derart abhängig von der Kohlekraft, dass ein Verzicht auf diese Art der Energiegewinnung einen wirtschaftlichen Kollaps nach sich ziehen könnte. […]
Das vergangene Jahr [2021, Anm. des Autors] war für die australische Kohleindustrie eine besonders turbulente Zeit, da Peking ein inoffizielles Embargo gegen australische Kohleimporte verhängte und riesige Schiffscontainer voller Fracht nach China auf See trieben. Obwohl China seinen einst kräftigen Verbrauch an australischer Kohle nicht wieder aufgenommen hat, haben sich viele weitere Märkte geöffnet, allen voran Indien, dessen eigene heimische Kohlevorräte Ende letzten Jahres gefährlich knapp wurden.
Während Kohle für Australien nach wie vor ein unerschütterlicher wirtschaftlicher Segen ist, wird es für Canberra politisch immer schwieriger, seine Kohleabhängigkeit international zu verteidigen. Die Regierung des australischen Premierministers Scott Morrison steht unter enormem Druck von globalen Staats- und Regierungschefs und Klimaaktivisten. […]
Australien hat auf den wachsenden Druck zur Dekarbonisierung reagiert, indem es im aktuellen Jahr [2022] den größten Kohlehafen der Welt mit 100 Prozent erneuerbarer Energie versorgt, berichtet der „Guardian“. Der Hafen von Newcastle wird weiterhin als Kohlehafen mit einem Export von durchschnittlich 165 Millionen Tonnen Kohle pro Jahr fungieren, was von einigen als klares Beispiel für „Greenwashing“ angesehen wird. […]

Quelle: © BF Blogform Social Media GmbH (11. 01. 2022): Kann Australien sich von seiner „Kohle-Sucht“ lösen? https://deutsche-wirtschafts-nachrichten.de/516830/Kann-Australien-sich-von-seiner-Kohle-Sucht-loesen

M 6 Erneuerbare Energien als potenzielles Exportgut

Bis zu 15 Sonnenstunden pro Tag, fast 26 000 Kilometer Küste, davon viele flache Küstengewässer, mit hohen Windgeschwindigkeiten: In Australien herrschen Top-Bedingungen für die Stromproduktion aus Solar, Onshore- und Offshore-Wind. Doch in dem Land lagern auch zehn Prozent der globalen Kohlevorkommen. Entsprechend hat Down Under stets stark auf den Brennstoff gesetzt. Zuletzt wurden fast 90 Prozent des Primärenergieverbrauchs mit fossilen Rohstoffen gedeckt, am Strommix hatten Kohle, Gas und Öl einen Anteil von 70 Prozent. Doch das soll sich nun ändern. Die […] australische Regierung hat angekündigt, die Energiewende entschlossen voran-treiben zu wollen und massiv in den Ausbau von Windkraft, Solarenergie und Co. zu investieren.
Um dieses Ziel zu erreichen, will die Regierung ein Multi-Milliarden-Dollar-Förder-paket schnüren: Unter anderem sollen 20 Milliarden australische Dollar (ca. 13,5 Milliarden Euro) in die Dekarbonisierung des Stromnetzes fließen, mit 3 Milliarden australischen Dollar soll der neue Nationale Wiederaufbaufonds zur Förderung der neuen Industrie gefüllt werden, 300 Millionen sind für die Bereitstellung von Batterien

und Solaranlagen in Gemeinden vorgesehen, mit weiteren 100 Millionen soll der Ausbildungsmarkt im Bereich der neuen Energien angekurbelt werden.
Australien hat sich das Ziel gesetzt, die Treibhausgasemissionen bis 2030 um 43 Prozent gegenüber dem Referenzjahr 2005 zu senken. Das ist eine deutliche Verschärfung um 15 Prozentpunkte gegenüber dem bisherigen Klimaziel. Außerdem bekräftigt die Regierung die Selbstverpflichtung, bis 2050 klimaneutral zu werden. Albanese kündigte zu diesem Zweck mehrere Gesetzesinitiativen an […].
Auch für die Erschließung der großen Offshore-Windressourcen gibt es Pläne. Mindestens 12 Projekte befinden sich gerade im frühen Entwicklungsprozess. Das erste war Star of the South. Der Windpark soll aus bis zu 200 Turbinen bestehen, die sieben bis 25 Kilometer vor der Südküste von Gippsland installiert werden. Laut den Projektverantwortlichen könnten sie 1,2 Millionen Haushalte mit Strom versorgen.
Noch größere Dimensionen soll das geplante Asian Renewable Energy Hub (AREH) bei Pilbara in Western Australia annehmen. Laut BP, das den größten Anteil an der Kollaboration mehrerer Unternehmen hält, sollen Onshore-Windkraft- und Solaranlagen mit einer Gesamtkapazität von 26 Gigawatt entstehen. Die jährliche Stromproduktion von rund 90 Terawattstunden entspräche einem Drittel der gesamten australischen Stromerzeugung im Jahr 2020. Sie soll genutzt werden, um 1,6 Millionen Tonnen grünen Wasserstoff oder neun Millionen Tonnen grünen Ammoniak jährlich zu produzieren. Ein Teil davon könnte exportiert werden. Schon bevor die Regierung ihre Klimaziele verschärft hat, gab es Überlegungen, Strom und Wasserstoff aus nachhaltiger Erzeugung ins Ausland zu liefern. Weil die Bedingungen im Land so günstig sind, kann dort deutlich mehr Erneuerbare Energie gewonnen werden, als zur Deckung des Primärenergieverbrauchs benötigt wird. Albanese und McAllister sehen daher gute Chancen, dass Australien künftig „eine Supermacht für saubere Energie“ wird.

Quelle: Australien will bei der Energiewende den Turbo zünden, en:former/RWE vom 03. 08. 2022, https://www.en-former.com/australien-will-bei-der-energiewende-den-turbo-zuenden/#:~:text=Australien%20k%C3%B6nnte%20gro%C3%9Fe%20Mengen%20gr%C3%BCnen,Erzeugung%20ins%20Ausland%20zu%20liefern

TIPP **Allgemeine Hinweise zur Lösung der Aufgabe**

Voraussetzungen

Im Zentrum dieser Übungsaufgabe aus dem **Raummodul 10: Australien und Ozeanien** stehen die Schwerpunkte „Nutzungsformen und Nachhaltigkeitsprobleme", „Australiens Rolle in der Weltwirtschaft" und „Herausforderungen des Klimawandels".

An Fachmodulen werden angesprochen:

- **Fachmodul 1: Raumprägende Faktoren und raumverändernde Prozesse** (hier: physisch-geographische Faktoren; demographische Strukturen und Entwicklungen; Ursachen und Auswirkungen des Klimawandels),
- **Fachmodul 2: Bedeutungswandel von Räumen** (hier: Indikatoren des Entwicklungsstandes und Entwicklungsstrategien; Ursachen und Erscheinungsformen regionaler, internationaler und globaler Verflechtungen; Stellenwert von Räumen in der Weltwirtschaft),
- **Fachmodul 3: Ressourcennutzung und nachhaltige Entwicklung** (hier: (nachhaltige) Ressourcen- und Energienutzung, Entwicklungspotenziale und -perspektiven).

Ausgehend von einer detaillierten Raumanalyse sollen Sie die derzeitige Wirtschaftsstruktur Australiens charakterisieren und die zukünftige Bedeutung Australiens als Energieproduzent und -lieferant bewerten.

Lösungsvorschlag

1 **TIPP** *Anforderungsbereich I, Gewichtung 30 %*

Es empfiehlt sich, zunächst eine Gliederung Australiens in große, zusammenhängende Reliefeinheiten bzw. Naturräume vorzunehmen; dabei sollten Sie auch kurz auf die klimatischen Grundzüge eingehen. Anschließend sollte die Verteilung und Dichte von Bevölkerung und Siedlung beschrieben werden. Bei dieser Analyse helfen folgende Betrachtungsweisen: Nord-Süd-Wandel, West-Ost-Wandel, zentral-peripherer Wandel sowie der Wandel nach Höhenstufen (geographischer Formenwandel nach H. LAUTENSACH). Abschließend sollen Sie auf die Verbreitung der Kohlevorkommen eingehen. Hierbei ist eine Differenzierung nach Braun- und Steinkohle hilfreich.

Relief und Naturräume

Grob betrachtet lässt sich Australien in **drei** große **Reliefeinheiten** bzw. **Naturräume** gliedern: Der Osten des Kontinents wird von im Wesentlichen meridional verlaufenden Berg- und Hügelketten geprägt. Die markanteste Bergkette in diesem Gefüge stellt die **Great Dividing Range** dar. Sie nimmt ihren Anfang in Queensland, nördlich von Cairns, und endet im Süden bei Melbourne (Victoria). Zwischen Brisbane und Melbourne verläuft die Great Dividing Range in nur geringem Abstand zur Küste. Einzelne Gipfel ragen in diesem Abschnitt, dessen südlicher Teil auch als „Australische Alpen“ bezeichnet wird, bis über 2 000 m auf (Diercke Weltatlas 2015, S. 200 f.). Westlich an die Great Dividing Range schließt sich das große **australische Becken** an. Dieses wird im Westen, etwa bei 135° östliche Länge, vom **australischen Schild** begrenzt. Der Schild bedeckt große Teile Western Australias, des Northern Territory und des westlichen South Australia. Aus ihm ragen mit der MacDonnell-Kette und der Musgravekette zwei breitenkreisparallel verlaufende, sich jeweils über ca. 500 Kilometer erstreckende Gebirgszüge heraus (Diercke Weltatlas 2015, S. 200 f.).

Klima

Das Klima Australiens trägt im **Norden tropische Züge** und weist im **Süden** verschiedene Spielarten des **subtropischen Klimas** auf. Entscheidend für die Nutzung und Inwertsetzung des Landes ist der **Kontrast** zwischen dem **ariden Landesinneren**, das im Wesentlichen von Wüsten und Halbwüsten geprägt wird, und den vor allem im Südwesten, im Südosten und im Osten semihumiden und humiden Küstenabschnitten und -tiefländern (Diercke Weltatlas, S. 202).

Siedlung und Bevölkerung

Gemessen an seiner Fläche ist Australien ein ausgesprochen **dünn besiedeltes Land** (M 2). Die größten Bevölkerungsdichten werden im Südosten des Landes, an den **Küsten von New South Wales und Victoria**, erreicht. Dort befinden sich auch die meisten **Großstädte** und **Metropolen** des Landes, u. a. Sydney und Melbourne. Der tropische Norden Australiens ist dagegen bevölkerungs- und siedlungsarm. Des Weiteren ist ein großer Kontrast zwischen dem westlichen und östlichen Rand Australiens festzustellen: Der Westen ist mit Ausnahme der Metropolregion von Perth außergewöhnlich dünn besiedelt. Hier reicht die Wüste oft bis unmittelbar an die Küste heran. Generell existieren in Australien erhebliche Unterschiede der Bevölkerungs- und Siedlungsdichte zwischen Zentrum und Peripherie. Das **Zentrum** ist aufgrund seiner Aridität stets **siedlungsfeindlich** und daher „leer“ geblieben, während die **Ränder** dort, wo die klimatischen Bedingungen es zuließen, **dichter besiedelt** wurden. Gründe dafür waren zum einen der historische **Gang der Erschließung** Australiens, die von den großen Hafenstädten aus erfolgte; zum anderen die Eignung dieser Regionen als **Landwirtschaftsgebiete**. Dazu passt auch die Feststellung, dass der überwiegende Teil der australischen Bevölkerung in der untersten Höhenstufe, die allgemein bis 500 Meter angenommen wird, sesshaft ist (M 2, Diercke Weltatlas, S. 200 f.).

Australien ist ausgesprochen reich an Kohlevorkommen. Dabei ist zwischen Stein- und Braunkohlelagerstätten und -revieren zu unterscheiden. Die **Steinkohlevorkommen** Australiens verteilen sich auf drei Gebiete: Das größte von den dreien liegt im Südosten von Queensland bzw. im Norden von New South Wales. Hier befindet sich auch die überwiegende Zahl der Bergwerke und Tagebaue. Das zweite Steinkohlebecken befindet sich in Western Australia im Gebiet der Großen Sandwüste zwischen dem Kimberley Plateau im Norden und Pilbara im Süden. Dort wurde allerdings noch nicht mit der Exploration begonnen. Das dritte und kleinste Steinkohlebecken liegt ebenfalls in Western Australia. Es verläuft in Form eines schmalen, ca. 800 km langen Streifens, der sich parallel zur südwestlichen Küste Western Australias erstreckt. Innerhalb dieses Streifens, ca. 250 km südlich von Perth und westlich der Darling-Kette, findet man drei Bergwerke (M 1; Diercke Weltatlas, S. 202/203). Kohlevorkommen

Die beiden **Braunkohlebecken** des Landes befinden sich weiter südlich. Das erste erstreckt sich nordwestlich von Melbourne, das zweite liegt in der Nullarborebene, die teils zu South und teils zu Western Australia zählt (M 1; Diercke Weltatlas, S. 202/203).

2 **TIPP** *Anforderungsbereich II, Gewichtung 40 %*

Zunächst ist es empfehlenswert, Australien anhand der in M 3 aufgeführten Indikatoren wirtschaftlich einzuordnen. Von besonderer Bedeutung sind das Bruttoinlandsprodukt (BIP) sowie die Verteilung des BIP und der Beschäftigten nach Wirtschaftssektoren. Anschließend sollte der globale Handel analysiert werden. Hierbei können Sie z. B. nach Handelsbilanz (Saldo), Handelsgütern und Handelspartnern gliedern.

Australiens Wirtschaft weist ausgesprochen **spät- bzw. postindustrielle Züge** auf, wie sie typisch für Länder des Globalen Nordens sind. Insbesondere der Vergleich relevanter wirtschaftlicher Indikatoren mit den entsprechenden Werten für Deutschland ergibt nur geringfügige und eher graduelle Unterschiede zwischen beiden Ländern (M 3). Wirtschaftssektoren und BIP

Typisch für Australiens Wirtschaft ist, dass die **Landwirtschaft**, sowohl gemessen am Bruttoinlandsprodukt (2,3 %) als auch an der Beschäftigtenzahl (2,5 %), wie in allen Ländern des Globalen Nordens nur noch eine **untergeordnete Rolle** spielt. Der **Industrie** kommt mit Blick auf beide Indikatoren mit 25,5 % (BIP) bzw. 19,8 % (Beschäftigte) zwar eine **deutlich größere Bedeutung** als der Landwirtschaft zu. **Führend** ist jedoch mit Abstand der **Dienstleistungssektor** (66,7 % beim BIP; 77,7 % bei den Beschäftigten; M 3).

Den ökonomisch hohen Entwicklungsstand des Landes spiegelt insbesondere die **Höhe des BIP** wider. Zwar erreichte Australien im Jahre 2021 mit 1 337,3 Mrd. US-$ nur knapp ein Drittel des Wertes, der für Deutschland ermittelt wurde. Dieser Unterschied ist jedoch der deutlich geringeren Bevölkerungszahl Australiens (ca. 27 Mio.) geschuldet. Bezieht man die Bevölkerungszahlen beider Länder mit ein, so liegt Australien mit einem BIP pro Kopf von 63 529,3 US-$ sogar klar vor Deutschland (50 767, 7 US-$; M 3).
Zusammenfassend ist Australien demnach als ein **hochentwickeltes Land des Globalen Nordens** anzusehen, das sich in der postindustriellen Phase befindet.

Handelsbilanz, Handelsgüter und Handelspartner

Grundsätzlich ist festzuhalten, dass Australien im Zeitraum von 2016 bis 2021 eine **positive Handelsbilanz** aufwies. In diesem Zeitraum betrug der Erlös, der durch den Export erzielt wurde, in Summe 1 546,3 Mrd. US-$. Dagegen wurden in dieser Zeit lediglich für 1 455,4 Mrd. US-$ Waren im Ausland gekauft. Der Saldo lag somit bei einem Überschuss von 90,9 Mrd. US-$. Zudem lag, mit Ausnahme von 2016 und 2021, der Wert der exportierten Güter stets höher als jener der importierten (M 3).
Bemerkenswert für ein Land des Globalen Nordens ist allerdings die **Art der gehandelten Güter: Bodenschätze** und **Rohstoffe** dominieren den Export. Eine solche Exportstruktur ist eher typisch für Länder des Globalen Südens. An der Spitze der Exportliste stehen Erze, gefolgt von Kohle, Koks und Briketts, Gas und Gold. Abnehmer dieser Güter sind vor allem die aufstrebenden Volkswirtschaften Asiens, namentlich China, Japan, Südkorea und Indien. Importiert werden dagegen Erdöl/-erzeugnisse sowie **Konsumgüter**, vor allem Fahrzeuge, Maschinen und diverse Konsumgüter. Insofern verwundert es nicht, dass China mit einem Anteil von 27,9 % der wichtigste Warenimporteur nach Australien ist.

3 **TIPP** *Anforderungsbereich II, Gewichtung 15 %*

a Um das Dilemma herauszuarbeiten, in dem Australien durch seine starke Abhängigkeit von Kohleexporten steckt, empfiehlt es sich, anhand von M 3 und M 4 zunächst auf die volkswirtschaftliche Bedeutung der Kohlexporte einzugehen. Anschließend sollten Sie unter Nutzung von M 5 die drohenden politischen Konflikte, in die Australien bei einem weiteren Festhalten an Kohle verwickelt wird, thematisieren.

Wichtiges Exportgut Kohle

Einerseits ist Australien der **größte Kohlexporteur der Welt**. Kohle und Kohleprodukte wie Koks und Briketts stellen nach Erzen die zweitwichtigste Gruppe von Exportgütern dar. Der **Verkauf von**

Kohle an aufstrebende Industrie- und Schwellenländer, vor allem aus dem asiatischen Raum, trägt entscheidend zu der **positiven Handelsbilanz** Australiens bei. Anders formuliert: Der Verkauf von Kohle ist ein wesentlicher Garant für den derzeitigen und zukünftigen Wohlstand des Landes. Dieser wäre gefährdet, würden der Abbau und Export von Kohle zurückgefahren (M 3–M 5).

Klimatischer Stressfaktor Kohle

Andererseits sind die Folgen der Nutzung von **Kohle** als Energieträger für die globale Erderwärmung hinlänglich bekannt. Australien als weltweit größter Exporteur von Kohle trägt maßgeblich und aktiv zur **globalen Erderwärmung** und **Klimakrise** bei. Eine **Reduzierung** des Angebots von australischer Kohle wäre aus Perspektive des Klimaschutzes somit **zwingend notwendig**.
Daher wächst der politische Druck auf die australische Regierung. Sowohl internationale politische Gremien als auch Nichtregierungsorganisationen fordern, den Kohleexport einzudämmen (M 5, Z. 1 f.). Die australische Regierung steht also vor der **Herausforderung**, den Export von Kohle zu reduzieren, ohne dabei die Wohlstandssicherung der eigenen Bevölkerung aus dem Blick zu verlieren.

Politik unter Druck

Ein Ausweg aus diesem **Dilemma** ist schwierig. Um ein Zeichen zu setzen, hat die australische Regierung dafür gesorgt, dass der größte Exporthafen des Landes für Kohle, Newcastle, vollständig mit Strom, der aus erneuerbaren Energien gewonnen wird, versorgt wird (M 5, Z. 18 ff.). Ob diese Entscheidung ausreichen wird, um die Kritiker der australischen Energiepolitik dauerhaft zu besänftigen, darf jedoch angezweifelt werden.

3 **TIPP** *Anforderungsbereich III, Gewichtung 15 %*

b Ausgehend von den klimatischen Rahmenbedingungen soll unter Nutzung von M 5 ein energie- und wirtschaftspolitisches Szenario für die Zukunft Australiens entwickelt werden. Ziel ist es aufzuzeigen, wie Australien mit weniger Kohle, dafür aber mit erneuerbaren Energien seine wirtschaftliche Position in der Welt weiter sichern und seinen Wohlstand erhalten kann.

Strom aus Windkraft und Fotovoltaik

Wie bereits dargelegt wurde, wird Australien aus politischen und umweltbezogenen Gründen seine **Kohleförderung** und seinen **Kohleexport reduzieren** müssen. Die hierdurch entstehende Lücke im Haushalt könnte aber mittel- und langfristig geschlossen werden. An die Stelle von Kohle würden dabei **erneuerbare Energien**, **grüner Wasserstoff** bzw. **Ammoniak** treten (M 6, Z. 33 ff.). Die Produktionsbedingungen für nachhaltige und saubere Energie sind in Australien nämlich exzellent: Im Mittel scheint die **Sonne** hier **15 Stunden am Tag**. Außerdem stellen **hohe Windgeschwindigkeiten** an den Küsten ausgezeichnete natürliche Voraussetzungen für die Stromproduktion aus Windkraft dar. Zwar fehlt aktuell für die Stromproduktion aus erneuerbaren Energien in großem Stil noch die technische Infrastruktur. Der politische Wille, diese zu errichten, ist jedoch vorhanden: Die australische Regierung hat angekündigt, die Energiewende entschlossen voranzutreiben. Entsprechende Gesetzesinitiativen und Förderprogramme sind auf den Weg gebracht. Zwölf große Offshore-Windparks befinden sich aktuell in ihrem frühen Entwicklungsstadium (M 6).

Exportchancen für „grünen Strom“

Am Ende dieses Umstellungsprozesses soll und kann eine Überschussproduktion von Strom durch erneuerbare Energien stehen, die in den Export gelangen könnte. Australien könnte somit in Zukunft zu einer „**Supermacht für saubere Energie**“ (M 6, Z. 40) werden und seine globale wirtschaftliche Position dadurch festigen bzw. weiter verbessern. Kohle würde in einem solchen Szenario keine Rolle mehr spielen.

Fazit

Der oben skizzierte energiewirtschaftliche **Umbau** wird einige Zeit brauchen und vermutlich **nicht konfliktfrei** vollzogen werden können. Insbesondere ist zu beachten, dass die Bergbauunternehmen in Australien bedeutende Arbeitgeber sind und politische Macht besitzen. Angesichts der drohenden Klimakrise ist die Umstellung von Kohle auf erneuerbare Energien jedoch alternativlos. Da dies für alle Länder gilt, ist Australien gut beraten, möglichst schnell den Umbau voranzutreiben.

ÄPFEL AUS NEUSEELAND – EINE SINNVOLLE ALTERNATIVE ZU REGIONAL ERZEUGTEN ÄPFELN?

Aufgabenstellung

1 Beschreiben Sie die landwirtschaftliche Nutzung Neuseelands unter besonderer Berücksichtigung der naturräumlichen Bedingungen (Atlas, M 1).

2 Erläutern Sie die Entwicklung und die wirtschaftliche Bedeutung des Apfelanbaus in Neuseeland (M 2, M 3).

3 *„Importierte Äpfel aus Neuseeland können ökologisch nachhaltiger sein als in Deutschland erzeugte."*
Nehmen Sie kritisch Stellung zu dieser Aussage (Atlas, M 2–M 4).

Hilfsmittel: eingeführter Schulatlas, Wörterbuch der Rechtschreibung, Taschenrechner

M 1 Obst- und Gemüseanbau in Neuseeland

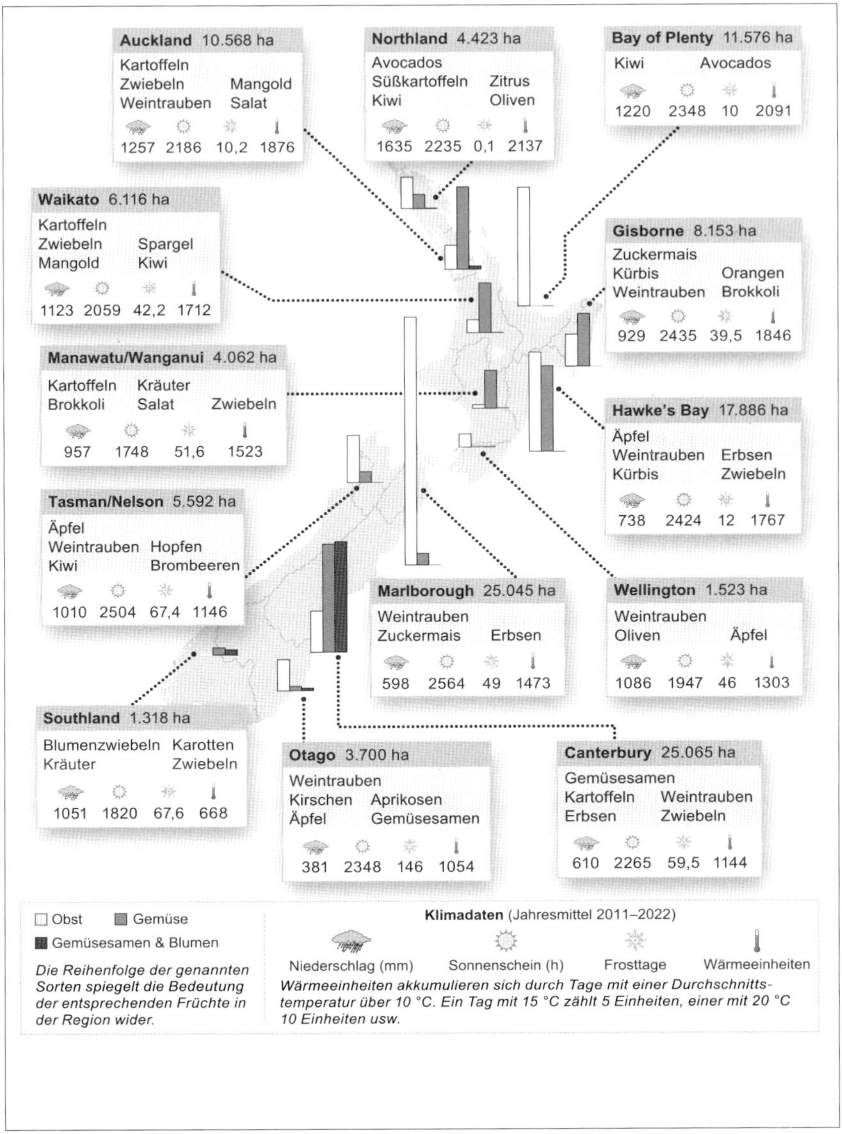

Quelle: © Fresh Facts. Horticultural activities are distributed throughout New Zealand, Source: Statistics New Zealand 2017 Agricultural Production Census. Climate information copyright holder and source: National Institute of Water and Atmospheric Research Ltd (NIWA), https://freshfacts.co.nz/files/freshfacts-2020.pdf (eigene Übersetzung)

M 2 Daten und Informationen zur Apfelproduktion in Neuseeland

M 2a Apfelproduktion und -export ausgewählter Länder 2021

Produktionsland	Produktion (Mio. t)	davon Export (Mio. t)
China	45,9	1,0
Türkei	4,5	< 0,3
USA	4,5	0,8
Polen	4,1	1,0
Indien	2,3	0,2
Deutschland	1,0	0,1
Neuseeland	0,5	0,4

Quelle: zusammengestellt nach Food and Agriculture Organization of the United Nations, https://www.fao.org/faostat/en/#data/QCL; https://de.statista.com/statistik/daten/studie/1188595/umfrage/erntemengen-wichtiger-anbaulaender-von-aepfeln-weltweit/; https://www.freshfacts.co.nz/files/freshfacts-2020.pdf

M 2b Entwicklung der Apfelproduktion in Neuseeland

	2005	2010	2015	2020
Export (t)	315 000	260 000	331 000	402 000
Anbaufläche (ha) **davon bio-zertifiziert (%)**	10 764 5	8 630 6	8 566 6	10 396 7
Einnahmen Export (Mio. NZD*)	387,0	324,6	561,8	876,3
Erzeugerbetriebe	920	985	919	990
Export-Verpackungsstationen	85	62	56	57

* NZD = Neuseeländischer Dollar, 1 NZD = 0,60 € (Stand Jan. 2023)

Quelle: https://www.freshfacts.co.nz/#home, https://www.freshfacts.co.nz/files/freshfacts-2020.pdf

M 2c Neuseeland als Innovationsstandort bei den Anbaumethoden

Der Apfelanbau befindet sich erstmals seit der Marktderegulierung im Jahr 2001 wieder stark im Aufschwung. Bis dahin war ENZA der alleinige neuseeländische Apfelexporteur. Vor der Auflösung von ENZA gab es in Neuseeland über 18 000 ha Apfelanlagen und ca. 1 400 Produzenten. Die Anbaufläche sank dann auf unter 8 000 ha und hat sich in den letzten Jahren bei etwa 10 000 ha […] eingependelt. Sie ist nun mit 9 500 Bäumen/ha vor allem dank der asiatischen Märkte deutlich im Anstieg. Laut Auskunft der Berater von AGFIRST, dem Pendant zum Südtiroler Beratungsring in Neuseeland, sind die neuseeländischen Baumschulen bereits für die nächsten drei

Saison[s] ausverkauft. Die zwei wichtigsten und größten Anbaugebiete für Äpfel in Neuseeland sind auf der Nordinsel die Hawke's Bay mit knapp 5 000 ha und auf der Südinsel die Region um Nelson-Motueka mit ca. 2 400 ha [...]. Die klimatischen Bedingungen unterscheiden sich in den beiden Anbaugebieten deutlich. In der Hawke's Bay herrscht ein maritimes, trocken-warmes Klima, wobei es vor allem in Küstennähe auch in den Wintermonaten nur selten Frost gibt. So findet man hier neben Apfel- auch Exoten wie Avocadoplantagen. Die Region Nelson-Motueka auf der Südinsel ist etwas kühler und trockener und dementsprechend besser für zweifarbige Apfelsorten geeignet [...].

Der Bioanbau ist in Neuseeland bei Weitem nicht so im Aufschwung wie in Europa, er liegt gegenwärtig bei knapp über 7 % der Apfelanbaufläche und konzentriert sich fast exklusiv auf den Großbetrieb Bostock, der über 500 ha Bio-Apfelanlagen bewirtschaftet. Plant & Food Research [ist] [i]m Jahr 2008 [...] aus den ehemaligen königlichen Versuchsanstalten HortResearch und Crop & Food Research hervorgegangen. Es ist mit über 900 Mitarbeitern auf den zwei neuseeländischen Inseln und auch darüber hinaus vertreten. Eine dieser Außenstellen befindet sich in Hastings in der Hawke's Bay Region, im Herzen des Apfelanbaus. In dieser Forschungsanstalt liegt der Schwerpunkt auf dem Apfel- und Gemüseanbau, wobei auf den rund 60 ha des Versuchsbetriebs vor allem die Züchtung und die Prüfung von hauseigenen Apfelsorten angesiedelt sind. Dafür werden schätzungsweise 70 % der Versuchsflächen verwendet. Mit 10 000 bis 20 000 Sämlingen pro Jahr wird fieberhaft an einer neuen neuseeländischen Apfelsorte gezüchtet. Weitere Schwerpunkte sind die Phytopathologie[1], Entomologie[2] und die Vor- und Nacherntephysiologie[3] von Kiwi und Apfel. [Beim] Future Orchard Planting System[4] [...] handelt es sich um ein ehrgeiziges Projekt [...], welches das Ziel verfolgt, mittels innovativer Anbausysteme eine Produktionssteigerung beim Apfel von bis zu 178 t/ha zu erreichen. Dabei setzt man auf mehrachsige Bäume, welche im Abstand von 2 x 3 m oder 1,5 x 3 m gepflanzt werden. [...] Ziel ist es, eine lockere, lichtdurchflutete Fruchtwand aufzubauen [...]. Grundlage für die enorme Ertragssteigerung ist die Theorie, dass sich durch diese Baumform die Lichtausbeute [...] erhöhen lässt. [...] Die diesjährige [Ernte] lag bei knapp 70 kg[5] pro Baum, bei Royal Gala waren es 60 kg pro Baum bei einer sehr guten Fruchtqualität. [...]

1 Lehre der durch Bakterien, Viren und Pilze ausgelösten Pflanzenkrankheiten
2 Insektenkunde
3 Lehre der Lebensweise und -funktionen der Pflanzen
4 „Obstgarten-Pflanzsystem der Zukunft"
5 Durchschnittlich tragen normale Pflanzspindeln 10–20 kg Äpfel. Ein großer freistehender Apfelbaum liefert im Vergleich bis zu 200 kg durchschnittlich; er benötigt aber ein Vielfaches an Platz.

Quelle: Andergassen, Christian: Neuseeland sucht ständig Neues, in: Obstbau Weinbau 09/2019, Versuchszentrum Laimburg. https://www.laimburg.it/de/projekte-publikationen/publikationen.asp?somepubl_action=300&somepubl_image_id=531254

M 3 Obst-, Gemüse und Weinexporte aus Neuseeland

M 3a Exporte von Früchten aus Neuseeland (Mio. NZD*)

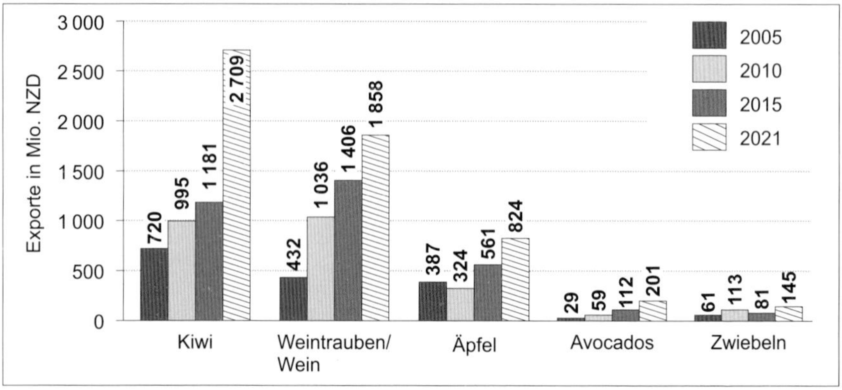

* NZD = Neuseeländischer Dollar, 1 NZD = 0,60 € (Stand Jan. 2023)

Quelle: eigene Darstellung, Datengrundlage: Statistics New Zealand, https://www.freshfacts.co.nz/files/freshfacts-2021.pdf pdf

M 3b Export in Zielregionen 2020 (Mio. NZD)

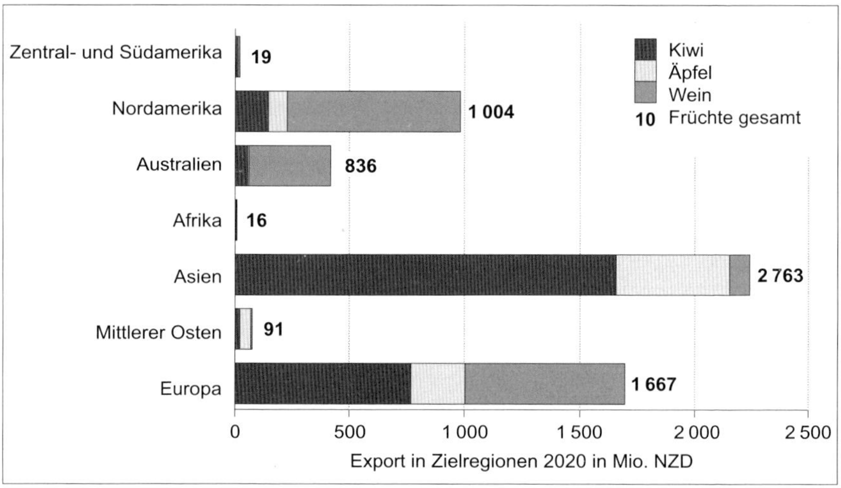

Quelle: eigene Darstellung, Datengrundlage: Statistics New Zealand, https://www.freshfacts.co.nz/files/freshfacts-2021.pdf

M 4 Ökobilanz von Äpfeln

M 4a Durchschnittliche Ökobilanz ausgewählter Lebensmittel

Lebensmittel	CO_2-Äquivalent/kg*
Apfel regional (Herbst)	0,3
Apfel regional (April)	0,4
Apfel (Bio)	0,2
Apfel (Neuseeland)	0,8
Banane	0,6
Orange	0,2
Salatgurke	0,4

* Umrechnung aller bei Produktion, Transport und Lagerung entstehender Treibhausgase (also auch CH_4 und N_2O) auf CO_2-Äquivalente pro kg Lebensmittel an der Supermarktkasse

Quelle: Guido Reinhardt, Sven Gärtner, Tobias Wagner: Ökologische Fußabdrücke von Lebensmitteln und Gerichten in Deutschland, Institut für Energie- und Umweltforschung Heidelberg, 2020

M 4b Interview zur Ökobilanz von Äpfeln

Weit gereist oder lange gelagert – was ist besser?

[…] Vitamine sind wichtig, Obst ist gesund und Äpfel wachsen quasi vor der Tür. Ökologisch alles einwandfrei, möchte man meinen. Wenn nicht im Frühjahr und Sommer immer häufiger Argentinien oder Neuseeland als Herkunftsland angegeben wäre. Was ist mit den deutschen Äpfeln? […]

[…] Äpfel aus Deutschland gibt es frisch nur von etwa August bis November. Wenn es danach noch heimische Äpfel im Laden gibt, sind sie gelagert worden: gekühlt in einer kontrollierten Atmosphäre, die wenig Sauerstoff und viel Kohlendioxid enthält. So halten sie sich etwa sechs Monate lang. Allerdings: Äpfel (und anderes Obst) so zu lagern und zu kühlen, verursacht klimaschädliche Emissionen – je länger, desto mehr. Übrigens verlieren die Äpfel dabei mit der Zeit auch die Vitamine.

Also sind wir für die ganzjährige Versorgung mit Äpfeln auf Importe angewiesen?

In Neuseeland und Argentinien, auf der Südhalbkugel, werden die Äpfel genau dann reif, wenn bei uns die frischen Äpfel zur Neige gehen. Es werden deshalb jedes Jahr etwa 600 000 Tonnen Äpfel importiert. […] Die Importe tragen also dazu bei, dass bei uns in den Läden das Angebot vielfältig bleibt.

Aber Neuseeland ist fast 20 000 Kilometer weit weg! Kann ein so weit gereister Apfel wirklich ökologisch unbedenklicher sein als ein eingelagerter aus Deutschland?

[...] Denn es ist ja klar: Transport kostet Energie. Viele Menschen, die sich ökobewusst ernähren, kaufen deshalb am liebsten regionale Produkte.

Kann man die Ökobilanz eines Apfels genau berechnen?

Nicht wirklich. Die Energie, die für den Transport nötig ist, variiert, je nachdem, ob das Obst mit Lastwagen, mit der Bahn, dem Schiff oder gar mit dem Flugzeug transportiert wird. [...] Und obwohl der Transport mit dem Schiff pro Kilometer gerechnet wenig umweltbelastend ist, kommt bei so großen Entfernungen wie Neuseeland eben doch einiges zusammen.

Aber wenn man die ganze Transportkette kennt, kann man klar beziffern, was umweltfreundlicher ist?

Nein, denn der Transport, so kompliziert seine Umweltbilanz schon sein mag, ist auch nur ein einziger von vielen Faktoren in der Lebensmittelproduktion. Zum Energieverbrauch trägt auch bei, ob das Obst konventionell oder biologisch angebaut wurde und wie groß der Betrieb ist. Manche Experten halten große Plantagen für effizienter als kleine Betriebe mit nur wenigen Bäumen. [...] Unter bestimmten Umständen kann es aber tatsächlich sein, dass, rein vom Energieverbrauch und dem damit zusammenhängenden CO_2-Ausstoß, der Apfel aus Neuseeland auf dem Weg bis in den Laden effizienter ist als einer aus Deutschland.

Bisher ging es immer nur um Energieverbrauch. Aber hat die Art des Anbaus nicht auch noch andere Auswirkungen? Was wird denn eigentlich aus den Bauern in Deutschland, wenn wir alles importieren?

Bei all diesen Überlegungen geht es ja immer darum, das Problem nicht isoliert zu betrachten, sondern zu einer möglichst umfassenden Abwägung zu kommen. [...] Und zur Landschaftspflege kann der Apfelanbau ebenfalls etwas beitragen.
Womit wir bei einem – jedenfalls, wenn es um Äpfel geht – sehr wichtigen Stichwort sind: Streuobstwiese. Wenn auf einer Wiese locker verteilt Obstbäume stehen – womöglich auch noch mit einer der tollen alten Sorten, die fast verschwunden sind –, ist das ein Paradies für Insekten und Vögel und deshalb die ökologisch vorteilhafteste Art, Äpfel anzubauen. [...] Äpfel von Streuobstwiesen sind [in jeder Berechnung] allen Plantagenäpfeln vorzuziehen.

Also am besten direkt vom Bauern kaufen?

Jetzt kommt noch etwas hinzu, was die Ökobilanz von Lebensmitteln (und übrigens auch allen anderen Gütern) ganz entscheidend beeinflusst: nämlich wie Sie, der Kunde, zum Laden kommen. [...] Für eine gute Ökobilanz von Lebensmitteln müssen Sie die öffentlichen Verkehrsmittel nehmen, mit dem Fahrrad fahren oder zu Fuß gehen.

Aber wer im Vorort wohnt, hat womöglich keinen Laden oder Bauern in der Nähe, von wo man zu Fuß die regionalen Äpfel nach Hause schleppen könnte.

[…] Die praktische Lösung ist: regionale Äpfel kaufen, solange es frische gibt, also etwa von August bis Februar. Wenn es keine mehr gibt: möglichst anderes saisonales Obst kaufen (Erdbeeren, Johannisbeeren, Kirschen). Und in der Zeit dazwischen, also vielleicht etwa von Februar bis Juni, mit dem Fahrrad oder zu Fuß zum Bioladen oder Markt und dort regionales, saisonales Gemüse und ein paar Überseeäpfel und Orangen aus Südeuropa kaufen. Das ist – letzter wichtiger Punkt beim Verbraucherverhalten – alles immer noch umweltfreundlicher als Fleisch.

Quelle: Widmann, Esther: Weit gereist oder lange gelagert – was ist besser? – Öko-Ratgeber Äpfel, in: Süddeutsche Zeitung vom 29. 05. 2018, https://www.sueddeutsche.de/stil/oeko-ratgeber-zu-aepfeln-weit-gereist-oder-lange-gelagert-was-ist-besser-1.3989628?

TIPP **Allgemeine Hinweise zur Lösung der Aufgabe**

Voraussetzungen

Die Aufgabenstellung bezieht sich schwerpunktmäßig auf folgende Fachmodule und Schwerpunkte:

- **Fachmodul 1: Raumprägende Faktoren und raumverändernde Prozesse** (hier: physisch-geographische Faktoren; Grundzüge der naturräumlichen Gliederung),
- **Fachmodul 2: Bedeutungswandel von Räumen** (hier: Auswirkungen des Strukturwandels in der Landwirtschaft; Ursachen und Erscheinungsformen regionaler, internationaler und globaler Verflechtungen),
- **Fachmodul 3: Ressourcennutzung und nachhaltige Entwicklung** (hier: Anforderungen und Maßnahmen der nachhaltigen Raumnutzung; nachhaltiges Verbraucherverhalten; Nachhaltigkeitsbewertung).

Bezüge zum **Raummodul 10: Australien und Ozeanien** sind vor allem im inhaltlichen Schwerpunkt „Nutzungsformen und Nachhaltigkeitsprobleme (Landwirtschaft, Bergbau, Tourismus)“ zu finden. Übergreifende Bezüge finden sich zum **Raummodul 1: Deutschland in Europa**. Hier steht der Schwerpunkt „Strukturwandel in der Landwirtschaft“ im Fokus.

Methodisch zielt die Aufgabe auf eine eingehende Untersuchung des Natur- und Wirtschaftsraums Neuseelands und eine Analyse verschiedener Datenquellen zur Entwicklung des dortigen Apfelanbaus ab. Ziel ist es abschließend, auf dieser Basis und in Kombination mit dem vorhandenen Unterrichtswissen und einer differenzierten Betrachtung der Ökobilanz Stellung zu nehmen.

Lösungsvorschlag

1 **TIPP** *Anforderungsbereich I, Gewichtung 35 %*

Zu Beginn sollte knapp die geographische Lage Neuseelands beschrieben und der Raum abgegrenzt werden. Der Operator „Beschreiben" fordert das strukturierte und fachsprachlich angemessene Vorstellen von Materialien und Sachverhalten. Bezüglich des Naturraums muss hier eine ausführliche Kartenanalyse (Atlas) erfolgen, um topographische, klimatische und tektonische Gegebenheiten sowie die landwirtschaftliche Nutzung zu erfassen. Damit Sie das Klima räumlich differenziert beschreiben können, müssen Sie Bezüge zu den Angaben in M 1 herstellen. Auch hinsichtlich des landwirtschaftlichen Anbaus sollten verschiedene Informationen aus der Karte M 1 (Anbaufrüchte, Anbaufläche, Menge der angebauten Produkte usw.) Ihre Darstellung ergänzen.

Lage

Neuseeland ist ein **Inselstaat im Pazifischen Ozean** (Koordinaten: ca. 34–47 °S/165–175 °O), der mit seinen zwei Hauptinseln (Süd- und Nordinsel bzw. Te Ika-a-Maui und Te Waipounamu) und zahlreichen kleineren Inseln etwa 2 000 km südwestlich von Australien liegt, von welchem er durch die Tasmansee getrennt wird (Diercke Weltatlas 2015, S. 198).

Tektonik und Relief

Durch seine Lage auf der **Plattengrenze** zwischen der Indisch-Australischen (Nordinsel) und der Pazifischen Platte (Teile der Südinsel) herrscht in Neuseeland eine **rege tektonische Aktivität**, sodass Vulkanismus, Erdbeben und Tsunamis zu den größten Naturgefahren zählen. Die Gebirgsbildung der **Neuseeländischen Alpen** ist auch heute noch im Gange. Beide Inseln sind **von diesem Gebirge dominiert**, wobei sich die Erhebungen auf der Nordinsel im Zentrum (Mt. Ruapheau, 2 797 m) und fast auf der ganzen Südinsel in südwestlich-nordöstlicher Erstreckung (höchste Erhebung: Mt. Cook/ Aoraki, 3 754 m) ausdehnen. Auf der Nordinsel finden sich vor allem **an den Küsten weitläufigere Ebenen**, woraus sich auch die dichtere Besiedlung (Auckland, Wellington) und vielfältigere wirtschaftliche Nutzung (z. B. Bay of Plenty, Hawke's Bay) ergibt. Im Süden sind die Küstenstreifen schmaler, auch hier findet man Besiedelung (Christchurch, Dunedin) und Bewirtschaftung fast ausschließlich dort (Diercke Weltatlas 2015, S. 198 und S. 242 f.).

Klima

Das Klima Neuseelands lässt sich auf der Nordinsel und dem nördlichen Teil der Südinsel **als humides subtropisches Klima maritimer und hochmaritimer Ausprägung** einstufen. Im südlichen Teil der Südinsel herrscht **humides gemäßigtes Klima**, aufgrund der Insellage ebenfalls mit **maritimer Ausprägung**. Spürbare Einflüsse haben auch der warme Ostaustralienstrom und die Lage in der **südlichen Westwindzone**. Die Leelagen der Gebirge sind entsprechend trockener und windgeschützter. Die **Temperaturen** betragen im Januar (Südsommer!) im Norden mit Ausnahme der Höhenlagen stets über 20 °C, im Süden 10–15 °C. Im Juli (Winter) sinken sie auf 5–10 °C im Norden und 0–5 °C im Süden ab. **Frosttage** gibt es in allen Regionen, v. a. aber im südlichen Teil mit über 60 bis zu 146 (Otago) häufiger, während es auf der Nordinsel maximal 50 Frosttage (im nördlichen Teil nur um die 10) gibt. Die **Jahresniederschläge** sind **in fast allen Landesteilen ergiebig**, die Südküste der Südinsel stellt mit 500 bis 1 000 mm die trockenste Region dar. Auf der Nordinsel fällt mit 700 bis über 1 600 mm deutlich mehr Niederschlag und das Klima ist insgesamt milder. Erwähnenswert ist die in vielen Regionen, v. a. auf der Nordinsel, **hohe Sonnenscheindauer** von über 2 000, stellenweise sogar annähernd 2 500 Stunden im Jahr. Entsprechend der klimatischen Einordnung sind die Werte der **Wärmeeinheiten** in den nördlichen Regionen auch deutlich höher (Diercke Weltatlas 2015, S. 244 ff.; M 1).

Böden

Mit überwiegend **Podsolen** auf der Nordinsel sowie **Braun- und Parabraunerden** auf der Südinsel weisen die Böden eine **mittlere bis mäßige Fruchtbarkeit** auf, wobei die Anbaumöglichkeiten v. a. auf der Südinsel zudem durch die **landschaftliche Dominanz der Gebirge** und das daraus resultierende steile Relief weiter eingeschränkt werden. Vermuten lassen sich um die Vulkane herum lokal fruchtbare Böden (Diercke Weltatlas 2015, S. 256 f.).

Landwirtschaftliche Nutzung

Die klimatischen Bedingungen Neuseelands erweisen sich im Allgemeinen **als günstig für den Obst- und Gemüseanbau,** der auch weit verbreitet ist. Es werden vorrangig Kiwis, Äpfel, Beeren, Wein und Kartoffeln angebaut. Vor allem im wärmeren und niederschlagreichen Nordosten der Nordinsel (Hawke's Bay und Bay of Plenty sowie Auckland) und im südöstlichen Teil der Südinsel (Canterbury und vor allem Marlborough, wo mit Abstand die größten Anbauflächen lokalisiert sind) findet man **große Flächen mit Wein-, Obst- und Gemüseanbau**. Hervorzuheben ist die Konzentration der **Produktion von Gemüsesamen und Blumen** in Canterbury. Im subtropischen Norden (Northland, Bay of Plenty) gibt es auch **Avocado- und Zitrusfrüchteanbau**. In unzugänglicheren Regionen wird landesweit überwiegend **Schaf- und Rinderzucht** (in der Regel extensiv) betrieben. **Getreideanbau** (auch auf Bewässerungsland) findet man im südöstlichen Bereich der Südinsel zwischen Christchurch und Dunedin. Nennenswerter **Apfelanbau** ist vor allem auf die Südinsel (Tasman/Nelson und Otago) bzw. den kühleren Teil der Nordinsel (Hawke's Bay und Wellington) konzentriert. Die Produzenten profitieren hier von den vielen Sonnenstunden und den relativ robusten Eigenschaften der Apfelpflanze, die offenbar auch unter trockeneren Bedingungen gut wachsen und längere Fröste überstehen kann (Diercke Weltatlas 2015, S. 203; M 1).

2 **TIPP** *Anforderungsbereich II, Gewichtung 30 %*

Der Operator „Erläutern" fordert, dass Sachverhalte in ihren komplexen Beziehungen an Beispielen und/oder Theorien (auf Grundlage von Kenntnissen bzw. Materialanalyse) verdeutlicht werden. In diesem Fall geht es darum, Daten aus den vielfältigen Materialien M 2 und M 3 (Tabellen, Text, Diagramme) zu erarbeiten, zu filtern und in schlüssige Zusammenhänge zu bringen. Diese müssen dann mit dem Vorwissen zu verschiedenen Prozessen des Strukturwandels in der Landwirtschaft (Intensivierung, Flächenvergrößerung, Ertragssteigerung usw.) verknüpft werden. Achten Sie bei der Darstellung auf eine klare Gliederung, sodass sowohl die Entwicklung des Apfelanbaus als auch seine Bedeutung für Neuseeland zur Geltung kommen. Wichtig ist es, Werte und Informationen aus den Materialien nicht einfach aufzuzählen und aneinanderzureihen, sondern Zusammenhänge und wesentliche Entwicklungen aufzuzeigen.

Entwicklung des Apfelanbaus

Die Entwicklung des Apfelanbaus in Neuseeland zeigt seit einigen Jahren einen **deutlichen Aufschwung**, nachdem sie zu Beginn des Jahrtausends **zunächst** infolge einer Marktderegulierung **rückläufig** war. Zwischen 2005 und 2010 nahmen sowohl die **Anbaufläche** (ca. –19,7 %) als auch der **Export** (ca. –17,5 %) von Äpfeln aus Neuseeland spürbar ab. Dementsprechend sanken auch die **Einnahmen** in diesem Zeitraum um über 60 Mio. NZD von 387 auf knapp 325 Mio. NZD. Spätestens ab 2015 kann dann eine Erholung bzw. eine deutliche Steigerung des Apfelanbaus festgestellt werden. Während die Anbaufläche zunächst etwa gleich blieb, stieg sie zwischen 2015 und 2020 um 21 % auf über 10 000 ha an und erreichte so annähernd den Wert von 2005. Im Export zeigt sich bereits zwischen 2010 und 2015 ein Zuwachs von ca. 27 % auf 331 000 t und um weitere 21 % bis 2020 auf 402 000 t. Die **Exporteinnahmen** konnten seit 2010 massiv gesteigert werden und betrugen 2020 über 876 Mio. NZD (M 2b).

Intensivierung im Apfelanbau

Betrachtet man diese Werte, dann zeigt sich eine deutliche **Intensivierung** im Apfelanbau in Neuseeland. Dafür spricht nicht nur der **steigende Flächenertrag**, sondern auch die Tatsache, dass die Anzahl der Erzeugerbetriebe etwa auf dem Stand von 2010 geblieben ist, also trotz zunehmender Produktionsmenge keine neuen Produzenten dazugekommen sind. Die Zahl der **Export-Verpackungsstationen** ist sogar durchgängig **rückläufig**. Die **Betriebsflächen** der

einzelnen Erzeuger und die **Leistung der Verpackungsstationen** nehmen also zu.
In der Apfelproduktion Neuseelands zeigt sich eine klare **Exportorientierung**. Neuseeland produziert im Vergleich zu führenden Ländern mit 0,5 Mio. t relativ wenige Äpfel, was angesichts der im Vergleich geringen Landesgröße aber kaum verwunderlich ist. China spielt hier mit 45,9 Mio. t mit Abstand die überragende Rolle vor der Türkei, den USA und Polen mit 4–4,5 Mio. t. Dafür geht aber fast die gesamte neuseeländische Produktionsmenge ins Ausland (80 %), während die Exportanteile in den anderen Ländern deutlich geringer sind (China 2 %, Türkei 6 %, USA 17 %, Polen 24 %; M 2a, M 2b).

Innovation bei der Züchtung

Neuseeland setzt bei der Intensivierung vor allem auf **Innovation** beim Anbau. In eigens angelegten Forschungszentren und Versuchsflächen wird darauf abgezielt, die Erträge zu steigern, indem mit der Züchtung neuer, **schädlingsresistenter Sorten** experimentiert wird. Zudem wurden mehrachsige Bäume gezüchtet, bei denen der Ertrag im Vergleich zu herkömmlichen Pflanzspindeln aufgrund einer besseren Lichtausbeute drei- bis siebenmal höher ist (M 2c).

Bedeutung des Apfelanbaus

Wie bereits erwähnt, spielt die Apfelproduktion in Neuseeland vor allem für den **Export** eine wichtige Rolle. Eine **regionale Konzentration** des Apfelanbaus lässt sich in den Regionen Otago, Wellington und vor allem Tasman/Nelson und Hawke's Bay feststellen, wo sich die größten Anbaugebiete befinden, weil die **naturräumlichen Bedingungen** hier angemessen für die im Vergleich zu Kiwis und Wein recht robusten Apfelpflanzen sind (vgl. Teilaufgabe 1). Nach Kiwis und Wein rangieren Äpfel auf **Platz drei der wichtigsten Anbau- und Exportfrüchte** Neuseelands. Während man in den letzten Jahren vor allem den **Kiwianbau** forciert hat – hier wurden die Exporteinnahmen zwischen 2015 und 2021 von 1,18 auf 2,7 Mrd. NZD mehr als verdoppelt – wachsen inzwischen auch die **Einnahmen durch den Export von Wein** (von 1,4 auf 1,9 Mrd. NZD) **und Äpfeln**. Bei Letzteren lässt sich nach dem oben bereits erläuterten Rückgang in den Nullerjahren ebenfalls eine Steigerung auf 561 Mio. NZD (2015) bzw. 824 Mio. NZD (2021) erkennen. Zwar zeigen sich auch bei anderen Anbaufrüchten deutliche Zuwächse – die Exporteinnahmen durch die Trendfrucht Avocado wurden z. B. seit 2005 im Fünfjahresrhythmus verdoppelt bis zum Wert von 201 Mio. NZD im Jahr 2021 –, jedoch spielen sie im Vergleich mit den Top 3 nur eine untergeordnete Rolle. Dem Apfelanbau kommt also in Neuseeland wieder eine **große Bedeutung** zu. Betrachtet man die intensiven Bemühungen der Neuseeländer*innen, neue Sorten zu züchten, kann davon ausgegangen werden, dass der Fokus auf einer Steigerung des Ertrags und damit auch der Exporteinnahmen liegen wird. Dem Apfelanabau wird also auch z**ukünftig eine wichtige Rolle** zuteilwerden (M 2c, M 3a).

Zielregionen

Als wichtigste **Zielregionen für neuseeländisches Obst und Gemüse** sind Asien und Europa zu nennen. Auch Nordamerika und Australien sind bedeutende Abnehmer, allerdings in erster Linie für Wein. Mit Abstand die wichtigste Exportfrucht für Asien ist zwar die Kiwi, die etwa drei Viertel des Gesamtvolumens der Top-3-Exportfrüchte einnimmt, dennoch bildet **Asien den größten Exportmarkt** für Äpfel, die hier im Wert von ca. 500 Mio. NZD umgesetzt werden. **Europa** ist trotz der großen Entfernung der **zweitwichtigste Handelspartner**. Der Exportwert für Äpfel beträgt hier etwa 230 Mio. NZD (M 3b).

Fazit

Zwar ist die Produktion von Äpfeln in Neuseeland deutlich hinter der von Kiwis und Wein einzuordnen, dennoch befindet sich die Branche nach einer schwierigen Zeit wieder im Aufschwung. Insbesondere die Exporte nach Asien und Europa sorgen für hohe Gewinne und die Intensivierung sowie Investitionen in die Innovation bei Apfelzucht und -anbauformen zeigen, dass hier auch in Zukunft eine Steigerung der Ernten und Exporte zu erwarten ist und die Bedeutung neuseeländischer Äpfel auf dem globalen Markt nicht zu unterschätzen sein wird.

3 **TIPP** *Anforderungsbereich III, Gewichtung 35 %*

Der Operator „Stellung nehmen" fordert eine reflektierte Beurteilung anhand von sachbezogenen, individuellen und/oder politischen Wertmaßstäben, die verschiedene Perspektiven berücksichtigt und zu einem begründeten Werturteil gelangt. In dieser Teilaufgabe sollen Sie die Ergebnisse der vorherigen Arbeit reflektieren und zusammenführen, um zu einer Beurteilung der Nachhaltigkeit des Apfelanbaus in Neuseeland zu kommen. Darüber hinaus müssen Sie Hintergrundwissen zum Apfelanbau in Deutschland einfließen lassen, wofür auch M 4b zahlreiche Ansätze bietet. So sollen Sie zu einer differenzierten Betrachtung der verschiedenen Dimensionen der Nachhaltigkeit gelangen, die nicht nur auf den reinen Zahlen aus M 4a basiert, sondern verschiedene Perspektiven gegenüberstellt und auch die individuelle Ebene der Verbraucher*innen beleuchtet.
Die Schwierigkeit der Aufgabe liegt darin, die auf den ersten Blick recht eindeutige Lage zu hinterfragen und zu beurteilen. Ausschlaggebend ist dabei insbesondere die Qualität der Begründungen und der abschließenden Synthese, weniger die Anzahl der Argumente.

Entfernung/
Transportweg

Die Frage, ob neuseeländische Äpfel ökologisch nachhaltiger sein können als in Deutschland erzeugte, scheint auf den ersten Blick relativ einfach zu beantworten. Allein die riesige **Distanz** von über

20 000 Kilometern, die die Früchte zurücklegen müssen, bevor sie in deutschen Supermarktregalen angeboten werden können, müsste im Vergleich ja für einen enormen **CO_2-Fußabdruck** sorgen – selbst dann, wenn der **Transport** per Schiff erfolgt, was im Verhältnis zum Flugzeug relativ wenig **Energie** verbraucht und **klimaschädliche Schadstoffe** ausstößt. Auch der Blick auf die Ökobilanz zeigt ein eindeutiges Bild: Der Wert des CO_2-Äquivalents neuseeländischer Äpfel ist im Durchschnitt doppelt so hoch (0,8) wie der der regional erzeugten Alternative, unter Umständen ist die Differenz sogar noch höher (0,2–0,4). Auch im Vergleich zu anderen importierten Obstsorten, z. B. Orangen oder Bananen, schneiden neuseeländische Äpfel schlechter ab (M 4 a). Dennoch lohnt sich für eine Stellungnahme zur ökologischen Nachhaltigkeit ein genauerer Blick auf die Ökobilanz der Äpfel aus verschiedenen Perspektiven.

Saisonalität

Die **Lage Neuseelands auf der Südhalbkugel** sorgt dafür, dass die **Jahreszeiten konträr** verlaufen und die Äpfel dort genau dann reifen, wenn in Deutschland und Europa der Winter langsam zu Ende geht und keine frischen Äpfel zur Verfügung stehen. Zwar können hierzulande Äpfel über die kalte Jahreszeit eingelagert werden, dies geht aber mit Qualitätseinbußen einher (z. B. Aussehen, Geschmack, Vitamingehalt) bzw. es bedarf einer entsprechenden **Kühlung** und der Herstellung einer speziellen sauerstoffarmen Atmosphäre, wofür ein relativ **hoher Energieaufwand** nötig ist. Das bedeutet, dass sich die Ökobilanz des in Europa erzeugten Obsts mit zunehmender zeitlicher Distanz von der Apfelernte, also vor allem im Frühjahr und Sommer, verschlechtert. Im Falle einer Einlagerung fallen zudem auch in Deutschland längere **Transportwege** zu den Lagerhallen und damit ein erhöhter Energieverbrauch an. Die dann frisch geernteten neuseeländischen Äpfel können in dieser Zeit dagegen relativ frisch angeboten werden. Dieser Umstand sorgt auch dafür, dass das **Angebot** vielfältig bleiben kann, weil nicht alle Apfelsorten gut geeignet für eine lange Lagerung sind (M 4 b).

Flächenertrag

Außerdem kann man durchaus annehmen, dass auf den großen **Apfelplantagen mit intensiver und angepasster Kultivierung** in Neuseeland der **Flächenertrag** hoch ist und z. B. bei der Ernte sehr effizient gearbeitet wird. Daraus resultiert ein eher **geringer Flächenverbrauch** vor Ort. Auch die Entwicklung schädlingsresistenter und sehr ertragreicher Sorten spricht für dieses Argument. Geht man davon aus, dass der Ertrag pro Pflanze, wie es angestrebt wird, weiter gesteigert werden kann, ergibt sich daraus ein weiterer ökologischer Vorteil, weil weniger Fläche verbraucht wird und die Quote der durch Insekten und Krankheiten zum Verkauf ungeeigneten Früchte verringert werden kann. Gegebenenfalls kann durch die **erhöhte Widerstandsfähigkeit** auch der Einsatz von boden- und wasserschädlichen und auch für den Menschen ungesunden **Pestiziden** reduziert werden (M 4b).

Anbaumethode

Betrachtet man die Anbaumethode, spielen neben dem reinen Ertrag auch die Auswirkungen auf die Umwelt eine Rolle. Im Bioanbau kann man natürlich die nachhaltigere Produktion durch Verzicht auf chemische Pestizide und synthetische Dünger voraussetzen. Allerdings spielt der **Bioanbau** in **Neuseeland** mit 7 % nur **eine untergeordnete Rolle** und hat sich in den vergangenen Jahren auch nur langsam entwickelt. Nimmt man an, dass diese Werte in Deutschland höher sind, können die **heimischen Äpfel** an dieser Stelle die deutlich **bessere Umweltbilanz** erzielen. Noch besser schneidet der Anbau auf **Streuobstwiesen** ab, da hier annähernd keine zusätzliche Umweltbelastung zu verzeichnen ist und darüber hinaus ein Lebensraum für Insekten, Vögel und andere Tiere geschaffen wird, sodass diese Art des Anbaus einen bedeutenden Beitrag zur **Biodiversität** leistet. Zusätzlich ist eine **ergänzende Nutzung der Flächen**, z. B. als Weidefläche für Schafe oder durch die Imkerei, möglich. Negativ zu erwähnen ist hier, dass der **Flächenertrag relativ gering** ist und die **Qualität** der Äpfel gegebenenfalls durch Insektenbefall oder Vogelfraß **gemindert** wird. Kompaktere Plantagen könnten zudem besser gegen **Extremwetterereignisse** wie Hagelschlag oder Trockenperioden geschützt werden als die weitläufigen Streuobstwiesen mit ihren großen Bäumen. Insofern stellt sich auch die Frage, ob die Nachfrage auf dem heimischen Markt allein durch diese umweltschonenden Methoden gedeckt werden kann bzw. ob die Preise im Vergleich zu ausländischen Früchten konkurrenzfähig bleiben (M 2b, M 4b).

Rolle der Verbraucher*innen

Neben den genannten Faktoren spielt allerdings vor allem das **Verhalten der Verbraucher*innen** eine entscheidende Rolle für die Ökobilanz. Der Transport der Äpfel (wie auch anderer Produkte) zum Händler und von dort nach Hause schlägt umso deutlicher zu Buche, je länger der Weg ist, den die Äpfel in der Kette bis auf den heimischen Küchentisch zurücklegen. Wird der **Einkauf mit dem Auto** erledigt, kann der Einfluss auf die Ökobilanz schnell deutlich spürbar werden. Bedenkt man, dass nicht jeder, insbesondere in den Städten, direkt vom Apfelbauern kaufen kann, wäre es möglich, dass die Rechnung mit der Ökobilanz schnell durch den **Energieverbrauch und Schadstoffausstoß** verzerrt wird. So könnte man die Frage stellen, wie es sich beispielsweise mit dem umweltbewussten Apfelfreund verhält, der sich mit seinem Auto extra auf den Weg aufs Land macht, um dort ökologisch erzeugte Äpfel direkt beim Bauern zu kaufen. Je nachdem, wie weit er fahren muss, kann die Bilanz womöglich schlechter ausfallen, als wenn er zu den neuseeländischen Äpfeln aus dem Supermarkt um die Ecke greift (M 4b).

Insgesamt hängt die Ökobilanz eines Produkts von ziemlich **vielen variierenden Einzelfaktoren** ab und kann normalerweise nicht ganz eindeutig berechnet werden. So zeigt sich auch beim Vergleich von einheimischen und neuseeländischen Äpfeln, dass die ökologische Nachhaltigkeit **nicht in jedem Fall zugunsten der regionalen Variante** zu bewerten ist und auch **vom individuellen Verhalten des Verbrauchers** abhängt. Unterm Strich kann man aber nach Betrachtung aller Faktoren davon ausgehen, dass aufgrund des sehr weiten Transportweges und der intensiv betriebenen Landwirtschaft in Neuseeland **im Normalfall der heimische Apfel die ökologisch nachhaltigere Wahl** darstellt, insbesondere dann, wenn auf **Regionalität und Saisonalität** geachtet wird. Fazit

PRÜFUNGSAUFGABEN

FRANKREICH – ÜBERZEUGENDER WEG BEI DER STROMPRODUKTION?

Aufgabenstellung

1 Beschreiben Sie das Potenzial von erneuerbaren Energien für die Stromproduktion in Frankreich unter Berücksichtigung des Naturraums.

2 Charakterisieren Sie die Stromproduktion in Frankreich.

3 Nehmen Sie zur Stromproduktion in Frankreich Stellung.

Hilfsmittel: eingeführter Schulatlas, Taschenrechner

M 1 Frankreich – Wirtschaft

Farbkarte zum Download:
www.stark-verlag.de/mystark

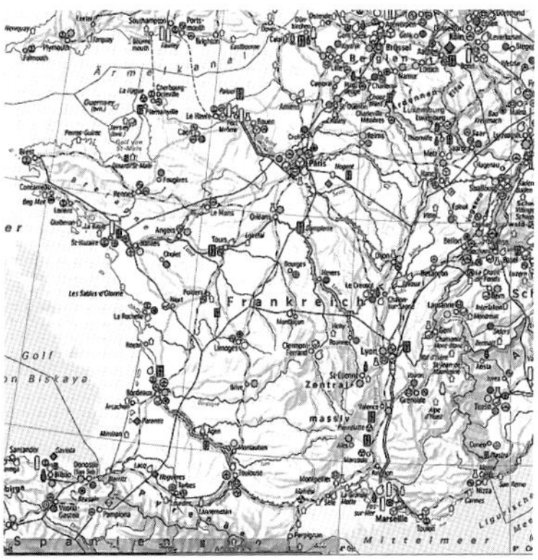

Quelle: Diercke Atlas (digitale Version, 2021), bearbeitet

M 2 Strukturdaten Frankreich

	Einheit	
Staatsfläche (ohne Überseegebiete)	km²	543 965
Bevölkerungszahl 2020	Mio.	65,1
BIP pro Einwohner*in 2019 (Kaufkraftparität)	US-$	49 377 (Deutschland: 55 891)
Erwerbstätige nach Sektoren 2020 • Land- und Forstwirtschaft, Fischerei • Produzierendes Gewerbe • Dienstleistungen	%	 2,4 19,9 77,7
HDI 2019		0,901
Anteil Stadtbevölkerung 2020	%	81,0
Stromproduktion[1] 2018	Terawattstunden	582 (Deutschland: 643)
Strompreis für private Haushalte 2019	Euro-Cent / kWh	17,34 (Deutschland: 30,88; Vereinigtes Königreich: 21,22)
Stromhandel[2] 2018 • Export • Import	Terawattstunden	 77 14
Anteil der Energieträger an der Stromproduktion 2018 • Biomasse • Erdgas • Erdöl • Kernbrennstoffe (Kernenergie) • Kohle • Sonnenstrahlung • Wasser • Wind	%	 2 5 1 71 2 2 12 5
Kohlendioxidemissionen je Einwohner*in 2019	Tonnen	4,8 (Deutschland: 8,5; USA: 15,5)
Aktive Reaktoren in Kernkraftwerken[3] 2020	Anzahl	56 (Deutschland: 6)
Uranverbrauch 2019	1 000 Tonnen	8,94 (Rang 3 weltweit)

1 Der Begriff „Strom“ wird hier allgemeinsprachlich verwendet. Im physikalischen Sinne handelt es sich bei den Angaben um elektrische Energie.

2 Beim grenzüberschreitenden Stromhandel gibt es für Frankreich saisonale Unterschiede: Im Sommer übersteigt die Stromproduktion häufig den inländischen Bedarf. In den Wintermonaten muss bei Spitzenbelastungen regelmäßig Strom importiert werden, da durch Strom betriebene Heizungen nach wie vor üblich sind.

3 Kernkraftwerke gibt es in Frankreich seit Ende der 1950er-Jahre. Sie werden von der Elektrizitätsgesellschaft *Électricité de France* betrieben, dem global zweitgrößten Stromerzeuger, der überwiegend in staatlicher Hand ist und mehr als 150 000 Mitarbeiter*innen beschäftigt.

Quelle M 2: eigene Zusammenstellung, Daten nach: IMF – WEO; IMF – IFS; Statistisches Bundesamt – Destatis; BGR; International Energy Agency and The World Bank

M 3 Erneuerbare Energien in Europa

Farbkarte zum Download:
www.stark-verlag.de/mystark

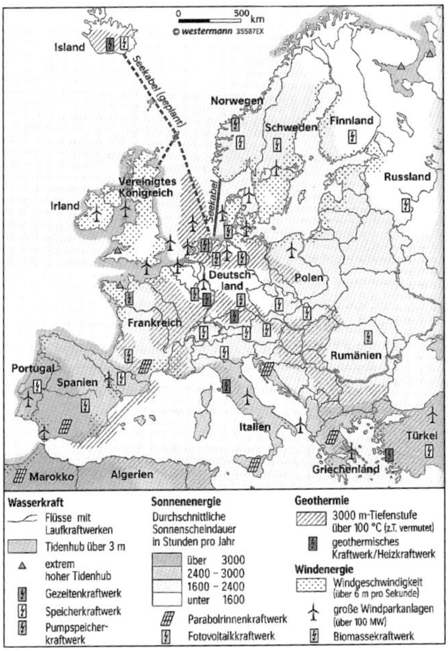

Quelle: Diercke Spezial Deutschland in Europa 2017, S. 52, bearbeitet

M 4 Risiken und Probleme der Kernenergie (Auswahl)

Teil der Brennstoffkette	Risiken und Probleme
Uranabbau	• Es entstehen erhöhte Uran- und Radiumbelastungen in Gewässern und Sedimenten, die u. a. zu Krebs führen können. • In Frankreich wurden nach 1945 insgesamt 439 Uranminen betrieben; seit dem Jahr 2001 wird kein Uran mehr abgebaut. • Das Uranerz wird von Frankreich u. a. importiert aus dem Niger, wo Orano, ein französisches Staatsunternehmen, große Uranminen betreibt. Dort befinden sich 35 Millionen Tonnen radioaktiver Abraum offen und ungeschützt im Umfeld der Minen. • In der Zentralafrikanischen Republik betrieb ein französischer Konzern ab 2008 eine Uranmine. Auf dem Minengelände lag die radioaktive Strahlenbelastung 17-mal höher als die Maximaldosis, die in Frankreich für Angestellte von Atomanlagen zulässig ist.
Betrieb von Atomanlagen	• Es sind weltweit zahlreiche Unfälle in kerntechnischen Anlagen seit den 1950er-Jahren bekannt. • Die folgenschwersten Vorfälle waren die Nuklearkatastrophen von Tschernobyl (1986) und von Fukushima (2011), die dazu führten, dass diese Regionen aufgrund der hohen Strahlenbelastungen für Generationen unbewohnbar bleiben werden. • Nach dem Unfall in Tschernobyl wurden ca. 8,3 Millionen Bürger*innen der Ukraine, Weißrusslands und Russlands großen Mengen radioaktiven Niederschlags ausgesetzt. Gesundheitliche Folgen waren u. a. der massive Anstieg von Schilddrüsenkrebsfällen, eine signifikant erhöhte Rate von Leukämie und Schäden im Erbgut.
Endlager	• Ein Endlager für hochradioaktiven Atommüll, wie abgebrannte Brennelemente, muss eine Million Jahre lang sicher sein. Die Kosten hierfür sind kaum bezifferbar. • Die Suche nach geeigneten Endlagern stellt sich weltweit bislang als äußerst problematisch dar, da geologische Voraussetzungen möglicher Standorte für eine langfristige Lagerung nicht ausreichen und es häufig Widerstand der lokalen Bevölkerung gibt. • Der hochradioaktive Atommüll lagert bisher in zahlreichen Zwischenlagern (ober- und unterirdisch).

Zusammenstellung nach folgenden Quellen: https://www.umweltbundesamt.de/themen/klima-energie/energieversorgung/kernenergie-reaktorsicherheit; https://www.bund.net/fileadmin/user_upload_bund/publikationen/atomkraft/uranatlas_2019.pdf; https://monde-diplomatique.de/artikel/!5352790; https://www.aerzteblatt.de/archiv/178663/Strahlenbelastung-30-Jahre-Leben-mit-Tschernobyl

M 5 Bonjour Tristesse

Jean-Luc Cardoso hat resigniert. „Wir haben gekämpft und wir haben verloren“, sagt der 52-Jährige. Die Worte des Gewerkschafters spiegeln nicht mehr den Widerstand, der noch auf Fotos und Videos der vergangenen Jahre deutlich wird. […] Oder bei den Lichterprozessionen und Plakataktionen, die sie gemeinsam mit ihren Familien und anderen Ortsansässigen organisierten, in der Hoffnung, dass „das nicht so schnell Wirklichkeit wird“. „Das“, damit meint Cardoso das Aus des ältesten französischen Atomkraftwerks Fessenheim. An diesem Freitag wird der erste Reaktor abgeschaltet, am 30. Juni soll der zweite folgen.[1] […] Der Unterschied könnte größer kaum sein. Während auf der deutschen Rheinseite und in der nahen Schweiz Erleichterung herrscht, dass die beiden Atomreaktoren von Fessenheim nach jahrelangem Streit und mehrfacher Verzögerung nun tatsächlich dicht machen, fürchten die französischen Anrainer, in ein dunkles Loch zu fallen. Nicht, weil dort kein Strom mehr produziert wird und deshalb die Lichter ausgingen, wie manche prophezeit hatten. […]

Doch wenn die meisten der heute gut 2 000 Mitarbeiter und Zulieferer abziehen, bangen Einzelhändler, Handwerker und Gaststättenbetreiber um ihr Auskommen. Der Bürgermeister klagt über bald fehlende Steuereinnahmen. Eine wirtschaftliche Alternative zum größten Arbeitgeber der Region ist nämlich trotz der langen Vorbereitungszeit vorerst nicht in Sicht. […]

„Wir haben schon seit Jahren nicht mehr investiert. Keiner kann einem sagen, ob sich das überhaupt noch lohnt“, sagt Laurent Schwein in der Hotelgaststätte *Au bon Frère*. Der Chef hat für den Mittagstisch Gulasch mit Bandnudeln und Blaukraut gekocht. Bisher kamen regelmäßig Mitarbeiterinnen und Mitarbeiter des Elektrizitätskonzerns EdF aus der Pariser Zentrale in die Stube mit den rustikalen Holzmöbeln. Oft übernachteten sie auch in den Zimmern darüber, wenn sie für ein paar Tage in Fessenheim zu tun hatten. Auch Techniker und Wartungsleute externer Firmen. […] Die französische Statistikbehörde rechnet damit, dass das Ende des AKW die Einkommen von insgesamt 5 000 Menschen in der Region beeinträchtigt. Groß sind auch deshalb Unverständnis und Kritik, dass die Regierung unter Führung von Staatschef Emmanuel Macron an den Schließungsplänen der Vorgänger festhielt. Er hat Hollandes Energiewendeziel lediglich von 2025 auf 2035 verschoben. Wo Macron doch den großen Umweltschützer gebe, der CO_2- Emissionen minimieren wolle. Das gehe am besten mit Atomkraftwerken. Den Neubau von sechs modernen Kernkraftwerken aber ließ Macron gerade auf die nächste Legislaturperiode verschieben.

„Die wirklichen Umweltschützer sind nicht gegen AKW, nur die Kernkraftgegner, das wird leider oft verwechselt,“ so Cardoso. Das Gros der Fessenheimer fühlt sich wie er von Berichten der Kernkraftbefürworter bestätigt, in denen der Import von schmutzigem Strom aus deutschen Kohlekraftwerken angekündigt oder die Rechnung aufgemacht wird, dass die Leistung des örtlichen AKW durch 3 400 Windräder kompensiert werden müsse. […]

Quelle: Karin Finkenzeller: Bonjour Tristesse, ZEIT vom 21. 02. 2020, https://www.zeit.de/politik/ausland/2020-02/atomkraftwerk-fessenheim-schliessen-rhein-arbeitsplaetze

1 Die Reaktoren wurden am 22. 02. und 29. 06. 2020 stillgelegt. Die französische Regierung sprach sich im April 2020 für eine Laufzeitverlängerung der übrigen Reaktoren in Frankreich auf 50 Jahre aus. In Flamanville wird zudem seit 2007 auch an einem neuen, sehr leistungsstarken Reaktor gebaut.

TIPP **Allgemeine Hinweise zur Lösung der Aufgabe**

Die Aufgabe basiert auf dem **Raummodul 1: Deutschland in Europa**, wobei hier inhaltlich der Strukturwandel des Energiesektors in Frankreich im Mittelpunkt steht. Hinzu kommen die physisch-geographischen Strukturen Frankreichs im Hinblick auf die erneuerbaren Energien und deren Potenzial für die Stromproduktion. Abschließend sollen der Weg Frankreichs bei der Stromerzeugung und mögliche Alternativen bewertet werden.

Folgende Fachmodule werden mit einbezogen:

- **Fachmodul 1: raumprägende Faktoren und raumverändernde Prozesse** (hier v. a. physisch-geographische Faktoren: Klima, Relief, Wasser, Rohstoffe),
- **Fachmodul 3: Ressourcennutzung und nachhaltige Entwicklung** (hier v. a. (nachhaltige) Ressourcen- und Energienutzung).

Lösungsvorschlag

1 **TIPP** *Anforderungsbereich I, Gewichtung 25 %*

Mithilfe des Atlas sollten Sie zunächst Frankreich verorten und seine naturräumlichen Voraussetzungen unter besonderer Beachtung der Erfordernisse erneuerbarer Energieerzeugung beschreiben. In diesem Zusammenhang spielen sowohl das Relief als auch das Klima des Landes eine wesentliche Rolle.
Nachfolgend ist es Ihre Aufgabe, das Potenzial Frankreichs hinsichtlich der Nutzung erneuerbarer Energien darzustellen. Hierbei sollten die Sonnenenergie, Windenergie, Wasserkraft und auch die Möglichkeiten für die Geothermie berücksichtigt werden. Ihre Beschreibung muss fachsprachlich richtig und räumlich strukturiert erfolgen.

Geographische Lage

Frankreich erstreckt sich als mit 543 965 km^2 **flächenmäßig großes Land** in Westeuropa vom Ärmelkanal im Norden bis zum Mittelmeer im Süden. Im Westen wird das Land vom Atlantischen Ozean begrenzt und im Osten durch Belgien, Luxemburg, Deutschland sowie die Schweiz und Italien. Im Südosten grenzt in den Pyrenäen Spanien an Frankreich. Das Land hat eine Bevölkerungszahl von 65,1 Mio. (Diercke Weltatlas 2015, S. 86; M 2).

Relief

Mit den französischen Alpen sowie dem recht schmalen französischen Teil der Pyrenäen hat das Land Anteil an zwei **Hochgebirgen**. Bis auf das Zentralmassiv mit Höhen bis zu 1 886 m wird Frankreich ansonsten überwiegend durch **ebenes bis leicht mittelgebirgsartiges Relief** mit Höhen bis 500 m charakterisiert. Entlang der großen Ströme, z. B. Seine, Loire und Garonne, befinden sich Tiefländer.

Klima

Klimatisch ist Frankreich hauptsächlich den **Mittelbreiten** zuzurechnen (Diercke Weltatlas 2015, S. 254), die auch als **gemäßigte Zone** bezeichnet werden. Allerdings steht der Bereich der Mittelmeerküste **im Süden unter dem Einfluss der subtropischen Zone** mit ihrer erheblich stärkeren Sonneneinstrahlung.
Dadurch ist im Süden des Landes im Bereich der Subtropen eine Sonnenscheindauer von 1 600 bis 2 400 Stunden im Jahr zu verzeichnen, direkt an der Mittelmeerküste bis zu 3 000 Stunden im Jahr (M 3). Diese hohe einstrahlende Sonnenenergie könnte durch **Solarkraftwerke** zur Stromproduktion genutzt werden.

Potenzial für regenerative Energieerzeugung

Hinsichtlich der Nutzung der **Wasserkraft** zur Stromerzeugung ist festzuhalten, dass Frankreich an der Rhône, der Loire sowie der Seine über Voraussetzungen für **Laufkraftwerke** verfügt, die bekanntlich einen hohen Wirkungsgrad haben (M 3). Ein weiteres großes Potenzial zur Stromgewinnung durch Wasserkraft bietet der Tidenhub von über drei Metern (teilweise über 10 m) an der Atlantikküste, der durch **Gezeitenkraftwerke** energetisch genutzt werden kann. Nicht zu unterschätzen ist das Potenzial der Gebirgsregionen der Pyrenäen, des Zentralmassivs sowie der Alpen für die Nutzung der Wasserkraft: **Stauseen** könnten hier sowohl zur Energiegewinnung als auch als Hochwasserschutz dienen.
Sowohl an der Mittelmeerküste als auch an der Atlantikküste nördlich des Gironde-Deltas sowie im Norden am Ärmelkanal gibt es Gebiete mit Windgeschwindigkeiten von über 6 m/Sekunde, die zur Stromerzeugung durch **Windenergie** geeignet sind (M 3). Denn die Atlantikküste liegt im Gebiet der beständigen Westwinddrift, die für ausreichend Wind sorgt (Diercke Weltatlas 2015, S. 250.2). Zudem gibt es in den Küstenabschnitten sowohl am Mittelmeer als auch am Atlantik keine Gebirge u. Ä., die Einfluss auf den Windeinstrom haben könnten.
Weite Gebiete Frankreichs sowohl in der Osthälfte und Mitte der Landfläche als auch im Südwesten weisen in 3 000 m Tiefe eine Temperatur von über 100 °C auf, die durch **geothermische Kraftwerke** genutzt werden kann (M 3).

Fazit

Zusammenfassend kann festgestellt werden, dass es in Frankreich ein vielfältiges naturräumliches Potenzial zur Nutzung regenerativer Energien gibt. Dies gilt von den Hochgebirgsregionen bis hin zu den Küstengebieten, wobei alle Formen der erneuerbaren Energieerzeugung möglich sind. Allerdings werden Sonnen- und Windenergie eher gering und die Geothermie überhaupt nicht zur Stromgewinnung genutzt.

2 TIPP *Anforderungsbereich II, Gewichtung 40 %*

Der Operator „Charakterisieren" fordert von Ihnen, dass Sie in dieser Teilaufgabe die Stromproduktion Frankreichs zunächst in ihren Eigenarten beschreiben, nachfolgend nach ihren Merkmalen kennzeichnen und abschließend unter mehreren Gesichtspunkten zusammenführen. Hierbei können Hinweise aus M 1 bis M 4 sowie geeignete Atlaskarten genutzt werden. Wichtig ist, dass die Besonderheiten der französischen Stromproduktion deutlich werden. Sie können ggf. auch Vergleiche zur Stromversorgung in Deutschland anstellen.

Sozioökonomischer Entwicklungsstand

Frankreich ist ein wirtschaftsstarker Staat der Europäischen Union mit einem HDI von 0,901 (M 2), der den **„sehr hohen" sozioökonomischen Entwicklungsstand** (HDI-Definition) des Landes widerspiegelt (Diercke Weltatlas 2015, S. 274.1). Hieraus resultiert natürlich ein hoher Energiebedarf, zu dem auch die zahlreichen Industriestandorte beitragen. Die produzierte Strommenge betrug im Jahr 2018 582 Terawattstunden, was ca. 90 % der in Deutschland produzierten Strommenge entspricht. Da im Sommer die produzierte Strommenge den Bedarf in Frankreich übersteigt, kann Strom auch exportiert werden, was im Jahr 2018 im Umfang von 77 Terawattstunden geschah. Im Winter hingegen müssen 14 Terawattstunden importiert werden (M 2).

Energieerzeugung: Kernkraft

Betrachtet man die **Verteilung von Kraftwerkstypen** in Frankreich, so fällt auf, dass die **Kernkraftwerke** mit insgesamt 56 aktiven Reaktoren **über das gesamte Land verteilt** sind, wobei eine leichte Häufung in der Nähe von wirtschaftlichen Zentren mit entsprechend hoher Bevölkerungszahl festzustellen ist (M 1, M 2). Das ist aufgrund des hohen Energiebedarfs dieser Zentren nachvollziehbar. Solche Wirtschaftszentren sind natürlich Paris, aber auch Bordeaux und Lyon. Ebenfalls ist hierbei der Industrieraum von Metz bis Nancy im Nordosten Frankreichs zu nennen. Am gesamten Energiemix Frankreichs hat die Kernenergie einen Anteil von 71 % weit vor der Wasserkraft mit 12 %. Auch der **Uranverbrauch** ist demzufolge mit 8 940 Tonnen sehr hoch, wobei bemerkenswert ist, dass Frankreich seit 2001 kein Uran mehr im Land selbst abbaut, sondern es z. B. aus dem Niger importiert. Aufgrund des hohen **Bedarfs an Kühlwasser** liegen die Kernreaktoren an den großen Strömen und auch an der Atlantikküste, z. B. bei La Hague oder Paluel an der Küste des Ärmelkanals (M 1).

Die Kernkraftwerke werden von der Elektrizitätsgesellschaft *Électricité de France* betrieben. Dies ist der zweitgrößte Stromproduzent der Welt und überwiegend in staatlicher Hand. Insgesamt arbeiten in diesem Konzern 150 000 Beschäftigte (M 2).

Infolge der hohen Zahl der Kernkraftwerke gibt es auch entsprechende Atomindustrien, die v. a. bei La Hague (Wiederaufbereitungsanlage) und auch im Süden Frankreichs z. B. entlang der Rhône lokalisiert sind (M 1).
Bemerkenswert ist, dass es in Frankreich im Gegensatz zu vielen anderen Staaten keine nennenswerte Gegenbewegung zur Nutzung der Kernenergie gibt. So wird die Kernenergie als gute Möglichkeit zur Erreichung der Klimaziele angesehen (M 5).

Energieerzeugung: fossile Energieträger

Einen recht kleinen Anteil an der französischen Stromproduktion haben die **fossilen Energieträger** Erdöl (1 %), Erdgas (5 %) und Kohle (2 %). Erdöl wird im Südwesten bei Parentis und auch südöstlich von Paris gefördert; Erdgas wird beim ebenfalls südwestlichen gelegenen Nogueres gewonnen. Entsprechende Erdöl- und Erdgasleitungen durchziehen das Land zu den Zentren des Verbrauchs, z. B. Paris und Lyon (M 1). Aufgrund dieses geringen Anteils fossiler Energieträger an der Stromproduktion hat Frankreich mit 4,8 Tonnen CO_2-Emissionen/Einw. einen recht geringen Wert – im Vergleich dazu hat Deutschland mit 8,5 t einen nahezu doppelt so hohen CO_2-Ausstoß (M 1, M 2).

Energieerzeugung: erneuerbare Energien

Wie bereits dargestellt, hat Frankreich gute naturräumliche und klimatische Voraussetzungen für die **Erzeugung regenerativer Energien**. Dennoch stammen lediglich 21 % der Stromerzeugung aus erneuerbaren Energien, wobei die Wasserkraft mit 12 % am stärksten vertreten ist. Besonders hervorzuheben ist hierbei, dass sich im Nordwesten bei Dinard eines der beiden Gezeitenkraftwerke Europas befindet. Es folgen die Windenergie mit 5 %, die Sonnenenergie mit nur 2 % und die Energiegewinnung aus Biomasse mit ebenfalls 2 % (M 2).
Die Sonnenenergie wird vorwiegend im Süden und Südwesten des Landes zur Stromerzeugung genutzt. Im Nachbarland Deutschland wird schon sehr viel mehr Energie durch Sonne und Wind erzeugt (M 3); hier wird Windenergie vorwiegend in Offshore-Windparks sowie in den Flachländern Norddeutschlands produziert.

Fazit

Zusammenfassend lässt sich feststellen, dass **in Frankreich die Nutzung der Kernenergie zur Elektrizitätserzeugung eine überragende Rolle spielt**, wobei es keine nennenswerten Proteste seitens der Bevölkerung gibt. Diese Energieform kann in Frankreich als allgemein akzeptiert angesehen werden. Durch den hohen Anteil der Kernenergie und die geringe Nutzung fossiler Energien sind die Kohlenstoffdioxidemissionen Frankreichs mit 4,8 t im Vergleich zu Deutschland oder den USA sehr gering. Allerdings nutzt Frankreich das gegebene naturräumliche Potenzial zur Gewinnung – ebenfalls emissionsarmer – regenerativer Energien nicht aus. Viele der in Teilaufgabe 1 genannten Gebiete des südlichen Frankreichs sowie des

Nordens entlang der Küsten bzw. im Flachland wären z. B. für die Stromproduktion durch Wind geeignet. Betrachtet man den Tidenhub über 3 m, so kann auch die Atlantikküste noch stärker für Gezeitenkraftwerke genutzt werden.

3 **TIPP** *Anforderungsbereich III, Gewichtung 35 %*

Zur Bearbeitung diese Aufgabe ist es sinnvoll, wenn Sie zunächst die Vor- und Nachteile der Stromproduktion in Frankreich erarbeiten, die in hohem Maße von der Kernenergie dominiert wird. Hierbei sollten Sie strukturiert auf Ihre Lösungen der ersten beiden Teilaufgaben zurückgreifen. Somit sind alle bisherigen Materialien M 1 bis M 3 sowie nun auch M 4 und 5 zu berücksichtigen.
Ihre Antwort soll in ein wertendes Resümee münden, in dem die negativen und positiven Seiten der französischen Energieerzeugung einander gegenübergestellt werden. Es bietet sich an, einen vergleichenden Blick nach Deutschland zu werfen.

Vorteile der Stromerzeugung durch Kernkraftwerke:
– Energiesicherheit

Aufgrund der Vielzahl von Kernkraftwerken ist Frankreich in der Lage, eine **gesicherte Grundversorgung mit elektrischer Energie** zu gewährleisten und sogar noch Elektrizität zu exportieren, das ist ein sehr hoch zu bewertender positiver Aspekt der Produktion von Strom durch die Kernenergie. Lediglich im Winter kann es zu Versorgungsproblemen kommen, da die Heizungen in Frankreich vielfach noch mit Strom betrieben werden (M 2). Nur dann muss Strom importiert werden.

– standortungebunden

Die räumliche Verteilung der **Kernkraftwerke** in Frankreich (M 1) zeigt, dass diese **nicht an bestimmte naturräumliche Gegebenheiten gebunden** sind, wie dies z. B. bei Solarkraftwerken der Fall ist, die entsprechend hohe Sonneneinstrahlung benötigen. Es gibt über das Land verteilt genug Flussläufe zur Kühlwasserversorgung der Kraftwerke. Dass auch der Flächenbedarf eines Kernkraftwerkes geringer als zum Beispiel der eines Windparks ist, ist ebenfalls ein Pluspunkt für die KKWs.

– preiswert

Wenn man die **Strompreise** z. B. von Deutschland mit 30,88 €/kWh und Frankreich mit nur 17,34 €/kWh betrachtet, sieht man, dass der Strompreis für die Privathaushalte im Jahr 2019 in Frankreich erheblich geringer als der in Deutschland war (M 2). Dies ist ein weiterer Vorteil der französischen Struktur der Stromproduktion.

– Wirtschaftsfaktor

Die **Kernkraftwerke prägen ganze Regionen Frankreichs**, da sie erstens direkt Arbeitsplätze bieten und zweitens messbare **Einflüsse auf die weitere Wirtschaftsstruktur** besonders des tertiären Sektors haben. Am Beispiel des inzwischen stillgelegten KKWs Fessenheim wird dies deutlich. So bot das Kraftwerk nicht nur 2 000 Arbeitsplätze inkl. den Arbeitsplätzen bei den Zulieferern, sondern auch Beschäftigungsmöglichkeiten im Handel, den Gaststätten sowie den Handwerksbetrieben der Region. Zudem erhielt die Gemeinde erhebliche Steuereinnahmen (M 5)

Ein weiteres Argument, das für den Betrieb von Kernkraftwerken spricht, ist die äußerst geringe **Emission von Treibhausgasen**, so dass Frankreich wesentlich weniger CO_2 emittiert als zum Beispiel Deutschland (M 2). Vor diesem Hintergrund der geringen CO_2-Emissionen ist die Aussage des in M 5 zitierten Gewerkschafters Jean-Luc Cardoso zu verstehen, der meint, dass die „wirklichen Umweltschützer“ (Z. 34) nicht gegen das Kernkraftwerk Fessenheim seien.

– emissionsarm

Es fällt auf, dass die **Elektrizitätserzeugung Frankreichs** mit der Ausrichtung zu 71 % auf die Kernenergie **sehr einseitig** ist – nur die Nutzung der Windenergie ist, bezogen auf ihren Anteil an der Stromproduktion, noch erwähnenswert (M 2). Aus dieser einseitigen Struktur resultiert, dass einige Regionen Frankreichs in hohem Maße von einem KKW und den damit zusammenhängenden Wirtschaftsbereichen abhängig sind, wie das oben erwähnte Beispiel Fessenheim zeigt. Vergleichbar einseitige Strukturen gab es in Deutschland z. B. im Ruhrgebiet, dessen Strukturwandel nach den Steinkohlezechenschließungen inzwischen als abgeschlossen bezeichnet werden kann. Die Region Fessenheim hat diesen Wandel nun noch vor sich.

Nachteile der Stromerzeugung durch Kernkraftwerke:
– monostrukturiert

In Frankreich wurden die ersten Kernkraftwerke Ende der 1950er-Jahre gebaut und seitdem gibt es die **staatliche Energiegesellschaft** (M 2). Dies hat zur Folge, dass sich **starre Strukturen und Interessen** entwickelt haben, die einer schnellen Energiewende wie z. B. in Deutschland entgegenstehen. Stattdessen werden neue Kernkraftwerke geplant und wohl in naher Zukunft auch gebaut (M 5). Nach der Wiederwahl von Präsident Macron ist jedenfalls davon auszugehen, denn er will, dass Frankreich weiterhin seine Klimaziele erreicht – und dafür sind KKWs aus seiner Sicht ein probates Mittel.

Man darf aber nicht nur die Kernkraftwerke in Frankreich selbst betrachten, sondern auch die **Herkunftsländer des zum Betrieb erforderlichen Urans**. Die **Abbaubedingungen** in den Ländern Niger und der Zentralafrikanischen Republik **sind problematisch**. Auch die **Einflüsse auf die direkte Umwelt sind mehr als nur kritisch**. So befinden sich rund 35 Millionen Tonnen radioaktiver Abraum in Niger offen nahe der Abbauminen (M 4), was in hohem Maße gesundheitsgefährdend ist. Der Uranabbau wirkt sich auch auf die Gewässer aus, die höhere Uran- und Radiumbelastungen aufweisen. Somit wird die Gesundheit der an den Flüssen lebenden Bevölkerung gefährdet (M 4). Niger und auch die Zentralafrikanische Republik gehörten früher zu den französischen Kolonien. Die rücksichtslose Uranförderung ist eine andere Art von **Unterdrückung**

– Problematik des Uranabbaus

auf Kosten der Gesundheit der Menschen vor Ort und trägt neokolonialistische Züge.

Als das KKW Fessenheim im Jahr 2020 geschlossen wurde, war die Bevölkerung der anliegenden Gebiete Deutschlands und der Schweiz zum Großteil erleichtert (M 5). Denn **von Kernkraftwerken geht natürlich immer eine Gefahr aus**. Es muss nicht gleich ein Unglück wie in Tschernobyl sein, aber jeder auch kleinere Zwischenfall stellt eine Gefahr dar, zumal viele der Kernkraftwerke in dicht besiedeltem Gebiet stehen. Bei einem Unglücksfall wären langfristige Beeinträchtigungen aufgrund z. B. freigesetzter Strahlung zu erwarten. Angesichts dessen verwundert es, dass noch kein Endlager für die abgebrannten hochradioaktiven Kernbrennstäbe errichtet worden ist, obwohl die Kernkraftwerke Frankreichs schon mehrere Jahrzehnte betrieben werden. Das Lagern von Atommüll in oberirdischen Zwischenlagern kann keine Lösung auf Dauer sein, denn der Müll muss eine Million Jahre sicher lagern (M 4)!

– Gefahr radioaktiver Unfälle

Insgesamt lässt sich feststellen, dass die negativen Gesichtspunkte überwiegen: Hinsichtlich der **Wirtschaft** dürfte die Dominanz der Kernkraftwerke und ihrer nachgelagerten Industrien in vielen Regionen gravierend sein und einer Diversifizierung der Wirtschaftsstruktur entgegenstehen. Hinsichtlich des **ökologischen** Bereichs gibt es sowohl in Frankreich selbst als auch in den Uranförderländern sehr große Probleme: zum einen die erwähnten Gefahrenpotenziale in Frankreich bzw. Europa selbst und zum anderen die aufgezeigten direkten ökologischen Beeinträchtigungen in den Förderländern, z. B. der radioaktiv verseuchte Abraum und die Gefährdung der Gewässer. Auch hinsichtlich **sozialer** Aspekte ist die starke Abhängigkeit sowohl der Standorte von den KKWs in Frankreich als auch der Förderländer von der Nutzung der Kernenergie ungünstig und sicherlich nicht nachhaltig. Im Falle einer Stilllegung eines KKWs stünden viele Menschen in Frankreich bzw. in den Uranförderländern vor der Arbeitslosigkeit. Denn ein Strukturwandel dauert lange. Die aufgezeigten positiven Gesichtspunkte der Energiesicherheit mit geringer Emission klimaschädlicher Treibhausgase, der wirtschaftlichen Leistungsstärke der Standorte oder auch des günstigen Strompreises wiegen die Nachteile nicht auf. Viele Staaten nicht nur Europas betreiben zurzeit die Energiewende hin zu nachhaltigen regenerativen Energien v. a. mit Wind und Sonne, die keine vergleichbaren negativen Aspekte wie die oben dargestellten zur Folge haben. Hier sollte Frankreich sein durchaus vorhandenes Potenzial stärker nutzen, um „sauberen“ Strom zu erzeugen.

Zusammenfassende Bewertung

CROWDFARMING – EINE CHANCE FÜR DIE ÖKOLOGISCHE LANDWIRTSCHAFT IN DEUTSCHLAND?

Aufgabenstellung

1 Stellen Sie typische Merkmale der ökologischen Landwirtschaft dar.

2 Erläutern Sie die Entwicklung der ökologischen Landwirtschaft in Deutschland.

3 Erörtern Sie aus der Perspektive eines ökologischen Landwirts sowie eines Konsumenten von Crowdfarmingprodukten, ob Crowdfarming eine Chance für die ökologische Landwirtschaft in Deutschland darstellt.[1]

Hilfsmittel: eingeführter Schulatlas, Taschenrechner

[1] Zur besseren Lesbarkeit von Personenbezeichnungen wird die männliche Form genutzt. Diese gilt für alle Geschlechter.

M 1 Steckbrief eines Demeter-Hofes in Wilgersdorf

Beschäftigte	Landwirtsfamilie in Wilgersdorf, Auszubildende und zwei Praktikanten
Hofgröße	ca. 38 ha Weide- und Grünlandflächen
Elemente der Hofgestaltung	Hecken, Streuobstflächen, Blühpflanzen, Solarthermieanlage
Lage	Nordrhein-Westfalen, südöstlich von Siegen
Tiere	160 Milchschafe und etwa 900 Hühner
Haltung	Die Schafe sind in den Sommermonaten und bei gutem Wetter draußen. Es handelt sich um das Ostfriesenschaf, eine vom Aussterben bedrohte alte Haustierrasse. Die Herde hat ein Durchschnittsalter von 4 Jahren. Die Tiere werden auf dem Hof jedoch bis zu 12 Jahre alt, sie verlassen die Herde dann aus Altersgründen oder krankheitsbedingt. Für die Fleischindustrie sind diese Tiere generell nicht mehr interessant. Die jungen Lämmer dürfen 8–10 Wochen bei ihrer Mutter bleiben und Milch saugen, dann werden sie abgewöhnt und mit Heu bzw. Gras auf der Weide gefüttert. Einige Lämmer gehen vom Hof ab und werden geschlachtet, andere bleiben auf dem Hof, sie werden dann als neue Milchschafe in die Herde aufgenommen. Die Schafe geben fast das ganze Jahr über Milch. Ein Schaf produziert im Schnitt 1–2,5 Liter Milch pro Tag. Mit dieser Menge können ca. 35 kg Demeter Bio-Schafsschnittkäse pro Saison hergestellt werden. Die Hühner bewohnen drei Hühnermobile, die über die hofnahen Flächen wandern.
Futter	Die Schafe dürfen Gras, Klee und Kräuter auf den Wiesen, die größtenteils im Naturschutzgebiet Weißtal liegen, fressen. Im Winter bekommen sie Heu und trockene Grassilage von den eigenen Flächen. Außerdem werden pro Schaf täglich ca. 400 g Hafer und etwas zugekauftes Biokraftfutter aus Weizen, Rapsschrot und Mais gefüttert, um eine stabile Milchleistung und gute Körperkondition der Schafe zu gewährleisten.
Bio-Zertifizierung	Die Schafe und Hühner werden seit 2010 nach den EU-Richtlinien der ökologischen Landwirtschaft und gemäß dem Demeter-Standard gehalten.
Vermarktung	Bio-Fachhandel, Hofladen, Wochenmärkte, Crowdfarming
Crowdfarming	Wenn man ein Schaf in Wilgersdorf adoptiert, erhält man die Ernte in Form von Bio-Schafskäse direkt nach Hause. Der Landwirt kümmert sich um die Adoption. Man kann sich eine Adoptionsurkunde herunterladen und einen Besuch auf dem Betrieb planen, wenn man möchte. Da die Ernte pro Schaf sehr groß ist, wird sie mit mehreren Personen geteilt. Wer mehr möchte, kann eine weitere Adoption übernehmen. Man geht keine langfristige Verpflichtung ein: Nach dem Erhalt der Ernte kann entschieden werden, ob man die Adoption verlängern möchte. Die Adoptionssaison geht immer für ein halbes Jahr und der Käse wird einmal im Herbst und einmal im Frühjahr gesandt. Jedes Schaf wird von 35 Crowdfarmern adoptiert, die eine Kiste mit 1 kg Demeter Bio-Schafskäse erhalten.

Fortsetzung **Crowdfarming**	Die produktive Lebensdauer eines Schafs beträgt etwa 10 Jahre. Solange man möchte und die Landwirte sich darum kümmern können, kann man seine Adoption Jahr für Jahr verlängern. Falls ein Schaf stirbt, wird dafür gesorgt, dass man die Produktion anderer Tiere bekommt, ohne jegliche Zusatzkosten.

Quellen: Demeter Bio-Schafs- und Ziegenschnittkäse, CrowdFarming, https://www.crowdfarming.com/de/farmer/edelkaeserei-kalteiche/up/schaf-ziege-edelkaeserei-kalteiche-adoptieren (Haltung, Futter, Bio-Zertifizierung, Crowdfarming); https://www.demeter-nrw.de/hoefe/edelkaeserei-kalteiche; https://www.regionalwert-rheinland.de/edelkaeserei-kalteiche/ (übrige Daten)

Anmerkung: Demeter ist ein deutscher Bio-Anbauverband, dessen Mitglieder in biologisch-dynamischer Wirtschaftsweise produzieren.

M 2 Entwicklung der ökologischen Landwirtschaft in Deutschland (D)

	Einheit	1995	2000	2005	2010	2015	2020
Anteile der ökologisch bewirtschafteten Flächen an der Agrarfläche insgesamt in D	%	1,8	3,2	4,7	5,9	6,5	10,3
Ökologisch bewirtschaftete Fläche	Mio. ha	0,31	0,55	0,81	0,99	1,09	1,70
Ökobetriebe insgesamt		6 642	12 740	17 020	21 942	24 736	35 396
Anteile der Ökobetriebe an landwirtschaftlichen Betrieben in D	%	1,1	2,9	4,3	7,3	9,0	13,5
Durchschnittliche landwirtschaftlich genutzte Fläche je Ökobetrieb	ha	46,6	42,9	47,4	45,2	44,0	k. A.
Fördermittel	Mio. €	k. A.	61,2	129,1	144,0	162,7 (2014)	k. A.
Ökologisch bewirtschaftete Kulturen und Viehhaltung	**Einheit**	**1995**	**2000**	**2005**	**2010**	**2015**	**2019**
Grünland	ha	k. A.	k. A.	k. A.	520 000	600 000	830 000
Ackerland	ha	k. A.	k. A.	k. A.	435 000	445 000	700 000
Getreide	ha	k. A.	k. A.	k. A.	207 000	230 000	348 000
Futterbau / Ackerfrüchte	ha	k. A.	k. A.	k. A.	151 000	148 000	224 000
Hülsenfrüchte	ha	k. A.	k. A.	k. A.	27 000	37 000	52 000
Kartoffeln	ha	k. A.	k. A.	k. A.	8 200	8 600	10 100

Ökologisch bewirtschaftete Kulturen und Viehhaltung	Einheit	1995	2000	2005	2010	2015	2019
Ölsaaten[1] zur Körnergewinnung	ha	k. A.	k. A.	k. A.	6 800	8 300	18 800
Gemüse (inklusive Erdbeeren)	ha	k. A.	k. A.	k. A.	10 590	10 749	14 777
Obst	ha	k. A.	k. A.	k. A.	5 700	9 670	11 451
Rebland[2]	ha	k. A.	k. A.	k. A.	5 400	7 600	10 600
Rindfleisch	t	k. A.	k. A.	k. A.	42 300	45 600	62 300
Schweinefleisch	t	k. A.	k. A.	k. A.	22 900	19 800	30 900
Schaf- und Ziegenfleisch	t	k. A.	k. A.	k. A.	3 450	3 630	3 980
Geflügelfleisch	t	k. A.	k. A.	k. A.	11 630	17 680	26 390
Eier	Mio.	k. A.	k. A.	k. A.	621	1 201	1 636
Milch	t	k. A.	k. A.	k. A.	595 300	732 100	1 184 742

1 Ölsaaten: Sammelbezeichnung für Pflanzen, die vorwiegend wegen ihrer ölreichen Früchte und Samen kultiviert werden (z. B. Sonnenblumenkerne, Raps).
2 Rebland: Land, auf dem Wein angebaut wird.

Zusammenstellung aus folgenden Quellen: https://www.deutschlandfunkkultur.de/forschung-fuer-mehr-oekolandbau-damit-bio-eine-zukunft- hat.976.de.html?dram:article_id=384243; https://www.oekolandbau.de/service/zahlen-daten-fakten/strukturdaten-zum-oekolandbau/; https://www.bmel.de/DE/themen/landwirtschaft/oekologischer-landbau/tabelle2-oekolandbau-in-d.html; https://www.boelw.de/fileadmin/user_upload/Dokumente/Zahlen_und_Fakten/Brosch%C3%BCre_2021/B%C3% 96LW_Branchenreport_2021_web.pdf, S. 14 –15

M 3 Ökologisch bewirtschaftete Flächen in Deutschland 2020

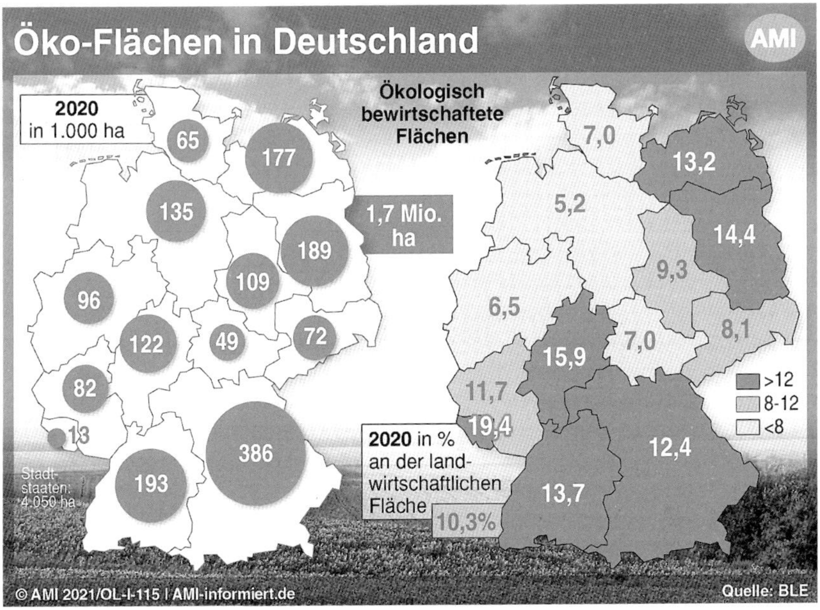

© AMI

M 4 Konventionelle und ökologische Betriebe im Vergleich

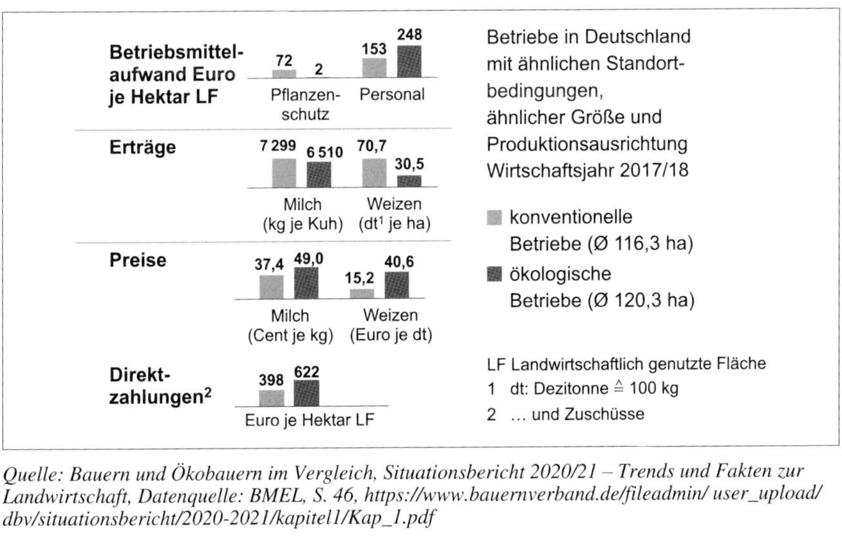

Quelle: Bauern und Ökobauern im Vergleich, Situationsbericht 2020/21 – Trends und Fakten zur Landwirtschaft, Datenquelle: BMEL, S. 46, https://www.bauernverband.de/fileadmin/ user_upload/ dbv/situationsbericht/2020-2021/kapitel1/Kap_1.pdf

M 5 Crowdfarming: Wie die „landwirtschaftliche Revolution“ funktioniert

Begonnen hat Gonzalo Urculos Erfolgsgeschichte mit einer heruntergekommenen Orangenplantage. Mit seiner findigen Crowdfarming-Geschäftsidee konnten der Spanier und sein Bruder den Familienhof retten: Sie verkürzten die Lieferkette radikal und machten Kunden zu Paten.

Der Großvater wäre stolz auf seine Enkel: Gonzalo Urculo und sein Bruder Gabriel aus Valencia haben die Familienplantage „Naranjas del Carmen“ profitabel gemacht. Die beiden Brüder waren nie zuvor in der Landwirtschaft tätig, doch seit 2010 sind sie Bauern – nur keine gewöhnlichen. Mit einer einfachen Idee verwandelten Gonzalo und Gabriel Urculo ihre Orangenplantage in ein erfolgreiches Unternehmen. Nach dem Vorbild eines konventionellen Obstmarkts hätten sie ihre Plantage nicht aufpäppeln und vor dem Untergang retten können. Wie ihre Nachbarn hätten sie die Orangen unter Wert verkaufen müssen. […]

Nach dem Prinzip des Crowdfundings, also der Schwarmfinanzierung, haben die jungen Spanier die Kluft zwischen Erzeuger und Konsument geschlossen. Ihre Orangenbäume haben sie zur Adoption freigegeben – und damit den Grundstein für das Crowdfarming gelegt. Im Dezember 2015 gab es die ersten Orangenbaumpaten bei „Naranjas del Carmen“. Zwei Jahre später waren alle Bäume adoptiert. Die Kunden fragten nach weiteren Produkten. Also weiteten die beiden Brüder ihr Konzept aus: Inzwischen können Kunden aus Europa auch Oliven-, Mandel- oder Kakaobäume adoptieren, ein ganzes Bienenvolk oder auch eine Milchkuh. […]

Die Landwirte senden ihre Lebensmittel direkt zum Kunden. Sie bekommen als Pate dann beispielsweise eine Kiste Orangen direkt aus Spanien. Für beide Seiten hat die schlanke Lieferkette einige Vorteile: Der „Farmer“ – ob Obstbauer, Imker oder Milchbauer – weiß, dass er für seine Arbeit entschädigt wird und einen gerechten Preis für seine Produkte bekommt. Der Kunde […] kennt den Namen des Erzeugers und darf in der Regel sein „Patenkind“ auch besuchen. Das Konzept der Brüder Urculo ist aufgegangen. […]

Lena Manz kommt aus der Nähe von Karlsruhe und arbeitet mit Vergnügen im Crowdfarming-Team bei Valencia. Die 28-Jährige hat die Geburt der Crowdfarming-Plattform miterlebt. Ihre Angebotspalette erweiterten sie im Laufe der Zeit um Kaffee, Reis und Oliven. Die Deutsche war dabei, als die Urculo-Brüder nach einem „Brainstorming“ beschlossen, ausschließlich biozertifizierte Produkte auf ihre Plattform zu nehmen. „Die Stars unter den Produkten sind Orangen und Clementinen – mit denen ging im Jahr 2015 bei ‚Naranjas del Carmen‘ alles los. Aber auch Zitronen oder Mangos stoßen auf große Begeisterung, genauso wie die Käseprodukte“, weiß sie zu berichten. Crowdfarming sei ein „gegenseitiges Geben und Nehmen“, bei dem Landwirt und Konsument profitieren. Es sei nicht nur aufschlussreich für den Kunden, die Landwirte kennenzulernen. „Es ist auch schön für den Landwirt, dass er die Menschen, die hinter einem Baum stehen, kennenlernt und erfährt, was sie persönlich mit dem Bäumchen verbinden“, erzählt Manz. […]

„Crowdfarming ist nicht nur eine landwirtschaftliche, sondern auch eine soziale Revolution“, sagt Gonzalo Urculo. Mit ihrem Know-how helfen die Brüder anderen Kleinbauern. Dank der Crowdfarming-Idee erfüllen die beiden zudem die Ansprüche des

kritischen Verbrauchers – der laut Gonzalo Urculo vor allem aus einem Land stammt: „Die meisten Crowdfarmer kommen aus Deutschland", sagt Urculo. Das ökologische Bewusstsein sei dort ausgeprägter als bei ihm zu Hause in Spanien. Die Paten aus Deutschland besuchten auch gerne ihren eigenen Baum. „Sie wollen mit eigenen Augen sehen, wo genau die Orange angebaut wurde und wer dahintersteht."
Bei „Naranjas del Carmen" muss der Abnehmer keinen Orangenbaum kaufen, er übernimmt für eine Saison die Patenschaft für einen Baum. Der Pate bekommt dann seine „eigenen" Bio-Orangen. Konkret bedeutet das: Nach der Adoption erhält der Kunde während der etwa viermonatigen Erntezeit so viele Kisten, wie er reserviert hat. Auf der Crowdfarming-Plattform können diverse „Produktionseinheiten" adoptiert werden, das kann ein Baum, eine landwirtschaftliche Fläche oder ein Bienenvolk sein. [...]
Die Mitarbeiter von Crowdfarming, wie Lena Manz, unterstützen die „Farmer" bei der Kommunikation und Organisation. Ein Stolperstein sind etwa die unterschiedlichen Lebensmittelvorschriften in den EU-Ländern. „Viele Farmer kennen zwar die Vorschriften ihres eigenen Landes, aber nicht die der Zielländer", sagt Gonzalo Urculo. Auch bei der Logistik helfen die Mitarbeiter von Crowdfarming: Sie versuchen den CO_2-Fußabdruck so klein wie möglich zu halten. Eine exakte Analyse der Emissionen können die Brüder nicht vorweisen. Die Produkte bei Crowdfarming sollen in möglichst kurzer Zeit und Entfernung transportiert werden. [...]

Quelle: Jessica Albrecht: Crowdfarming: Wie die „landwirtschaftliche Revolution" funktioniert, Bank und Umwelt vom 22. 01. 2020, https://bankundumwelt.de/crowdfarming-wie-die-landwirtschaftliche-revolution-funktioniert/

TIPP Allgemeine Hinweise zur Lösung der Aufgabe

Die Aufgabe basiert auf dem **Raummodul 1: Deutschland in Europa**, wobei hier inhaltlich der Strukturwandel in der deutschen Landwirtschaft thematisiert wird. Zunächst soll die ökologische Landwirtschaft in ihren wesentlichen Gegebenheiten dargestellt werden, um nachfolgend am Beispiel eines Demeter-Hofes das Prinzip des Crowdfarming zu erläutern. Letztendlich sollen Sie die Frage erörtern, ob Crowdfarming eine Chance für die Weiterentwicklung der ökologischen Landwirtschaft in Deutschland sein kann.

Folgende Fachmodule werden mit einbezogen:

- **Fachmodul 2: Bedeutungswandel von Räumen** (hier: Auswirkungen des Strukturwandels in Landwirtschaft, Industrie und Dienstleistungen),
- **Fachmodul 3: Ressourcennutzung und nachhaltige Entwicklung** (hier v. a. nachhaltiges Verbraucherverhalten, Nachhaltigkeitsbewertung, agrarische Tragfähigkeit und Ernährungssicherung).

Lösungsvorschlag

1 **TIPP** *Anforderungsbereich I, Gewichtung 25 %*

In dieser Teilaufgabe sollen Sie mithilfe der Materialien M 1, M 2, M 4 sowie geeigneter Atlaskarten die typischen Merkmale der ökologischen Landwirtschaft detailliert und mithilfe von Fachbegriffen darstellen. Sie sollten – auch mithilfe Ihrer Vorkenntnisse aus dem Unterricht – erarbeiten, dass die ökologische Landwirtschaft eine Kreislaufwirtschaft ist und das Ziel hat, die Bodenfruchtbarkeit zu erhalten.

Mischwirtschaft als Kennzeichen ökologischer Landwirtschaft

Ein Betrieb der ökologischen Landwirtschaft wird durch **Mischwirtschaft** charakterisiert. Es werden also sowohl Ackerbau als auch Viehzucht bzw. Geflügelhaltung betrieben. Der **Demeter-Hof in Wilgersdorf** hält Vieh (160 Milchschafe) und Geflügel (ungefähr 900 Hühner). In diesem Betrieb überwiegt die Tierhaltung, allerdings werden für die Schafe auch eigene Futtermittel, z. B. Hafer, angebaut. Für die Tierhaltung eines ökologischen Betriebes wie des Beispielbetriebes ist typisch, dass die Schafe nicht im Stall, sondern im Sommer und bei gutem Wetter auf der Weide verbleiben. Auch die Hühner halten sich vorwiegend im Freien auf bzw. nachts in Hühnermobilen, deren Standorte auf den hofnahen Flächen regelmäßig gewechselt werden (M 1).

Diversifizierte, artgerechte Tierhaltung

Besonderer Wert wird auf die **artgerechte Tierhaltung** gelegt, was sich auf dem Demeter-Hof dadurch zeigt, dass die Lämmer mit acht bis zehn Wochen eine recht lange Zeit bei den Mutterschafen bleiben und erst danach von der Mutter entwöhnt werden. Das Futter der Schafe besteht aus Heu bzw. Gras, Klee und Kräutern. Die Schafe werden bis zu zwölf Jahre alt, wobei das Durchschnittsalter der Tiere auf dem Beispielhof vier Jahre beträgt. Nur ein geringer Teil der Lämmer wird geschlachtet, die übrigen Tiere bleiben auf dem Hof und werden als Milchschafe gehalten. Wie bei vielen Betrieben des ökologischen Landbaus üblich, verfügt der Demeter-Hof in Wilgersdorf auch über einen **Hofladen**, in dem z. B. der selbst produzierte Schafskäse verkauft wird. Der bereits erwähnte Freilandauslauf der Legehennen ist ebenfalls ein Zeichen der artgerechten Tierhaltung. Die **Tierhaltung** ist beim Beispielbetrieb mit der Haltung sowohl von Schafen als auch von Legehennen insgesamt als **diversifiziert** zu bezeichnen (M 1).

Der Demeter-Hof hält das Ostfriesenschaf, bei dem es sich um eine alte Rasse handelt. Auch dies ist ein Kennzeichen der ökologischen Landwirtschaft: Sie hat das Ziel, **alte Tier- und Pflanzenrassen** zu erhalten.

Wie schon erwähnt, betreibt der Beispielbetrieb nicht nur Tierhaltung, sondern erzeugt z. B. das Futter für die Tiere größtenteils selbst. Der Ackerbau ist zumeist gekennzeichnet durch **Mischkulturen** mit wechselnden Fruchtfolgen sowie **Untersaaten und Zwischenfrüchte** (vgl. z. B. Diercke Weltatlas 2015, S. 59.7). Dies dient dem Erhalt der Bodenfruchtbarkeit: Denn die Untersaaten und Zwischenfrüchte liefern wieder neue Nährstoffe; zugleich wird ein Bodenverlust durch Winderosion vermieden. So wird erreicht, dass **auf Mineraldünger und Pflanzenschutzmittel weitgehend verzichtet** werden kann. Dies ist durch die Kriterien des Anbauverbands und auch die entsprechenden EU-Richtlinien so vorgegeben (M 1).

Mischkulturen beim Ackerbau

Die ökologisch orientierten Landwirtschaftsbetriebe haben es sich weiterhin zur Aufgabe gemacht, zum **Landschafts- und Naturschutz** beizutragen. Dies geschieht z. B. durch Hecken und Streuobstbereiche, die u. a. dem Artenschutz von Insekten dienen (vgl. Diercke Weltatlas 2015, S. 59.7). Der Demeter-Hof in Wilgersdorf nutzt die Wiesen im Naturschutzgebiet Weißtal als Weide, so erfolgt eine naturnahe Pflege dieser Fläche (M 1).

Landschafts- und Naturschutz

All die genannten Strukturen und Merkmale der ökologischen Landwirtschaft zeigen, dass diese auf den Erhalt der Bodenfruchtbarkeit, **geschlossene betriebliche Nährstoffkreisläufe** inkl. Kompostierung sowie eine artgerechte Tierhaltung setzt. Hierdurch werden die natürlichen Ressourcen geschont und die **Wirtschaftsweise der Betriebe** ist als langfristig **nachhaltig** zu bezeichnen.

Fazit

2 **TIPP** *Anforderungsbereich II, Gewichtung 40 %*

In dieser Teilaufgabe sollen Sie auf Grundlage der Materialien sowie Ihrer Vorkenntnisse die Entwicklung der ökologischen Landwirtschaft „erläutern". Dieser Operator bedeutet, dass Sie Sachverhalte in ihren komplexen Beziehungen an Beispielen, z. B. anhand der Materialien, verdeutlichen.
Die Materialien bieten mehr Inhalte, als Sie zur Erläuterung benötigen. Deswegen empfiehlt es sich, dass Sie die Materialien daraufhin durchsehen, welche Angaben wirklich für die Bearbeitung der Aufgabe erforderlich sind, und diese z. B. mit einem Marker kennzeichnen. So müssen Sie beim Material M 2 nicht jede einzelne Zahl nennen, sondern Entwicklungen aufzeigen.

Betrachtet man die **Anteile der ökologisch bewirtschafteten Flächen in Deutschland**, so ist eine stetige prozentuale **Zunahme** der Flächen festzustellen. Wurden im Jahr 1995 lediglich 1,8 % der Agrarflächen in Deutschland ökologisch bewirtschaftet, so waren es 25 Jahre später bereits 10,3 %, wobei in den fünf Jahren von 2015

Agrarflächen in Deutschland

bis 2020 eine erhebliche Zunahme der ökologisch genutzten Agrarfläche von 6,5 % auf 10,3 % erfolgte. Sicherlich hängt diese Zunahme mit **geänderten Einstellungen großer Teile der Bevölkerung** in Fragen des Umweltbewusstseins sowie der Problematik des Klimawandels zusammen. Daraus resultiert ein **geändertes Konsumverhalten** der Verbraucher*innen, die vermehrt auf die Herkunft und Art der Erzeugung der Produkte achten. Neben der Flächenzunahme ist auch die Anzahl der ökologisch orientierten Betriebe seit 1995 gestiegen, wobei auch hier die stärkste Zunahme in den letzten fünf Jahren von 24 736 auf 35 396 Betriebe erfolgte (M 2).

Agrarflächen in Niedersachsen

In Niedersachsen werden 135 000 ha der LNF ökologisch bewirtschaftet, was einem Anteil von 5,2 % an der landwirtschaftlichen Fläche entspricht. Mit diesem Wert liegt Niedersachsen am Ende der bundesdeutschen Skala (Bundesdurchschnitt: 10,3 %; M 3). Dies hängt damit zusammen, dass es in Niedersachsen noch eine hohe Anzahl von **agroindustriellen Großbetrieben** gibt, z. B. Viehhaltungsbetriebe im Westen des Bundeslandes (Diercke Weltatlas 2015, S. 58.1). In Brandenburg ist der Prozentsatz ökologisch bewirtschafteter Flächen mit 14,4 % fast dreimal so hoch wie in Niedersachsen, im Saarland mit 19,4 % sogar fast viermal so hoch (M 3).

Tierhaltung in der Öko-Landwirtschaft

Die **ökologisch genutzten Agrarflächen** verteilen sich wie folgt: Der größte Flächenanteil mit 830 000 ha (2019) wird vom Grünland eingenommen, d. h. letztlich von der Viehwirtschaft, da das Vieh auf der Weide steht bzw. im Winter mit Heu gefüttert wird. Ebenfalls gehört der Futteranbau mit einem Flächenanteil von 224 000 ha zur Viehwirtschaft. Dies spiegelt das in Teilaufgabe 1 erwähnte Prinzip der **Kreislaufwirtschaft**, nach dem Futtermittel möglichst selbst angebaut werden und normalerweise nichts dazugekauft wird. Bei den **tierischen Produkten** ist die Produktion von Rindfleisch in den Jahren von 2010 bis 2019 von 42 300 t auf 62 300 t angestiegen und liegt vor der Menge von produziertem Schweinefleisch mit 30 900 t im Jahr 2019. Der größte Produktionszuwachs ist jedoch beim Geflügelfleisch festzustellen: Von 2010 bis 2019 ist die Menge um rund 150 % gestiegen (M 2). Dieser starke Anstieg ist ein Hinweis auf das veränderte Ernährungs- und Konsumverhalten großer Teile der Bevölkerung. Es wird vermehrt nach ökologisch erzeugten Produkten nachgefragt; Skandale v. a. in der Geflügelhaltung haben dieses veränderte Konsumverhalten sicher noch beschleunigt. Dies zeigt sich auch beim Anstieg der nach ökologischen Kriterien erzeugten Eier. Während im Jahr 2010 noch 621 Mio. Eier aus Ökobetrieben stammten, waren es neun Jahre später bereits 1,6 Mrd.!

Der Getreideanbau steht beim **Ackerbau** mit 348 000 ha an der Spitze der ökologisch genutzten Fläche, auch hier ist eine starke Zunahme in den Jahren von 2010 bis 2019 festzustellen. Besonders interessant sind die Werte für nach ökologischen Maßstäben erzeugte Hülsenfrüchte wie auch von Obst, die ebenfalls in den Jahren 2010 bis 2019 stark angestiegen sind. Bei den Hülsenfrüchten verdoppelte sich die Fläche nahezu (M 2). Dies hängt damit zusammen, dass es vermehrt sich vegetarisch und vegan ernährende Menschen gibt. Und Hülsenfrüchte können mit ihrem hohen Proteingehalt Fleisch hinsichtlich dieses Bestandteils ersetzen. Auch gibt es Produkte, die „Fleischcharakter“ haben, aber aus Soja hergestellt werden. Die Verdopplung der **Obstanbauflächen** ist ebenfalls ein Indiz für geänderte Wünsche vieler Verbraucher*innen, die nach unbelastetem Obst aus regionalem Anbau verlangen.

Ökologischer Ackerbau

Ökologische Agrarbetriebe sind i. d. R. **klein- und mittelständische Betriebe** mit einer durchschnittlichen Betriebsgröße von 44 ha (2015). An der Betriebsgröße hat sich seit 1995 nicht viel geändert. Der Demeter-Hof in Wilgersdorf liegt mit einer Größe von 38 ha noch unter diesem Mittelwert (M 1).

Ökonomische Gegebenheiten

Ökobetriebe haben einen höheren **Betriebsmittelaufwand** je Hektar landwirtschaftlicher Nutzfläche. So hatten sie im Wirtschaftsjahr 2017/18 einen Aufwand von 250 €/ha, worunter 248 € auf die Personalkosten entfielen, 2 € für den Pflanzenschutz. Konventionelle Betriebe haben dagegen im Schnitt 10 % weniger Ausgaben, nämlich 225 € Betriebsmittelaufwand je Hektar, davon 72 € für den Pflanzenschutz, 153 € für Personal. Folglich müssen die **Erzeugerpreise** natürlich höher liegen: Ökologisch erzeugte Milch kostete 49 Cent pro kg im Vergleich zu 37,4 Cent/kg der Milch eines konventionellen Betriebes, wobei die Erträge pro Kuh des Öko-Betriebs nur unwesentlich geringer sind als beim konventionellen Betrieb. Deutlich höher ist die Differenz beim Weizen: Hier sind die Erträge im konventionellen Anbau mehr als doppelt so hoch wie im ökologischen Anbau, dafür liegen die Preise für ökologisch erzeugten Weizen mit 40,6 €/dt auch deutlich über denen für konventionell angebauten Weizen (15,2 €/dt; M 4).

Um trotz des hohen Arbeitsaufwandes und der niedrigeren Erträge überhaupt im Handel mithalten zu können, sind die Öko-Betriebe nach wie vor auf **Subventionen** angewiesen. So sind die Fördermittel von 61,2 Mio. € im Jahr 2000 auf 162,7 Mio. € in 2014 angestiegen (M 2). Diese Zunahme hängt auch damit zusammen, dass die ökologisch genutzte Landfläche ebenfalls zugenommen hat – dies ist auch im Sinne der **Agrarwende** von den entsprechenden Gremien so gewollt. Ein wichtiger Entscheider in diesem Zusammenhang ist

Agrarpolitische Aspekte

die **EU** mit ihrer **Gemeinsamen Agrarpolitik**, die **Förderprogramme für nachhaltige Bewirtschaftung** bereitstellt.

Fazit

Schon länger gibt es in Deutschland eine Diskussion über zu niedrige Agrarpreise für die Erzeuger. Diese niedrigen Preise sind möglich, weil konventionell wirtschaftende Großbetriebe durch Massenproduktion preisgünstig produzieren können. Die Öko-Betriebe können mit diesen niedrigen Preisen nicht mithalten. Aber immer mehr Verbraucher*innen sind bereit, einen höheren Preis für Lebensmittel zu bezahlen, wenn sie wissen, wo die Produkte herkommen und wie sie produziert werden. Allerdings werden Bioprodukte im landesweiten Durchschnitt nur auf 10 % der Flächen erzeugt, können konventionell hergestellte Waren also nicht ersetzen.

3 **TIPP** *Anforderungsbereich III, Gewichtung 35 %*

Zu Beginn Ihrer Antwort sollten Sie kurz den Begriff „Crowdfarming" definieren. Der Operator „Erörtern" erfordert, dass Sie zu einer vorgegebenen Problemstellung, hier dem Crowdfarming, eine reflektierte, abwägende Auseinandersetzung führen und zu einem begründeten Sach- und evtl. auch Werturteil kommen. Hierbei sollen Sie die Sichtweisen des ökologisch anbauenden Landwirts sowie eines Konsumenten, der ein Produkt adoptiert, berücksichtigen. Diese Teilaufgabe fordert von Ihnen, das Crowdfarming in Hinblick auf die ökologische Landwirtschaft konkret abwägend zu untersuchen. Auf zuvor erarbeitete Inhalte der ersten beiden Teilaufgaben können Sie verweisen, aber vermeiden Sie Wiederholungen!

„Crowdfarming" aus Sicht der Betriebe:

„Crowdfarming" bedeutet übersetzt „Schwarm-Landwirtschaft". Hier übernehmen die Kundinnen und Kunden die Patenschaft für bestimmte landwirtschaftliche Produkte, finanzieren somit den Anbau und erhalten die Ernte direkt nach Hause (M 1, M 5). Wenn ein Landwirt oder eine Landwirtin sich entschließt, nicht nur ökologisch zu produzieren, sondern auch **Crowdfarming** zu praktizieren, so müssen die Vorteile wohl die Nachteile überwiegen.

– direkter Kundenkontakt

Ein wichtiger Aspekt des Crowdfarming ist der **direkte Kontakt** zwischen dem landwirtschaftlichen Betrieb und der Kundin bzw. dem Kunden. Dieser enge Kontakt hat zum einen den Vorteil, dass die Lieferkette verkürzt wird, da der Betrieb direkt zum Kunden liefert (M 5). Weiterhin identifizieren sich die Käufer stärker mit dem entsprechenden Betrieb, was zu einer stärkeren **Kundenbindung** und somit auch zu einer ökonomischen Sicherheit für den Betrieb führen kann. Wenn ein fester Kundenstamm vorhanden ist, kann der landwirtschaftliche Betrieb auch so planen, dass eine Überproduktion vermieden wird (M 5). So kennt die **Familienplantage**

„**Naranjas del Carmen**“ die Bestellmengen der Kunden an Orangen und kann somit entsprechend planen (M 5).

Die ökologisch orientierten Landwirtschaftsbetriebe haben als vorwiegend kleine und mittelgroße Betriebe durch die **direkte Vermarktung** und somit den **Wegfall der Zwischenhändler** höhere **Verkaufserlöse**. Außer durch Crowdfarming werden z. B. auch Wochenmärkte oder ein Hofladen bestückt, was ebenfalls Formen der Direktvermarktung darstellt (M 1).

– Direktvermarktung

Den genannten Vorteilen des Crowdfarming für den landwirtschaftlichen Betrieb steht der **höhere Arbeitsaufwand** durch die Direktvermarktung z. B. durch den Versand der Waren an die Kunden als Nachteil gegenüber. Auch bedeutet es einen Mehraufwand, wenn die Kundinnen und Kunden ihre „Patenkinder“ (das kann ein Schaf auf dem Demeter-Hof oder auch ein Orangenbaum auf einer spanischen Plantage sein) persönlich besuchen wollen (M 1, M 5).

– höherer Arbeitsaufwand

Crowdfarming aus Sicht der Konsumenten:

– gesicherte Herkunft der Produkte

Schon seit längerer Zeit ist zu beobachten, dass viele Konsumenten wissen möchten, woher die Produkte kommen – ganz egal, um welche Art von Lebensmitteln es sich handelt. Sicher werden die Konsumenten, die am Crowdfarming teilnehmen, sehr genau wissen wollen, wie z. B. der Schafskäse oder die Eier erzeugt wurden. Und die Käuferinnen und Käufer wissen auch genau, wer das Geld, das für ein Produkt bezahlt wird, letztendlich bekommt, nämlich der produzierende Agrarbetrieb (M 1). Kundinnen und Kunden, die bereit sind, für ökologisch produzierte Waren auch mehr Geld auszugeben, schätzen weiterhin, dass sie im Gegenzug frische Waren erhalten, was durch die **kurzen Lieferketten** gewährleistet werden kann. Für manche Verbraucherinnen und Verbraucher ist sicher auch eine Art „persönliche Bindung“ zum Tier, z. B. dem Milchschaf, von Bedeutung. Zudem kann man sich durch Besuche auf dem Demeter-Hof selbst von der artgerechten Tierhaltung überzeugen.

Normalerweise kaufen Verbraucherinnen und Verbraucher dann etwas, wenn es benötigt wird. Im Falle des Crowdfarming kann es nun sein, dass unerwartet eine Kiste Orangen aus Spanien oder ein Kilogramm Schafskäse vom Demeter-Hof angeliefert werden, die eventuell zunächst nicht benötigt werden. Die **Ware wird eben dann geliefert, wenn sie vorhanden ist**, hierauf müssen sich die Käufer einstellen (M 1, M 5).

Je nachdem, wie der Versand beispielsweise der Orangen aus Spanien nach Deutschland geregelt ist, ist dieser nicht förderlich für den **ökologischen Fußabdruck**; denn die Orangen kommen per Luftfracht nach Deutschland und bei dieser Art des Transports entstehen CO_2-Emissionen (M 5). Auch wäre es z. B. für einen süddeutschen Konsumenten „ökologischer“, den Käse vom Bauern aus dem Nachbardorf zu holen, als ihn aus NRW zu „importieren“.

– Transportproblematik

Kann das Crowdfarming ein Massenphänomen werden? Sicherlich nicht, aber es ist eine interessante Möglichkeit, einem ökologisch wirtschaftenden landwirtschaftlichen Betrieb eine neue, **ergänzende Finanzierungsmöglichkeit** zu schaffen. So können v. a. kleine und mittelgroße Betriebe von dieser Art der Finanzierungssicherheit profitieren, denn es gäbe schon einmal einen fest kalkulierbaren Kundenstamm. Crowdfarming ist somit eine **Möglichkeit, nachhaltiges Verbraucherverhalten zu fördern**, was der ökologischen Landwirtschaft insgesamt zugutekommt. Abschließende Bewertung

Crowdfarming ist allerdings keine Möglichkeit für die Mehrheit der Verbraucherinnen und Verbraucher, die es sich schlicht nicht leisten können, solche teuren, ökologisch produzierten Agrarprodukte zu kaufen. Sicher würden gern viele Menschen solche exquisiten Waren kaufen und genießen, aber nur die „oberen Zehntausend" werden die geforderten Preise auch bezahlen können. Dies werden viele als **ungerecht** empfinden.

Allgemein kann durch Crowdfarming ein **sozial-emotionales Verständnis** für die Erzeugung von Agrarprodukten geweckt werden, wenn z. B. das Tier, das die Milch für den Schafskäse liefert, sogar besucht werden kann. Dadurch erhalten die Verbraucher*innen einen genaueren Einblick in die Produktionsabläufe der ökologischen Landwirtschaft und lernen auf diese Weise die produzierten Lebensmittel wertzuschätzen.

Schlussendlich kann festgestellt werden, dass Crowdfarming eine interessante Möglichkeit für den ökologischen Landbau darstellt. Für die in der Regel kleinen und mittelgroßen Betriebe besonders wichtig ist die dadurch entstehende Planungssicherheit, die zur Existenzsicherung der Landwirte beitragen kann. Fazit

Allerdings wird Crowdfarming aufgrund des begrenzten Absatzmarktes immer nur eine von mehreren Möglichkeiten der Vermarktung von Produkten der ökologischen Landwirtschaft sein können.

NORWEGEN – KONSEQUENT IM KLIMASCHUTZ?

Aufgabenstellung

1 Beschreiben Sie den sozioökonomischen Entwicklungsstand Norwegens.

2 Erläutern Sie Struktur und Bedeutung des Energiesektors Norwegens sowie den dortigen Energieverbrauch.

3 Erörtern Sie, inwiefern Norwegen konsequent zum Klimaschutz beiträgt.

Hilfsmittel: eingeführter Schulatlas, Taschenrechner

M 1 Strukturdaten Norwegen und Deutschland (2016/2017)

	Einheit	Norwegen	Deutschland
Fläche	km^2	323 804	357 578
Einwohner	in 1 000	5 282	82 695
Lebenserwartung (2016)	Jahre	83	81
Fruchtbarkeitsrate (2016)	Geburten pro Frau	1,7	1,5
Säuglingssterblichkeit (2016)	je 1 000 Lebend-geburten	2,1	3,2
Anteil der Staats-ausgaben für Bildung	% des BIP	7,9	4,9 Welt: 4,5
Bruttoinlandsprodukt	Mrd. US-$	398,8	3 677,4
Bruttonationalein-kommen pro Kopf	US-$	75 990	43 490
Steuereinnahmen (2016)	% des BIP	22	11,2
HDI (Rang weltweit)	Indexwert	0,953 (1)	0,939 (5)
Anteil am BIP (2016)	%		2017:
Landwirtschaft		2	0,7
Industrie		32	30,5
Dienstleistungen		66	68,8

	Einheit	Norwegen	Deutschland
Erwerbstätigkeit	%		
Landwirtschaft		2	1,4
Industrie		19	24,1
Dienstleistungen		79	74,5
Import von Gütern (2016)	Mrd. US-$	72,7	1 055,5
Wichtige Importgüter	%	12 Kfz und -Teile, 11 Maschinen, 8 Metallwaren, 7 Elektronik, 6 Nahrungsmittel	11 Kfz und -Teile, 11 Datenverarbeitungs-geräte, elektrische und optische Erzeugnisse, 8 Maschinen, 8 chemische Erzeugnisse, 6 elektrische Ausrüstung, 6 Metalle
Wichtige Importländer	%	12 Schweden, 11 Deutschland, 10 VR China, 7 USA, 6 Rep. Korea 5 Dänemark	10 VR China, 9 Niederlande, 6 Frankreich, 6 USA 5 Italien, 5 Polen, 5 Tschechien
Export von Gütern (2016)	Mrd. US-$	89,4	1 337,9
Wichtige Exportgüter	%	26 Erdgas 25 Erdöl, 12 Nahrungsmittel, 6 NE-Metalle, 5 Petrochemie	18 KFZ und -Teile, 14 Maschinen, 9 chemische Erzeugnisse, 9 Datenverarbeitungs-geräte, elektrische und optische Erzeugnisse, 7 elektrische Ausrüstung, 6 pharmazeutische und ähnliche Erzeugnisse
Wichtige Exportländer	%	21 Vereinigtes Königreich, 16 Deutschland, 10 Niederlande, 7 Schweden, 6 Frankreich, 5 Belgien	9 USA, 8 Frankreich, 7 VR China, 7 Niederlande 7 Vereinigtes Königreich, 5 Italien, 5 Österreich

Quelle: eigene Zusammenstellung, Daten nach Fischer Weltalmanach 2019; HDI; Weltbank

M 2 Energienutzung ausgewählter Staaten

	Einheit	Norwegen	Deutschland	USA	Vereinigtes Königreich
Ölförderung 2018 (Anteil Welt in %/Rang)	Mio. t	83,1 (1,9/14)	k. A.	669,4 (15,0/1)	50,8 (1,1/19)
Gasförderung 2017 (Anteil Welt in %/Rang)	Mrd. m^3	123,2 (3,3/7)	k. A.	734,5 (20/1)	41,9 (1,1/18)
Anteil der Öl- und Gasförderung am BIP (2018)	%	19	k. A.	k. A.	k. A.
Primärenergieverbrauch[1] pro Kopf 2015	t Öl-Äquivalent	5,8	3,8	6,8	2,7
Zusammensetzung des Primärenergieverbrauchs (2018)	%			k. A.	k. A.
Erdöl		22,0	34,0		
Erdgas		8,2	23,4		
Kohle		1,7	22,2		
Kernenergie		0,0	6,3		
Wasserkraft		66,2	0,5		
Weitere erneuerbare Energien		1,9	13,3		
Andere		0,0	0,4		
Stromverbrauch pro Kopf 2016 (Rang weltweit)	kWh	23 344 (2)	6420 (38)	11 757 (10)	12 291 (9)
CO_2-Emission pro Kopf 2018 (Rang weltweit) Ø Welt (2017): 4,4	t	9,4 (25)	9,2 (28)	16,1 (13)	5,6 (54)
Ökologischer Fußabdruck (2017)	Globale Hektar (gha)				
Biokapazität pro Person[2]		7,2	1,5	3,4	1,1
Ökologischer Fußabdruck pro Person		5,8	4,7	8,0	4,2

Quelle: eigene Zusammenstellung, Daten nach: Cedigaz; Norwegian Petroleum; Worldbank; BMWI; Footprintnetwork

1 Primärenergie: Die Energiemenge, die mit den natürlich vorkommenden Energieformen bzw. Energiequellen – etwa aus Kohle, Gas, Öl oder von Sonne, Wind etc. – zur Verfügung steht. Mit einem oder mehreren Umwandlungsschritten werden aus der Primärenergie die Sekundärenergieträger wie Strom, Heizöl und Benzin gewonnen.

2 Biokapazität: Fähigkeit von Flächen, für den Menschen nutzbringendes biologisches Material zu produzieren und von Menschen produzierte Abfallstoffe (z. B. CO_2) aufzunehmen.

M 3 Zusammensetzung der Stromerzeugung Norwegen und Deutschland (2018)

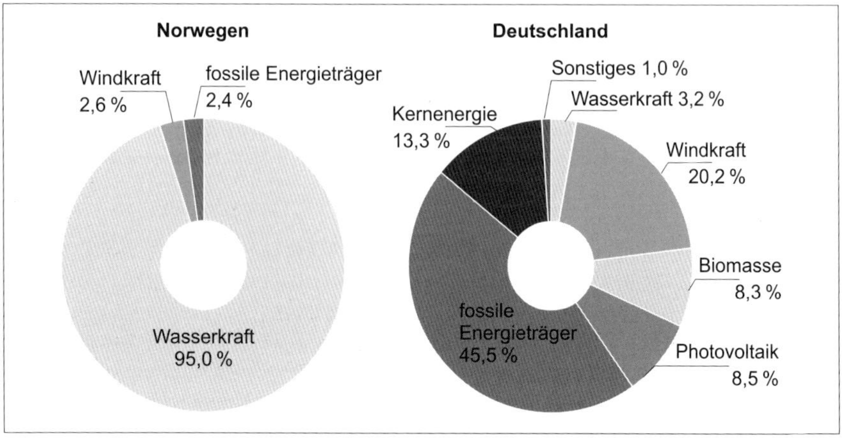

Quelle: eigene Darstellung, Daten nach: Fraunhofer ISE 01/2019 (50 Hertz, Amprion, Tennet, TransnetBW, Destatis, EEX); Statistics Norway

M 4 Klimaschutz auf Norwegisch

Vor einer Woche [Januar 2020] drückte die norwegische Ministerpräsidentin Erna Solberg auf den Knopf – und eröffnete damit offiziell Johan Sverdrup, das drittgrößte Ölfeld des Landes. Bis zu 440 000 Barrel Öl am Tag sollen der Betreibergesellschaft Equinor (ehemals Statoil) zufolge auf den insgesamt vier Plattformen 140 Kilometer westlich von Stavanger gefördert werden. In Phase eins. Nach 2022, in Phase zwei, sollen es bis zu 660 000 Barrel sein. Ein „technologischer Triumph", „ein Meilenstein" sei das, jubelt Equinor. Ministerpräsidentin Solberg spricht von Norwegens „größtem Industrieprojekt in der jüngeren Vergangenheit", das in den kommenden Jahrzehnten umgerechnet 90 Milliarden Euro in die Staatskasse spülen soll.

Es ist ein Projekt, das Fragen aufwirft: Immerhin beschloss Norwegen erst im Juni vergangenen Jahres, aus dem staatseigenen Fonds[1] die Anteile von mehr als 150 Unternehmen zu verbannen, die ihr Geld mit Öl, Gas und Kohle verdienen. In den Pensionsfonds fließt seit 1990 ein Großteil der staatlichen Reichtümer aus der Ölförderung, um das Land für die Zukunft abzusichern.

Auch sonst gibt sich das Land gerne grün und fortschrittlich. Bis 2030 will es seine Treibhausgasemissionen um 40 Prozent reduzieren, schon 2025 sollen nur noch Autos zugelassen werden, die im Betrieb keine Emissionen verursachen. Dank großzügiger staatlicher Anreize ist schon heute mehr als jedes zweite neu zugelassene Auto in Norwegen ein Elektrofahrzeug – nirgends auf der Welt ist der Marktanteil größer.[2]

Anderswo fahren die meisten Menschen noch mit dem Verbrenner durch die Straßen und benötigen dafür Kraftstoff. Auch aus Öl, das jetzt auf dem Johan-Sverdrup-Ölfeld gefördert wird. Wie passt das zu dem grünen Image, mit dem sich das skandinavische Land gerne schmückt?

Ziemlich gut, wenn es nach Equinor geht. Weltweit gehe mit einem höheren Lebensstandard auch ein höherer Energiebedarf einher, heißt es bei dem Unternehmen, dessen größter Anteilseigner der norwegische Staat ist. Erneuerbare Energien könnten diesen Bedarf noch nicht decken, gleichzeitig produzierten die bestehenden Ölfelder nicht mehr so viel Öl wie gehabt. Für Equinor bedeutet das: Es müssen neue Ölplattformen her – aber die Förderung selbst soll emissionsarm sein. Weil Johan Sverdrup mit Wasserkraft betrieben werde, verursache die Förderung von Öl laut Konzern dort 80 bis 90 Prozent weniger CO_2 als üblich.

Auch der Chef der oppositionellen Sozialdemokraten feiert die neuen Ölplattformen als „Ingenieurskunst" und als Beispiel für „grüne Technologie". Es erstaunt wenig, dass er nicht gegen den Wirtschaftszweig wettert: Wenn die 200 000 Menschen, die in Norwegen ihr Geld mit Öl verdienen, ihren Job verlieren, hat auch der Chef der Arbeiterpartei ein Problem. Was in Deutschland die Automobilindustrie ist, das ist in Norwegen die Ölbranche. [...]

Die Klimapolitik, die Norwegen bislang verfolgt, bestehe vor allem aus Maßnahmen auf der Nachfrageseite, sagt Wirtschaftsprofessorin Nyborg. Ein Beispiel sind die Anreize für den Kauf von E-Autos: Wer eines kauft, spart sich die Mehrwert- und Erwerbssteuer. Weil folglich weniger Menschen einen Wagen mit Verbrennungsmotor kaufen, wird weniger Kraftstoff und damit Öl verbraucht.

Um den Klimaschutz voranzutreiben, schlagen neun norwegische Wissenschaftler und Wissenschaftlerinnen um Karine Nyborg vor, auch das Angebot einzudämmen. Dafür brauche es jedoch eine „Koalition der Willigen“ aus möglichst vielen Öl, Gas und Kohle produzierenden Staaten. Denn wenn bloß einige Staaten weniger fossile Energien förderten und andere weitermachten, „dann würde der weltweite Preis steigen und die Produktion woanders anregen“, schreiben die Forscher. Sie sehen Norwegen als Land mit viel Verhandlungserfahrung in einer „Schlüsselrolle“, mit anderen Staaten eine gemeinsame Lösung zu erarbeiten, um „globale Erwärmung zu reduzieren“. Die Regierung lehnt solche Vorschläge bislang ab und verweist auf den teuren Wohlfahrtsstaat, den es zu erhalten gelte. […]

Quelle: Felicitas Wilke: Klimaschutz auf Norwegisch, ZEIT Online vom 14. 01. 2020, https://www.zeit.de/wirtschaft/2020-01/johan-sverdrup-oel-klimaschutz-norwegen/komplettansicht

1 Norwegen investiert Einnahmen aus der Ölförderung in einen eigens dafür gegründeten Staatsfonds. Dieser „Staatliche Pensionsfonds“ ist mit einem Volumen von über 1 Billion Euro (2020) weltweit der größte seiner Art. Er orientiert sich an ethischen Prinzipien, sodass beispielsweise Unternehmen, die Massenvernichtungswaffen herstellen, gegen Menschenrechte verstoßen oder bestimmte Umweltrichtlinien missachten (z. B. Beteiligung an Regenwaldabholzung), als Investment ausgeschlossen werden. Ein festgelegter Anteil von jährlich 3 % des Fondsvolumens, was der erwarteten durchschnittlichen Rendite pro Jahr entspricht, darf jährlich in den norwegischen Staatshaushalt fließen und somit beispielsweise für Sozialausgaben oder Subventionen verwendet werden.

2 Zum Vergleich: Der Anteil der Elektrofahrzeuge an den Neuzulassungen lag 2019 in Deutschland unter zwei Prozent.

TIPP **Allgemeine Hinweise zur Lösung der Aufgabe**

Die Aufgabenstellung bezieht sich auf das **Raummodul 1: Deutschland in Europa** (hier: Deutschlands und Europas Stellung in der globalisierten Welt). Des Weiteren werden folgende Fachmodule angesprochen: **Fachmodul 3: Ressourcennutzung und nachhaltige Entwicklung** ((nachhaltige) Ressourcen- und Energienutzung, Nachhaltigkeitsbewertung (u. a. Ökobilanzen, Dimensionen der Nachhaltigkeit)) sowie **Fachmodul 1: Raumprägende Faktoren und raumverändernde Prozesse** (hier: Ursachen und Auswirkungen des Klimawandels).

Im Vordergrund stehen die Struktur und Bedeutung des Energiesektors bzw. des Energieverbrauchs Norwegens sowie die Frage, inwiefern Norwegen konsequent zum Klimaschutz beiträgt.

Lösungsvorschlag

1 **TIPP** *Anforderungsbereich I, Gewichtung 25 %*

Erwartet wird eine strukturierte und fachsprachlich angemessene Beschreibung raumbezogener, demographischer und ökonomischer Indikatoren, die Norwegen als hoch entwickeltes Land innerhalb Europas ausweisen. Hilfreich ist es, die aus den Materialien zu entnehmenden Indikatoren sowie das Unterrichtsbezugswissen in thematischen Blöcken zusammenzufassen.

Fläche, Bevölkerung und politische Einbettung

Norwegen ist ein skandinavischer Staat im Norden Europas. Mit einer **Landfläche** von 323 804 km^2 ist Norwegen nur geringfügig kleiner als Deutschland, dessen Fläche 357 578 km^2 beträgt. Die Bevölkerung Norwegens hingegen ist mit 5,3 Mio. Einw. jedoch signifikant kleiner als die deutsche Bevölkerung mit 83,7 Mio. Einw. Die relativ geringe **Bevölkerungszahl** Norwegens lässt sich aus klimatischen und reliefbedingten Gründen plausibel herleiten. Dementsprechend weisen auch die Bevölkerungsdichten beider Länder gravierende Unterschiede auf. Während die **Bevölkerungsdichte** Deutschlands bei etwa 231 Einw./km^2 liegt, kommt Norwegen lediglich auf einen Wert von ca. 16 Einw./km^2. Als einziges skandinavisches Land gehört Norwegen nicht der Europäischen Union (EU) an, sondern ist Mitglied der Europäischen Freihandelsassoziation EFTA (M 1, Atlas).

Demographie und Gesundheit

Norwegen ist innerhalb Europas als **hoch entwickeltes Land** einzuordnen. Dies belegen u. a. Daten zur Demographie und zum Gesundheitszustand des Landes eindrücklich: Die durchschnittliche **Lebenserwartung** der norwegischen Bevölkerung liegt bei 83 Jahren (zum Vergleich: der entsprechende Wert für Deutschland beträgt nur 81 Jahre). Ein ebenfalls aussagekräftiger Indikator für den hohen Entwicklungsstand Norwegens ist die geringe **Säuglingssterblichkeit**. Im Jahre 2016 wurden pro 1 000 Lebendgeburten lediglich 2,1 Sterbefälle verzeichnet. Für Deutschland wurden dagegen im gleichen Jahr in der Statistik 3,2 Sterbefälle pro 1 000 Lebendgeburten ausgewiesen. Auch die mit 1,7 Geburten pro Frau geringe **Fruchtbarkeitsquote** spiegelt den hohen Entwicklungsstand Norwegens wider (M 1).

Human Development Index und Bildung

Den ausgesprochen hohen Entwicklungsstand Norwegens belegt auch der **Human Development Index (HDI)**, der Merkmale des Bildungsstandes, der Lebenserwartung und des Einkommens zusammenfasst. Der für Norwegen 2016/2017 vorliegende Wert von 0,953 bedeutet, dass der skandinavische Staat den Spitzenplatz im internationalen HDI-Ranking einnimmt (zum Vergleich: Deutschland erscheint erst auf Rang 5). Ebenfalls spiegeln Kennziffern des Bildungssektors das hohe Entwicklungsniveau Norwegens wider. So flossen im Jahr 2016 in Norwegen 7,9 % der Staatsausgaben in den **Bildungssektor**. Dieser Anteil lag sowohl deutlich über dem entsprechenden Wert für Deutschland (4,9 %) als auch über dem globalen Mittelwert (4,5 %; M 1).

Wirtschaft und Handel

Aufgrund der geringen Bevölkerungszahl Norwegens bewegen sich die absoluten ökonomischen Kennziffern nur auf einem vergleichsweise geringen Niveau. So erreicht beispielsweise das **Bruttoinlandsprodukt (BIP)** Norwegens mit 398,8 Mrd. US-$ nur knapp 11 % des in Deutschland erwirtschafteten BIP. Das relativ hohe Bruttonationaleinkommen (BNE) von 75 920 US-$/Kopf drückt jedoch die außergewöhnlich hohe wirtschaftliche Leistungsfähigkeit Norwegens aus, liegt dieser Indikator doch 75 % über dem Vergleichswert für Deutschland. Auch die Steuereinnahmen fallen mit 22 % des BIP doppelt so hoch aus wie in Deutschland.
Zu dem hohen Entwicklungsstand Norwegens passt auch der stark ausgeprägte **Tertiärisierungsgrad** des skandinavischen Landes. Dienstleistungen tragen hier zu zwei Dritteln des BIP bei; vier von fünf Erwerbstätigen in Norwegen sind im Dienstleistungssektor tätig. Dennoch verfügt Norwegen auch über einen leistungsfähigen **industriellen Sektor**. Dieser ist in starkem Maße auf die **Öl- und Gasindustrie** ausgerichtet. Ihr Anteil am BIP beträgt beachtliche 19 %. Andere Industriezweige sind dagegen unterrepräsentiert und bestimmte Güter müssen importiert werden. Hierzu zählen Fahrzeuge, Maschinen, Metallwaren, Elektronikartikel sowie Nahrungsmittel. Dennoch weist Norwegen eine positive **Handelsbilanz** auf: Importen von Gütern im Wert von knapp 75 Mrd. US-$ stehen Exportgüter eines Gesamtwertes von 89,4 Mrd. US-$ gegenüber. Die wichtigsten **Handelspartner** Norwegens sind Deutschland und das Nachbarland Schweden (M 1).

Fazit

Als Fazit lässt sich festhalten, dass Norwegen ein hoch entwickeltes Land mit exzellenten sozioökonomischen Kennziffern ist. Seine wirtschaftliche Basis bilden die Dienstleistungswirtschaft und die Industrie, die einen klaren Schwerpunkt in der Erdöl- und Erdgaswirtschaft besitzt.

2 **TIPP** *Anforderungsbereich II, Gewichtung 40 %*

Erwartet wird, dass in geordneter Form und unter Verwendung einer angemessenen Fachsprache zunächst die Grundzüge des Energiesektors Norwegens dargestellt werden. Gehen Sie dabei ausführlich auf die Bedeutung der fossilen Energierohstoffe Öl und Gas ein und vergleichen Sie die Fördermengen beider Rohstoffe mit denen anderer Förderstaaten. Legen Sie anschließend den Energie- und Stromverbrauch Norwegens dar und bewerten Sie diesen. Stellen Sie abschließend Biokapazität und ökologischen Fußabdruck vergleichend gegenüber.

Öl und Gas als wichtigste Energierohstoffe und Exportgüter

Gemessen an seiner Landesgröße ist Norwegen ein bedeutender europäischer Förderstaat **fossiler Energierohstoffe**. Von besonderer Bedeutung ist diesbezüglich die Förderung von **Erdgas und Erdöl**. Die Fördergebiete befinden sich **offshore** in der Nordsee, westlich des Küstenabschnitts von Stavanger über Bergen bis zum nördlichen Polarkreis. Vor rund einem Jahr, im Januar 2020, wurde mit *Johan Sverdrup* das drittgrößte Ölfeld des Landes in Betrieb genommen. Es befindet sich rund 140 km westlich von Stavanger (Atlas, M 4).
Die **Bedeutung Norwegens als Förderstaat** wird deutlich, vergleicht man etwa die Fördermengen für Erdöl und Gas mit denen des Vereinigten Königreiches, das ebenfalls Öl und Gas aus der Nordsee gewinnt. Die Ölförderung in Norwegen lag im Jahre 2018 bei 83,1 Mio. t. Das Vereinigte Königreich verzeichnete dagegen eine Fördermenge von nur 50,8 Mio.t. Noch deutlicher sind die Abstände bei der Gasförderung: Im Jahr 2017 wurden in Norwegen 123,2 Mrd. m^3 gefördert, während der entsprechende Wert für das Vereinigte Königreich nur bei 41,9 Mrd. m^3 lag. Aus weltweiter Perspektive allerdings ist der Anteil Norwegens an der jährlichen Förderung von Erdöl eher untergeordnet. Im Jahre 2017 kam Norwegen lediglich auf einen Anteil von 1,9 % der global geförderten Ölmenge, was dem skandinavischen Land im **internationalen Ranking** nur den 14. Platz bescherte. Die Statistik für Erdgas sieht etwas günstiger aus. Im Jahre 2018 betrug Norwegens Anteil an der globalen Gasförderung 3,3 %. Dies entsprach immerhin Platz sieben im internationalen Länderranking. Gleichwohl ist sowohl im Hinblick auf die Förderung von Gas als auch von Öl der **Abstand zu den führenden Förderstaaten** der Welt recht groß. Beispielsweise förderten die USA im Jahre 2000 achtmal so viel Öl wie Norwegen und etwa die sechsfache Menge an Erdgas (M 2).
Die wirtschaftliche Bedeutung von Erdöl und Erdgas ist für Norwegen immens hoch. Beide Energierohstoffe sind mit 26 % (Gas) und 25 % (Öl) die wichtigsten **Exportgüter** des skandinavischen Landes. Damit tragen die Exporte von Gas und Öl maßgeblich zur positiven **Außenhandelsbilanz** von Norwegen bei. Auch der Anteil

von 19 %, den Öl und Gas zum Bruttoinlandsprodukt beisteuern, unterstreicht die Bedeutung beider Rohstoffe. Die Öl- und Gasförderung hat auch eine große Bedeutung für den **Arbeitsmarkt**: Auf beide Branchen entfallen rund 200 000 direkte Arbeitsplätze (M 1, M 2, M 4).

Primärenergie- und Stromverbrauch

Bemerkenswert ist, dass die in Norwegen geförderten Öl- und Gasmengen in einem auffälligen Kontrast zum eigenen **Primärenergieverbrauch** des skandinavischen Landes stehen. Der Energieverbrauch Norwegens speist sich zu zwei Dritteln aus **Wasserkraft**, während Öl und Gas gemeinsam nur gut 30 % des Primärenergiebedarfs abdecken. In Deutschland liegt der Anteil fossiler Energieträger am Primärenergieverbrauch dagegen bei 56 %. Neben Öl und Gas spielt in Deutschland allerdings die Kohle mit 22,2 % noch eine große Rolle. Deren Anteil ist in Norwegen hingegen mit 1,7 % nahezu vernachlässigbar. Auffällig ist des Weiteren, dass erneuerbare Energien jenseits der Wasserkraft in Norwegen keine große Rolle spielen; ihr Anteil liegt bei nur 1,9 % (M 3).
Räumlich konzentrieren sich die **Wasserkraftwerke** Norwegens auf den südwestlichen Landesteil, von Kristiansand im Süden bis Trondheim im Norden. Die starke Reliefenergie des Skandinavischen Gebirges, die hohen Niederschläge und die relative Nähe zu den Verbrauchern waren für den Bau von Wasserkraftwerken in dieser Region ausschlaggebend (Atlas).
Der **Stromverbrauch** Norwegens, der zu 95 % aus Wasserkraft gedeckt wird, ist gemessen an der geringen Bevölkerungszahl des Landes ausgesprochen hoch. Mit 23 344 kWh/Kopf verzeichnet Norwegen weltweit den zweithöchsten Pro-Kopf-Verbrauch an Strom. Dieser ist etwa doppelt so hoch wie der Stromverbrauch der USA und der des Vereinigten Königreiches. Gegenüber Deutschland verbrauchen die Norweger pro Kopf sogar die vierfache Menge an Strom im Jahr. Der gesamte Primärenergieverbrauch pro Kopf wurde für Norwegen im Jahr 2018 mit 5,8 t Öl-Äquivalenten berechnet. Auch dieser Wert liegt deutlich über den Vergleichswerten Deutschlands (3,8 t) und des Vereinigten Königreiches (2,7 t); gegenüber den USA (6,8 t) fällt er jedoch etwas niedriger aus. Auch die CO_2-Emissionen pro Kopf mit 9,4 t (2018) weisen Norwegen als ein Land aus, das im Hinblick auf Nachhaltigkeit noch deutliches Verbesserungspotenzial besitzt (M 2).

Biokapazität und ökologischer Fußabdruck

Die **Biokapazität** ist mit 7,2 gha deutlich höher als die der hier angegebenen Vergleichsdaten anderer Staaten; der **ökologische Fußabdruck** (5,8 gha) fällt kleiner als jener der USA aus (8,0 gha), ist aber etwas größer als der Deutschlands (4,7 gha) und des Vereinigten Königreiches (4,2 gha; M 2). Diese Werte unterstreichen den ressourcenintensiven Lebensstil der norwegischen Bevölkerung.

Wie wichtig der Öl- und Gassektor für den norwegischen Staatshaushalt ist, zeigt auch der **staatliche Pensionsfonds**, in den Einnahmen aus der Öl- und Gasförderung fließen. Mit einem Volumen von über 1 Billion € ist er der weltweit größte Fonds seiner Art. Er wurde eingerichtet, um mittelfristig die Wohlstandsabsicherung Norwegens zu garantieren. Mit den durch ihn generierten Renditen soll die Einkommenslücke geschlossen werden, die sich öffnen wird, wenn die Erdölreserven der Nordsee sich dem Ende zuneigen. Der jährliche Wertzuwachs des Fonds in Höhe von 30 Mrd. € (3 %) fließt in den norwegischen Staatshaushalt. Er wird für Sozialausgaben, insbesondere Bildung und im Gesundheitssektor, genutzt (M 4, Fußnote 3).

Fazit

Als Fazit bleibt festzuhalten, dass die fossilen Energierohstoffe Erdöl und Erdgas von großer Bedeutung für die Wirtschaft und für den Staatshaushalt Norwegens sind. Die Energie im eigenen Land wird überwiegend durch Wasserkraft gedeckt. Der Umgang mit Ressourcen sollte in Zukunft sparsamer und bewusster erfolgen.

3 **TIPP** *Anforderungsbereich III, Gewichtung 35 %*

Stellen Sie in strukturierter Form Argumente gegenüber, die für und gegen ein positives Verhalten und Handeln Norwegens zur Verbesserung des Klimaschutzes sprechen. Wägen Sie die genannten Aspekte gegeneinander ab und kommen Sie zu einem eigenen Werturteil.

Argumente für einen positiven Beitrag zum Klimaschutz

Der Beitrag Norwegens zum Klimaschutz ist ambivalent zu werten. Grundsätzlich ist es als positiv anzusehen, dass Norwegen anstrebt, bis zum Jahre 2030 seine **Treibhausgasemissionen** um 40 % zu senken. Ebenfalls ist zu begrüßen, dass bereits ab dem Jahre 2025 keine Autos mehr zugelassen werden sollen, die mit Verbrenner-Motoren ausgestattet sind. Die Tatsache, dass bereits heute mehr als jedes zweite neu zugelassene Auto über einen elektrischen Antrieb verfügt (M 4), zeigt, dass der Umstieg Norwegens auf **Elektromobilität** bei Pkws offenbar gut gelingt. Diesbezüglich gilt Norwegen als weltweit führendes Land. Offenbar greifen die staatlichen Anreize für Fahrzeugkäufer von E-Autos. Allerdings muss auch berücksichtigt werden, dass E-Autos im Betrieb zwar emissionsfrei sind, ihre Herstellung jedoch als ausgesprochen ressourcen- und CO_2-intensiv einzuordnen ist.
Als positiver Beitrag zum Klimaschutz Norwegens ist sicher auch zu werten, dass die Betreiber der neuen Ölplattformen im *Johan Sverdrup*-Ölfeld Wasserkraft zum Betreiben ihrer Anlagen einset-

zen. Mit **Wasserkraft**, also einer regenerativen Energiegewinnungsform, wird auch 95 % des Stroms in Norwegen erzeugt. Ein indirekter, gleichwohl ebenfalls wichtiger Beitrag zum Klimaschutz besteht darin, Unternehmen, die Umweltrichtlinien missachten, aus dem staatlichen Pensionsfond auszuschließen (M 3, M 4).

Argumente gegen einen positiven Beitrag Norwegens zum Klimaschutz

Wenig zuträglich für den aktiven Klimaschutz ist allerdings, dass auch in der Zukunft ein großes Engagement Norwegens in der **Exploration von Öl- und Gasvorkommen** zu erwarten ist. Zwar wird Kritikern der Öl- und Gasförderung vorgehalten, dass ein Rückzug aus diesen Geschäftsfeldern eine Verknappung des Angebots von Öl und Gas zur Folge hätte und die Preise für die genannten Energierohstoffe in die Höhe schnellen würden. Andere Förderstaaten würden dadurch zusätzlich ermutigt, ihre Fördermengen und -quoten zu steigern; insofern würde eine Reduzierung der Öl- und Gasförderung keinen Beitrag zum Klimaschutz leisten. Dennoch läuft die anhaltende Förderung fossiler Energierohstoffe dem Ziel, den **anthropogenen Klimawandel zu begrenzen**, generell entgegen und sollte weltweit zurückgefahren werden. In diesem Zusammenhang ist auch die Erschließung neuer Ölfelder, wie *Johan Sverdrup,* insgesamt kritisch zu sehen.
Des Weiteren ist auch klar, dass das hohe Wohlstandsniveau der norwegischen Bevölkerung mit einem großen **Primärenergieverbrauch** erkauft wird. Der Lebensstil der norwegischen Bevölkerung spiegelt sich in einer vergleichsweise hohen **CO_2-Emission pro Kopf** wider (M 2) und ist daher kritisch zu sehen. Zwar wird das in Norwegen geförderte Öl und Gas überwiegend exportiert und belastet somit die Ökobilanz Norwegens nicht direkt. Gleichwohl wird Norwegen als Anbieter von Energierohstoffen auch Verantwortung für die Emission seiner Rohstoffe in anderen Teilen der Welt übernehmen müssen.

Fazit

Als Fazit bleibt festzuhalten, dass Norwegen an den Prinzipien eines Wohlfahrtsstaates festhält, dieses Ziel aber nur mit einem hohen Energieverbrauch erreichen kann. Zugleich spielt die Förderung von Öl und Gas für das Budget des norwegischen Staatshaushalts nach wie vor eine große Rolle. Ob vor diesem Hintergrund Innovationen im Bereich der Elektromobilität und der Exploration von Erdöl und Erdgas sowie eine weitere Konzentration auf die Nutzung von Wasserkraft ausreichend sind, um Norwegen einen signifikanten Beitrag zur Verbesserung des Klimaschutzes zu attestieren, ist fraglich.

GÖRLITZ – „PENSIONOPOLIS“ MIT ENTWICKLUNGSPOTENZIAL?

Aufgabenstellung

1 Beschreiben Sie die Wirtschaftsstruktur der Stadt Görlitz (M 1, Atlas).

2 Erläutern Sie die demographische Entwicklung der Stadt Görlitz (M 2–M 4, Atlas).

3 Beurteilen Sie die Entwicklungschancen der Stadt Görlitz (M 1–M 4).

Hilfsmittel: eingeführter Schulatlas, Taschenrechner

M 1 Wirtschaftsstandort Görlitz – Strukturdaten 2019

	Einheit	2019
Bruttoentgelte je Beschäftigte	in 1 000 Euro	
Görlitz (Stadt)		42,0
Görlitz (Landkreis)		34,0
Sachsen		38,1
Deutschland		51,1
BIP je Einwohner	Euro	
Görlitz (Landkreis, inkl. Stadt Görlitz)		(2018) 26 380
Deutschland		(2018) 40 339
Veränderung des BIP zum Vorjahr	%	
Görlitz (Landkreis)		(2018) 3,2
Deutschland		(2018) 3,1
NUI Regionenranking[1] (von 401 Rankingplätzen)	angemeldete Gewerbebetriebe pro Jahr je 10 000 Einwohner im erwerbsfähigen Alter	
Görlitz (Landkreis)		(Rang 8) 186,6
München (Landkreis)		(Rang 1) 254,4
Arbeitslosenquote	% aller erwerbsfähigen Personen	
Görlitz (Stadt)		11,8 (2015) 15,2
Görlitz (Landkreis)		7,8
Deutschland		5,0
Sozialversicherungspflichtig Beschäftigte in Görlitz		
Land- und Forstwirtschaft, Fischerei		64
Produzierendes Gewerbe		5 681
Dienstleistungen		17 007

	Einheit	2019
Pendler (sozialversicherungspflichtig Beschäftigte)		
Einpendler am Arbeitsort Görlitz (Stadt)		10 740
davon aus dem Ausland		1 487
Auspendler am Wohnort Görlitz (Stadt)		6 506
Anteil der polnischen Grenzpendler nach Anforderungsniveau	%	
Helfer		37,2
Fachkräfte		57,4
Spezialisten und Experten		5,4
Ausgewählte Unternehmen	Industriedampfturbinen: Siemens Energie Schienenfahrzeugbau: Alstom / Bombardier Software Engineering: QUANTEO, ZEISS Digital Pharma- und Medizintechnik: SKAN, Yellow Tec Plastic BIRKENSTOCK (Schuhhersteller), *Görliwood* (Film Location)	
Forschung und Entwicklung	Hochschule Zittau / Görlitz, Fraunhofer-Gesellschaft, Helmholtz-Zentrum	

1 Der Indikatorwert NUI (Neue Unternehmerische Initiative) gibt an, wie viele Gewerbebetriebe je 10 000 Einwohner im erwerbsfähigen Alter in einer Region in einem Jahr in Deutschland neu angemeldet werden.

Zusammenstellung aus folgenden Quellen: https://www.goerlitz.de/IT_Dienstleistungen.html; https://regionalatlas.statistikportal.de/; http://doku.iab.de/regional/S/2020/regional_s_0320.pdf; https://www.ifm-bonn.org/statistiken/gruendungen-und-unternehmensschliessungen/nui-indikator/regionenranking; https://www.goerlitz.de/uploads/02-Buerger-Dokumente/Statistiken/Statistisches_Jahrbuch_2019.pdf

M 2 **Stadt Görlitz – Bevölkerung nach Geschlecht und Geburtsjahren 2019**

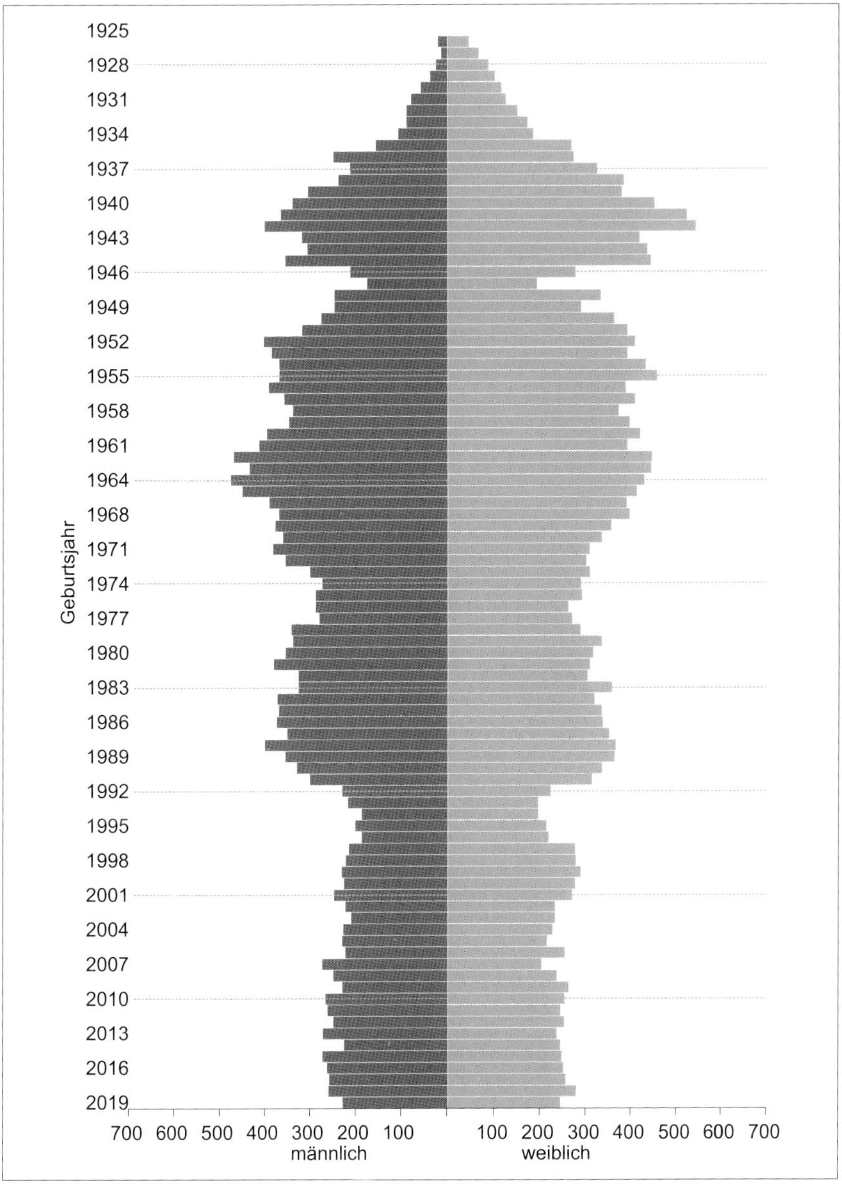

Quelle: Daten nach: Statistisches Landesamt des Freistaates Sachsen; Kommunale Statistikstelle

M 3 Stadt Görlitz – demographische Basisdaten 2011–2019

	Einheit	2011	2015	2019
Bevölkerung		54 283	55 255	55 980 (2021) 56 591
Zuzüge	je 1 000 Einwohner	54,4	73,7	55,2
davon Ausländer*innen	Anzahl	495	2 285	1 342
Fortzüge	je 1 000 Einwohner	45,2	48,3	51,8
davon Ausländer*innen	Anzahl	416	905	1 155
Lebendgeborene	je 1 000 Einwohner	9	9	7,9
Gestorbene	je 1 000 Einwohner	13,7	15,3	15,8
Jugendquotient[1]		26,3	29,8	32,7
Altenquotient[2]		49,4	50,1	53,5
Herkunft der ausländischen Bevölkerung				
Afghanistan		k. A.	1000	128
Syrien		k. A.	369	644
Polen		k. A.	2 561	4 005
Tschechische Republik		k. A.	74	69
andere Staaten Europas		k. A.	624	634
Sonstige		k. A.	538	711
Bevölkerungsentwicklung		**2035**[3]		
Görlitz (Stadt)	%	–5,1		
Görlitz (Landkreis)	%	–13,7		

1 Jugendquotient: Verhältnis aus der Anzahl der Personen unter 20 Jahre zu 100 Personen derselben Bevölkerung im erwerbsfähigen Alter.
2 Altenquotient: Verhältnis aus der Anzahl der Personen im Alter von 65 Jahren und mehr zu 100 Personen derselben Bevölkerung im erwerbsfähigen Alter.
3 Voraussichtliche Bevölkerungsentwicklung für das Jahr 2035 ausgehend vom Jahr 2018 unter Annahme einer geringeren Zuwanderung und einer gleichbleibenden Entwicklung der Lebenserwartung.

Zusammenstellung aus folgenden Quellen: https://www.goerlitz.de/uploads/02-Buerger-Dokumente/Statistiken/Statistisches_Jahrbuch_ 2015.pdf; https://www.goerlitz.de/uploads/02-Buerger-Dokumente/Statistiken/Statistisches_Jahrbuch_ 2019.pdf; https://www.goerlitz.de/uploads/02-Buerger-Dokumente/Statistiken/Statistik2021/September_ 2021.pdf; https://www.statistik.sachsen.de/download/sonderhefte/sonderheft_statistik-sachsen_7RBV.pdf; https://www.demografie.sachsen.de/monitor/html/atlas.html

M 4 Görlitz: Mitbewohner gesucht

[…] Dass Anne Wenkel, Mitte dreißig, an diesem Tag nicht wie sonst von ihrer Wohnung in Berlin-Friedrichshain aus arbeitet, sondern den März über in einer Industriebrache im Görlitzer Stadtteil Weinhübel, liegt an ihrer Großstadtmüdigkeit – und am Projekt „Stadt auf Probe". […] Nun gehört sie zu 54 Auserwählten, die seit Januar über einen Zeitraum von anderthalb Jahren je vier Wochen lang das Leben in Görlitz testen und über ihre Erfahrungen berichten sollen. Wohnungen werden von der städtischen Wohnungsbaugesellschaft gestellt, Arbeitsräume von drei Vereinen. Hinter „Stadt auf Probe" steht eine außeruniversitäre Forschungseinrichtung: das Dresdner Leibniz-Institut für ökologische Raumentwicklung. Fördergelder kommen vom Bundesinnenministerium. In Görlitz begleitet das Interdisziplinäre Zentrum für ökologischen und revitalisierenden Stadtumbau das Projekt wissenschaftlich. Geleitet wird es von Dr. Robert Knippschild. Der meint schon länger einen Gegentrend zur Urbanisierung in Deutschland zu erkennen. Nach Durchsicht der Bewerbungen hatte sich seine Arbeitsthese erhärtet: „Mittelstädte wie Görlitz sind interessante alternative Standorte, weil sie mehr Ruhe und kürzere Wege bieten, aber zugleich eine Infrastruktur", sagt Knippschild. „Außerdem drängen steigende Immobilienpreise die Leute aus den Großstädten heraus." Zwei von drei Bewerbern fürs Probewohnen kamen aus Städten mit mehr als 100 000 Einwohnern, jeder dritte allein aus Berlin. Während das Leben in den Metropolen für viele unbezahlbar wird, lockt Görlitz mit günstigen Mieten und reichlich Platz: Rund 7 000 Wohnungen stehen leer. […]

Nicht nur deshalb ist das Projekt für die Stadt ein Geschenk. Vom einstigen Industriestandort ist kaum mehr übrig als Bombardier[1] und das jüngst gerettete Siemens-Werk[2]. […] Strukturschwach ist so ein Adjektiv, das Forscher und Politiker gern für solche Städte benutzen. Kommt der Kohleausstieg, gehen der Region noch mehr Arbeitsplätze verloren. […]

Dreimal schon lud Görlitz zum einwöchigen Probewohnen ein. Viele ungebundene Rentner bewarben sich, einige wollten einfach ihrer schlesischen Heimat wieder näher sein. Für ältere Menschen war die Stadt immer attraktiv, den Spitznamen „Pensionopolis" trägt sie seit dem 19. Jahrhundert. Woran es fehlt, sind jüngere Zuzügler, die als Freiberufler ihre Arbeitsplätze am besten gleich mitbringen. […]

Für eine Stadt ihrer Größe ist Görlitz privilegiert, auch durch die Millionen, die in die Altstadt flossen. Von 1995 bis 2016 überwies ein anonymer Spender mehr als zehn Millionen Euro für die Sanierung der im Krieg kaum zerstörten, aber in der DDR vernachlässigten Bausubstanz. Durch dieses Geld glänzen heute im Stadtzentrum Gebäude aus der Spätgotik und Renaissance, dem Barock und Jugendstil in ihrer alten Pracht. Immer wieder dienen sie als Filmkulisse, bescherten der Stadt ihren zweiten Spitznamen: Görliwood. *Der Vorleser, Inglourious Basterds, Grand Budapest Hotel* und *Werk ohne Autor* wurden hier gedreht.

Bei allem Glanz ist da aber auch der schlechte Ruf Sachsens. Dresden, Meißen, Heidenau, Freital, Bautzen, Chemnitz: Die Liste der Städte mit rechtsextremen Ausschreitungen, Demonstrationen und Angriffen auf Migranten wird immer länger. Görlitz hat einen guten Ruf, auch weil es eine lebendige alternative Szene gibt. Ein

Thema für die Probewohner? „Ja“, sagt Wissenschaftler Robert Knippschild, „das politische Klima spielt eine große Rolle für die von uns angesprochene Zielgruppe.“ Aber das muss sie nicht abschrecken, sondern kann Ansporn sein, findet Steve Grundig. Im schwarzen Kapuzenpullover und mit Strickmütze sitzt er an seinem Laptop in Görlitz’ erstem Coworking-Space[3], dem Kolabor. […]
Nur zwei Dinge machen ihm [Steve Grundig] zu schaffen: Netzabdeckung und Zuganbindung. […] In seinem Haus kann er nur an manchen Stellen telefonieren. […] Die Deutsche Bahn steuert Görlitz nicht an, es gibt nur den Bummelzug einer privaten Linie. Und nach Dresden, in die nächste Großstadt, braucht der eine Stunde und 17 Minuten. 2018 wurde die Anregung des Ministerpräsidenten, eine ICE-Verbindung von Berlin über Görlitz nach Polen und Tschechien einzurichten, von der Bahn abgewiesen. Die Nachfrage sei zu gering.

Quelle: Kaspar Heinrich: Mitbewohner gesucht, ZEIT Online vom 20.04.2019, https://www.zeit.de/gesellschaft/zeitgeschehen/2019-04/goerlitz-arbeitslosigkeit-probe-wohnen-kreative-kultur (gekürzt)

1 Die EU hatte den Verkauf von Bombardier Transportation an das französische Unternehmen Alstom im Herbst 2020 genehmigt. Die Betriebe in Bautzen und Görlitz erhielten einen Großauftrag für den Bau von 117 neuen Straßenbahnen für die Berliner Verkehrsbetriebe.
2 Das Siemens-Werk beschäftigt derzeit rund 900 Mitarbeiter*innen und arbeitet mit über 200 Zulieferern in der Region zusammen (Stand Dezember 2021).
3 Freiberufler*innen und kleinere Unternehmen nutzen eine gemeinsame Arbeitsinfrastruktur (Räume, Ausstattung) und profitieren auf diese Weise voneinander.

TIPP **Allgemeine Hinweise zur Lösung der Aufgabe**

Inhaltliche Schwerpunkte dieser Abituraufgabe sind die Erläuterung der demographischen Entwicklung der Stadt Görlitz und die Beurteilung ihrer Entwicklungschancen.

Die Aufgabenstellung bezieht sich auf das **Fachmodul 1: Raumprägende Faktoren und raumverändernde Prozesse**. Im Mittelpunkt stehen demographische Strukturen und Entwicklungen (z. B. Migrationsaspekte) sowie mit Pendlerströmen auch Mobilitätsaspekte. Darüber hinaus ergeben sich Bezüge zum **Fachmodul 4: Siedlungsentwicklung und Raumordnung** mit den Aspekten „Entwicklung in städtischen Räumen“ und „Grundzüge der Raumordnung für ländliche und städtische Räume“, hier u. a. im Hinblick auf die Zentralität.

Bezüge zum **Raummodul 1: Deutschland in Europa** sind mit folgenden Themen gegeben: Bevölkerungsverteilung, -struktur und -entwicklung; Probleme und Perspektiven zentraler und peripherer Räume in Deutschland und Europa.

An **prozessorientierten Kompetenzen** sind anzuwenden: die materialbasierte Analyse ökonomischer und demographischer Strukturdaten sowie die Bewertung des Entwicklungspotenzials.

Lösungsvorschlag

1 **TIPP** *Anforderungsbereich I, Gewichtung 30 %*

Grundlage für die Beschreibung der Wirtschaftsstruktur von Görlitz sind die ökonomischen Strukturdaten in M 1. Sie sollten dabei auf die angebotenen Vergleichsdaten (Landkreis Görlitz, München, Deutschland) Bezug nehmen. Im Hinblick auf die Erwerbsstruktur ist eine Umrechnung in Prozentwerte hilfreich.
Im Diercke Weltatlas (2015) finden Sie u. a. auf den Seiten 26 bis 31 drei Deutschlandkarten, denen Sie aufgabenrelevante Informationen entnehmen können. Wo in M 1 zeitliche Vergleichsdaten angegeben sind, sollten Sie diese für kurze Hinweise zur Entwicklung nutzen. In Teilaufgabe 3 können Sie dann auf diese Hinweise Bezug nehmen.
Eine einleitende Lokalisierung der Stadt Görlitz ist geographischer Standard und darf hier nicht fehlen.

Geographische Lage

Die Stadt Görlitz liegt im äußersten Osten Deutschlands am **Länderdreieck** mit Polen und der Tschechischen Republik. Sie wird durch den Grenzfluss, die Lausitzer Neiße, in eine deutsche und eine polnische Stadt (Zgorzelec) geteilt. Der Landkreis Görlitz ist einer von fünf Kreisen in Sachsen und Teil des **Oberlausitzer Hügellandes**. Über eine Bahnlinie ist Görlitz mit dem etwa 100 km entfernten Dresden und mit Berlin verbunden. Die Bundeshauptstadt liegt in etwa 200 km Luftlinie nordwestlich von Görlitz (Diercke Weltatlas 2015, S. 26–31). Innerhalb Deutschlands ist die Lage von Görlitz als **peripher** zu bezeichnen (vgl. Diercke Weltatlas 2015, S. 72.1).

Aspekte der Raumordnung

Görlitz ist ein **Oberzentrum mit Funktionsteilung** (Bautzen, Hoyerswerda), das durch einen Bevölkerungsrückgang gefährdet ist (vgl. Diercke Weltatlas 2015, S. 72.1 und Teilaufgabe 2). Europäische Bedeutung erlangt die Stadt durch die grenzüberschreitende Zusammenarbeit in der Euregio Neiße-Nisa-Nysa. Eine Bahnverbindung nach Polen hinein unterstreicht diese Vernetzung.

Wirtschaftsleistung

Die Wirtschaftsleistung der Stadt und des Landkreises Görlitz lag 2018 mit einem **BIP je Einw.** von 26 380 Euro etwa 14 000 Euro unter dem Durchschnitt in Deutschland. Gemessen an der prozentualen Veränderung zum Vorjahr lag Görlitz aber minimal über dem Wert von Deutschland (M 1).
Die **Bruttoentgelte je Beschäftigte** unterschieden sich in der Stadt Görlitz (2019: 42 000 Euro) und dem Landkreis (34 000 Euro) deutlich. Mittelt man diese Werte, so entsprachen sie exakt dem Durchschnitt des Bundeslandes Sachsen. Deutschland insgesamt liegt mit 51 100 Euro deutlich darüber (M 1).

Die **Arbeitslosenquote** in der Stadt Görlitz lag 2015 bei über 15 %, war vier Jahre später aber auf unter 12 % gesunken. Der Landkreis Görlitz nähert sich mit 7,8 % im Jahr 2019 dem deutschen Schnitt von 5 % an (M 1).

Eine beachtliche **wirtschaftliche Dynamik** lässt sich aus einem **Indikatorwert** der Neuen Unternehmerischen Initiative (NUI) ableiten. Dieser betrachtet die Neuanmeldungen von Gewerbebetrieben je 10 000 Einw. Mit 186,6 lag der Landkreis Görlitz 2019 auf Rang 8 aller deutschen Landkreise (München auf Rang 1 mit 254,4). NUI-Ranking

Die **Beschäftigungsstruktur** in Görlitz ist im Wesentlichen zweigeteilt: 25 % arbeiten in der Industrie und knapp 75 % im Dienstleistungssektor. Lediglich 0,25 % sind in der Landwirtschaft beschäftigt, obwohl die guten Lössböden im Südosten der Oberlausitz hochwertigen Ackerbau ermöglichen (Diercke Weltatlas 2015, S. 56). Schwerpunkt der **industriellen Produktion** in Görlitz (auch in Bautzen und Niesky) ist der Bau von Schienenfahrzeugen (Diercke Weltatlas 2015, S. 30). Als bedeutendes Unternehmen ist hier Alstom/Bombardier zu nennen (M 1). Erwerbsstruktur

Die industrielle Struktur kann als **diversifiziert** bezeichnet werden: Neben der Produktion von Industriedampfturbinen (Siemens) oder Traditionsunternehmen der Schuhherstellung (Birkenstock) sind **innovative Branchen** wie die Pharma- und Medizintechnik (Skan) oder auch der Bereich des Software Engineering (Zeiss Digital) vertreten. Unterstrichen wird das **Innovationspotenzial** durch Institutionen der **Forschung und Entwicklung** (Hochschule Zittau/Görlitz, Fraunhofer-Gesellschaft, Helmholtz-Zentrum; M 1). Wissenschaftliche Qualifizierung und Vernetzung sind damit vor Ort möglich. Branchenstruktur

Görlitz weist einen positiven **Pendlersaldo** von über 4 000 Beschäftigten auf. Von den über 10 000 Einpendlerinnen bzw. Einpendlern am Arbeitsort Görlitz (Stadt) kommen knapp 1 500 aus Polen. Mehr als die Hälfte dieser **Grenzpendler*innen** sind hoch qualifizierte Fachkräfte, über 5 % sogar Experten. Dies dokumentiert noch einmal die **zentrale Funktion** von Görlitz innerhalb der Euregio. Pendler*innen

Einige der Strukturdaten indizieren eine im Bundesvergleich unterdurchschnittlich ausgeprägte Wirtschaftsstruktur. Positive Aspekte und Trends im Hinblick auf die Entwicklung der Wirtschaftsleistung, der Arbeitslosenzahlen sowie der Gewerbeansiedlungen sind aber erkennbar. Die Wirtschaftsstruktur kann durchaus als Pull-Faktor für Unternehmen und Erwerbstätige angesehen werden. Aufgrund dieser Dynamik lässt sich Görlitz trotz der peripheren Lage durchaus als Aktivraum bezeichnen. Fazit

2 **TIPP** *Anforderungsbereich II, Gewichtung 40 %*

Für eine sachgerechte Erläuterung müssen die Materialien nicht nur einzeln ausgewertet werden; Sie müssen die Aspekte auch miteinander verknüpfen und Kausalzusammenhänge herstellen. Zentrales Material ist M 3. Hier müssen Sie einige Zahlenwerte zusammenfassen und akzentuieren oder auch umrechnen. Das Altersstrukturdiagramm M 2 kann generalisierend einbezogen werden. M 4 liefert einige relevante Hintergrundinformationen, die selektiv in die Erläuterung einfließen sollten. Eine weitere Quelle ist Ihr Unterrichtsbezugswissen über demographische Prozesse und deren Determinanten.

Bevölkerungsentwicklung

Seit 2011 nimmt die Einwohnerzahl der Stadt Görlitz langsam, aber stetig zu. 2021 lebten 56 600 Menschen in Görlitz, 2 300 mehr als 10 Jahre zuvor. Beeinflusst wird die Bevölkerungsentwicklung vom **Wanderungssaldo** sowie der Geburten- und Sterberate. Ab 2015 wirkten sich Zu- und Abwanderungen stärker auf die Einwohnerzahl aus als die **natürliche Bevölkerungsbewegung**. Die Geburtenrate lag im gesamten Zeitraum unter 1 %; die Sterberate mit etwa 1,5 % etwas höher. Die Bevölkerung wuchs demnach nicht durch einen Geburtenüberschuss; im Gegenteil: Zwischen 2011 und 2015 verstärkten sich die Zuzüge nach Görlitz (von 55 auf 74 je 1 000 Einw.), insbesondere die von Ausländerinnen und Ausländern. Deren Anteil stieg von 2011 mit etwa 17 % auf 57 % im Jahr 2015. Auch die Zahl der Fortzüge stieg insgesamt (von 45 auf 48 je 1 000 Einw.), auch hier die der Ausländer*innen überproportional. Der **Bevölkerungssaldo** wurde also durch die Zuwanderung von Ausländerinnen und Ausländern positiv. In den folgenden vier Jahren veränderte sich dieses Szenario. Die Zahl der Zuzüge insgesamt und auch die der Ausländer*innen nahm ab. Und die Anzahl der Zuzüge aller Bevölkerungsgruppen nahm zu, wobei der Wanderungssaldo immer noch leicht positiv blieb (plus 3 je 1 000 Einw.; M 3). Dieser Trend verlangsamte das Bevölkerungswachstum bis 2021. Setzt er sich fort, so wird der Wanderungssaldo die natürlicherweise abnehmende Bevölkerung nicht mehr kompensieren. Eine schrumpfende oder zumindest stagnierende Einwohnerzahl ist daher zu erwarten.
Die **Prognosen** bis zum Jahr 2035 untermauern diese Hypothese. In der Stadt Görlitz wird mit einer Bevölkerungsabnahme von über 5 % gerechnet. Die Aussichten für den Landkreis Görlitz sind mit –13,7 % (M 3) noch schlechter. Für vergleichbare periphere und dazu noch strukturschwache Räume in der östlichen Peripherie Deutschlands ist diese Entwicklung nicht ungewöhnlich.

Demographischer Wandel

Der demographische Wandel in Görlitz zeigt sich in Form einer **Überalterung** der Bevölkerung (vgl. Altersstrukturdiagramm M 2). In der Folge ist eine Abnahme der Personen im erwerbsfähigen Alter

zu erwarten, ebenso eine Zunahme der Menschen, die 65 Jahre oder älter sind, sowie ein geringerer und stagnierender Anteil von jungen Menschen unter 20 Jahre. Die Zunahme des **Altenquotienten** von knapp unter 50 % 2011 auf 53,5 % im Jahr 2019 (M 3) bestätigt diese Diagnose. Da auch der **Jugendquotient** stetig größer wird, steigt der Anteil der Bevölkerung (Summe aus Jugend- und Altenquotienten), der von den Erwerbstätigen direkt oder indirekt versorgt werden muss. Der **Generationenvertrag** wird dadurch ausgehöhlt.
Die Form des Diagramms ist durchaus typisch für einen industrialisierten Raum mit einer Überalterung und einer schrumpfenden Gesamtbevölkerung (letzte Phase im **Modell des demographischen Übergangs**). Die Ursachen sind dabei teilweise allgemeiner Natur. Dazu gehört eine höhere Lebenserwartung durch eine allgemein bessere Versorgungslage. Die geringere Geburtenrate geht auf eine bewusstere Familienplanung zurück. Nach dem „Baby-Boom" in den 1950er-Jahren kam der „Pillen-Knick" in den 1960er-Jahren. Veränderungen im **generativen Verhalten** (Trend zur Individualisierung, Emanzipation der Frau in der Arbeitswelt) trugen zum Rückgang der Kinderzahl bei. Speziell in den neuen Bundesländern kam es nach der **Wiedervereinigung** zu einer Abwanderung junger Menschen ohne zufriedenstellende Perspektiven auf dem Arbeitsmarkt. Und speziell in Görlitz, das seit dem 19. Jahrhundert den Spitznamen „Pensionopolis" trägt (M 4), kommt es zu einem Zuzug älterer Menschen, was natürlich einer Überalterung Vorschub leistet.

Migration

Die Zuwanderung vor allem von Bürgerinnen und Bürgern ausländischer Herkunft wurde bereits angesprochen. 2015 waren es in erster Linie Menschen aus Polen (knapp die Hälfte, insgesamt über 2 500 Personen). Diese suchten beispielsweise Erwerbsmöglichkeiten in Görlitz. Die zweitgrößte Gruppe (knapp ein Fünftel) kam aus Afghanistan und suchte Schutz vor dem dortigen Bürgerkrieg. Bei beiden Gruppen waren die Zuwanderer vor allem Menschen im erwerbsfähigen Alter, teilweise mit Familie. 2019 stellte Polen immer noch die mit Abstand größte Gruppe der Ausländer*innen (nunmehr über 4 000). Danach folgten Menschen aus Syrien mit einem Anteil von mehr als 10 %. Die oben erwähnte Tendenz seit 2015, dass immer weniger Ausländer*innen zu- und immer mehr abwandern, ist u. a. damit zu begründen, dass sich ihre Situation durch das **gesellschaftliche Umfeld** gerade in Sachsen deutlich verschlechtert hat. Rechtsextreme Ausschreitungen, Demonstrationen und Angriffe auf Migranten kommen relativ häufig vor. Islamfeindliche Bewegungen wie Pegida schaffen ein Klima der Angst, politische Parteien des rechten Spektrums wie die AfD gewinnen an Einfluss. Es ist nicht abzusehen, wie sich die Situation zukünftig entwickelt, aber eine kurz- und mittelfristige Entspannung dürfte fragwürdig sein.

Wie viele andere Orte Deutschlands auch ist Görlitz deutlich geprägt vom demographischen Wandel. In den letzten zehn Jahren stiegen die Einwohnerzahlen zwar stetig an; die Zunahme war aber relativ gering und die Prognosen sind eher schlecht. Eine Überalterung der Bevölkerung ist nicht aufzuhalten und es droht darüber hinaus ein Schrumpfungsprozess ungewissen Ausmaßes. Diesem zu begegnen wird Aufgabe der politischen Akteure sein. Erforderliche Maßnahmen müssen u. a. auf die Verbesserung des gesellschaftlichen Klimas und die Schaffung von Beschäftigungsmöglichkeiten zielen. Fazit

3 **TIPP** *Anforderungsbereich III, Gewichtung 30 %*

Die Ergebnisse der Strukturdatenanalyse aus Teilaufgabe 1 und die Erkenntnisse über die demographische Entwicklung aus Teilaufgabe 2 lassen Sie in die Begründung Ihres Sachurteils einfließen. Überprüfen Sie noch einmal, ob Sie alle relevanten Materialaspekte bearbeitet haben. Das gilt vor allem für M 4, das einige Aspekte enthält, die für Ihre Argumentation von Bedeutung sein können. Sie müssen auf der einen Seite darlegen, worin Sie Entwicklungschancen für die Stadt Görlitz sehen; und auf der anderen Seite Faktoren identifizieren, die diese Chancen mindern könnten. Ihre Argumentation sollte dann in einer abschließenden Beurteilung zusammengefasst werden.

Worin liegen **Entwicklungschancen** für die Stadt Görlitz?

- Die Stadt Görlitz zeigt sich **initiativ** und **innovativ:** mit dem **Projekt „Stadt auf Probe"**. Dahinter verbirgt sich ein Joint Venture mehrerer Akteure und Institutionen: Das Bundesinnenministerium stellt Fördergelder, die städtische Wohnungsbaugesellschaft Wohnungen und Vereine stellen Arbeitsräume zur Verfügung. **Wissenschaftlich** begleitet wird das Projekt vom Dresdner Leibniz-Institut für ökologische Raumentwicklung und vom Interdisziplinären Zentrum für ökologischen und revitalisierenden Stadtumbau (M 4). Damit hat dieses Projekt ein solides Fundament. Projekt „Stadt auf Probe"
- Görlitz bietet Großstädten gegenüber **Standortvorteile** wie mehr Ruhe, kürzere Wege, eine vorhandene Infrastruktur, günstigere Immobilienpreise und Wohnraumkapazitäten (7 000 Wohnungen, M 4). Standortvorteile
- Görlitz ist attraktiv – nicht nur für Rentner*innen (daher auch die traditionelle Bezeichnung „Pensionopolis"), sondern auch für Familien und Freiberufler*innen, die der Großstadt entfliehen wollen. Eine **Attraktion** ist die aufgrund glücklicher Umstände durchgeführte **Altstadtsanierung**. Diese zeigt sich unter anderem daran, dass 1995 noch 75 % des Bestandes substanzielle Schäden aufwiesen, zehn Jahre später waren es nur noch 20 % (vgl. Haack Altstadt-Sanierung

Weltatlas 2015, S. 53.2). Gebäude aus mehreren Epochen (Spätgotik, Renaissance, Barock, Jugendstil) verleihen der Stadt ein prachtvolles **Ambiente**. Dieses diente bereits mehrfach als Filmkulisse, was in der Bezeichnung „Görliwood“ zum Ausdruck gebracht wird.

- Görlitz hat eine diversifizierte Wirtschaftsstruktur mit zukunftsfähigen Branchen und wirtschaftlichen Clustern (Hightech-Industrie, Pharma- und Medizintechnik, Software-Engineering; M 1). Der oben genannte Schienenfahrzeugbau könnte im Rahmen der geplanten **Verkehrswende** Auftrieb bekommen. So erhielt Alstom u. a. einen Großauftrag für den Bau von 117 Straßenbahnen für die Berliner Verkehrsbetriebe (M 4). Auch in den Anmeldungen zahlreicher Gewerbebetriebe (Rang 8 in Deutschland) zeichnen sich innovatives Potenzial und damit Entwicklungschancen ab (M 1). Diversifizierte Wirtschaftsstruktur
- Für standortunabhängige Erwerbstätigkeiten eignet sich Görlitz mit den im Vergleich zu Großstädten günstigen Immobilienpreisen grundsätzlich gut. Die Digitalisierung ermöglicht **Homeoffice** oder Kreativwerkstätten für Freiberufler und Netzwerker; es entstanden erste **Coworking-Spaces**, die **Synergie-Effekte** nutzen. Digitalisierung
- Die Wirtschaftsstruktur wirkt als **Pullfaktor** für Grenzpendler*innen: Über 57 % sind Fachkräfte für höherwertige Tätigkeiten und 37 % sind Hilfskräfte, die beispielsweise im Pflegebereich arbeiten, der aufgrund des demographischen Wandels immer stärker nachgefragt wird. Arbeitsmarkt

Worin liegen **Entwicklungshemmnisse** begründet?

- Die periphere Lage ist nicht zu ändern und erschwert die Ansiedlung neuer Unternehmen sowie eine Vernetzung mit anderen Aktivräumen. Lage
- Die zunehmende Überalterung der Bevölkerung (M 2) belastet die Sozialsysteme und gefährdet den Generationenvertrag. Demographie
- Die Bevölkerungsprognosen für 2035 und der jüngste Trend beim Wanderungssaldo lassen einen Schrumpfungsprozess erwarten (M 3). Image
- Das Image der Stadt leidet unter den rechtsextremen Ausschreitungen und den Anfeindungen gegenüber Migrantinnen und Migranten in Sachsen (M 4). Dies wirkt sich negativ auf das Investitionsklima und die Lebensqualität aus.
- Der geplante **Kohleausstieg** im Lausitzer Revier und die schwindende Bedeutung der Stadt Görlitz als Industriestandort könnten sich negativ auf das Gewerbesteueraufkommen auswirken. Ein Warnsignal in diesem Zusammenhang ist die jüngst erforderlich gewordene Rettung des Siemens-Werkes (M 4). Industrie

- Im Bereich der **Infrastruktur** gibt es gravierende **Defizite:** die **Netzabdeckung** und die **Zuganbindung**. Der schlechte Netzausbau trifft gerade die Erfolg versprechenden Branchen, die auf eine funktionierende digitale Infrastruktur angewiesen sind. Und die Bahn zeigt sich weder im Nah- noch im Fernverkehr, weder im Personen- noch im Güterverkehr investitionsbereit. Der Ausbau müsste von der Stadt (und vom Landkreis) **subventioniert** werden. Angesichts steigender Sozialausgaben und anderweitiger finanzieller Belastungen erscheint dies unwahrscheinlich. Infrastruktur

Fazit

Die Stadt Görlitz hat definitiv Entwicklungspotenzial und ist auch gewillt, dieses zu nutzen, das zeigt u. a. das Projekt „Stadt auf Probe". Gerade vor dem Hintergrund aktueller Trends im Bereich der Stadtökologie oder der Digitalisierung ergeben sich Chancen. Aber genau in diesem Bereich klaffen auch infrastrukturelle Lücken, die geschlossen werden müssten. Görlitz hat in den letzten Jahren durch die Altstadtsanierung an physiognomischer Attraktivität gewonnen und grundsätzlich einen guten Ruf (M 4). Die Stadt ist mit ihrer FuE-Orientierung auch grundsätzlich gut aufgestellt. Dieses positive Image gilt es zu bewahren und zu fördern. Dazu gehört u. a. eine tolerante Gesellschaft, die für Gemeinwohl und Lebensqualität eintritt. Es bleibt letztlich ungewiss, ob die Grenzstadt in der östlichen Peripherie Deutschlands den prognostizierten Schrumpfungsprozess abwenden und ihr zweifellos vorhandenes Potenzial in Wert setzen kann.

LANDWIRTSCHAFT IN DEUTSCHLAND – IN VERANTWORTUNG FÜR DEN KLIMASCHUTZ?

Aufgabenstellung

1 Beschreiben Sie Strukturen der Landwirtschaft in Deutschland (M 1, M 2, Atlas).

2 Erläutern Sie Zusammenhänge zwischen der Landwirtschaft in Deutschland und dem Klimawandel (M 2–M 5, Atlas).

3 *„Auch die Landwirtschaft muss ihren Beitrag zum Klimaschutz leisten. Deshalb sollte sie auch in die Bepreisung von Klimagasen miteinbezogen werden.“*
Nehmen Sie Stellung zu dieser Aussage des Bundesvorsitzenden der Partei „Bündnis 90/Die Grünen“ Robert Habeck (M 1–M 5).

Hilfsmittel: eingeführter Schulatlas, Taschenrechner

M 1 Strukturdaten Deutschland und EU (2018)[1]

	Einheit	Deutschland	EU (28)
Einwohner (2019)	Mio.	83,02	513,47
Bruttowertschöpfung[2] der Wirtschaftssektoren	% des BIP		
• **Land-, Forstwirtschaft, Fischerei**		0,8	1,6
• **Industrie**		25,8	19,5
• **Baugewerbe**		5,3	5,6
• **Dienstleistungen**		68,3	73,2
Anteil an den Beschäftigten	%		
• **Landwirtschaft**		1,4	4,5
• **Industrie**		24,1	25,1
• **Dienstleistungen**		74,5	70,4
Arbeitslosenquote (2019)	% aller erwerbsfähigen Personen von 15–74 Jahren	3,2	6,3

Quelle: eigene Zusammenstellung, Daten nach Worldbank; Statistisches Bundesamt (Destatis) 2021; Eurostat

1 Aufgrund von Rundungen können sich bei Summenbildungen geringfügige Abweichungen von 100 % ergeben.
2 Bruttowertschöpfung: Gesamtwert der im Produktionsprozess erzeugten Waren und Dienstleistungen, abzüglich des Wertes der Vorleistungen

M 2 Daten zur Landwirtschaft in Deutschland (2018)[1]

	Einheit	Deutschland	EU (28)
Anteil der landwirtschaftlichen Nutzfläche (2016)	% der gesamten Landfläche	47,3	39,9
Ökologischer Landbau	% der gesamten landwirtschaftlichen Nutzfläche	7,3	7,5
Betriebsleiter*innen landwirtschaftlicher Betriebe mit vollständiger landwirtschaftlicher Berufsausbildung (2016)	% aller landwirtschaftlichen Betriebsleiter*innen	17,0	9,1
Leistung des Agrarsektors	% des Gesamtproduktionswerts		
Gemüse- und Gartenbau		10,4	13,0
Getreide		10,6	11,0
Obst		k. A.	6,8
sonstige Anbaufrüchte		k. A.	20,9
Schweine		13,3	8,3
Rinder		6,9	7,7
sonstige Tiere		5,9	7,3
Milch		19,8	13,2
sonstige Tierprodukte		2,9	3,0
Importe landwirtschaftlicher Güter – Anteil am Weltagrarhandel	%	6,62	38,57
Exporte landwirtschaftlicher Güter – Anteil am Weltagrarhandel	%	5,37	28,27
Selbstversorgungsgrad Deutschlands	%	Fleisch	115,6
		Milch	111,0
		Gemüse	35,7
		Obst	22,4
		Eier	71,9
		Kartoffeln	138,0
		Honig	31,0
		Zucker (2017)	160,7
		Getreide	91,0

	Einheit		
Soja-Importe[2] nach Deutschland (Gesamtmenge: 3,47 Mio. t)	%	USA	62
		Brasilien	27
		Kanada	4
		Ukraine	3
		Österreich	2
		Rumänien	1
		restliche Welt	2

Quelle: eigene Zusammenstellung, Daten nach Eurostat; BLE; BMEL; NZZ

1 Aufgrund von Rundungen sowie fehlender Angaben können sich bei Summenbildungen Abweichungen von 100 % ergeben.
2 Das importierte Soja wird zu überwiegenden Teilen zu Tierfuttermittel verarbeitet.

M 3 Jährliche Treibhausgasemissionen in Deutschland nach Kategorien (in Mio. t CO_2-Äquivalenten) (1990–2018)

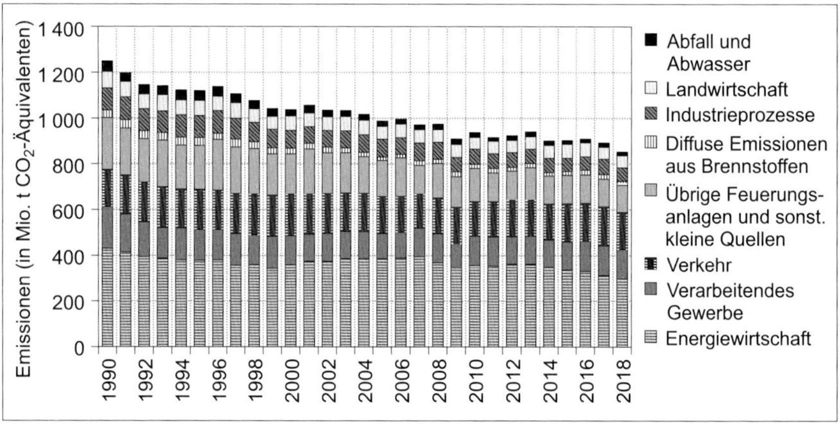

Quelle: Umweltbundesamt: Nationales Treibhausgasinventar 2020, 12/2019

M 4 Anteile der Treibhausgase an den Emissionen der Landwirtschaft (in CO_2-Äquivalenten) (2018)[1]

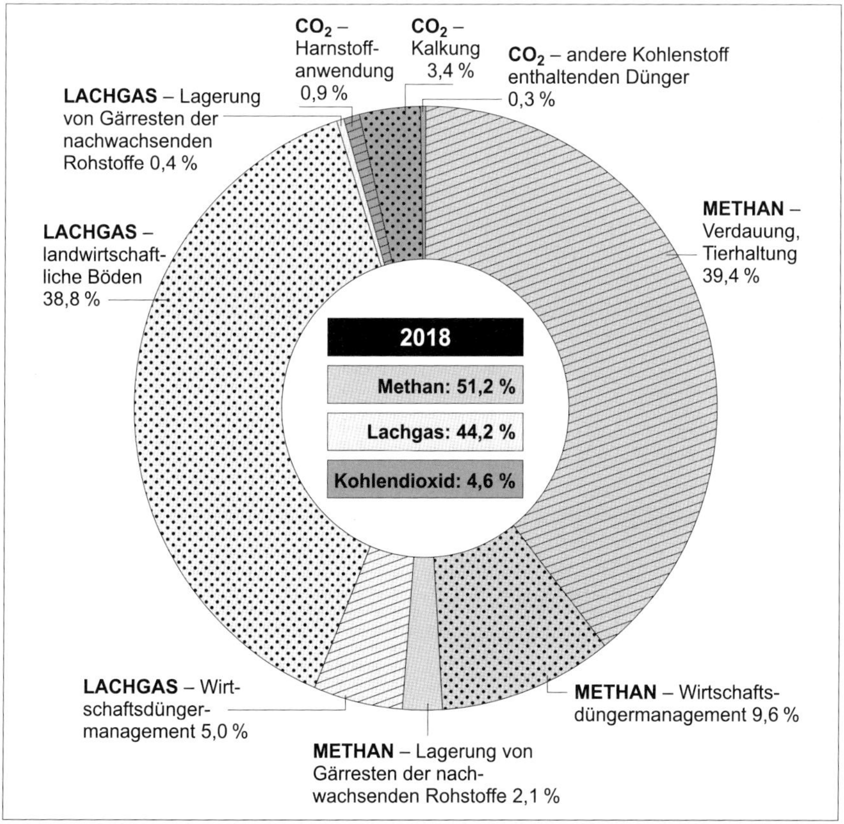

Quelle: Umweltbundesamt, Nationale Trendtabellen für die deutsche Berichterstattung atmosphärischer Emissionen seit 1990 (Stand 12/2019)

1 **Lachgasemissionen durch landwirtschaftliche Böden:** Beim Ausbringen von stickstoffhaltigem Mineraldünger sowie Gülle und Mist wird Lachgas freigesetzt. Die Höhe der Emissionen ist v. a. abhängig von der Menge und dem Zeitpunkt der Düngung. Kann der Stickstoff nicht vollständig von der Pflanze aufgenommen werden, wird er zum Teil als Lachgas freigesetzt.
Gärreste: organische Reste aus Biogasanlagen; werden als Dünger auf Felder aufgebracht.
Wirtschaftsdünger: organisches Material (z. B. Tierexkremente, Gülle, Pflanzenreste), das auf dem Hof anfällt und zum Düngen verwendet wird

M 5 Risiken durch den Klimawandel in Europa

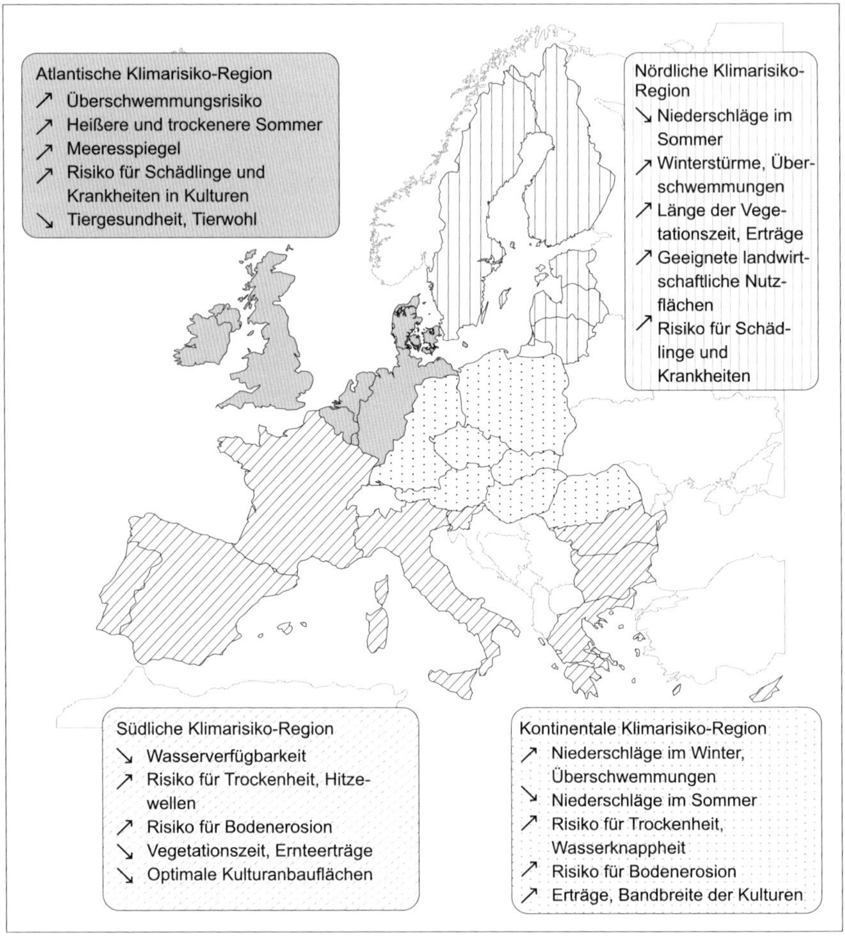

Quelle: nach AWA – AgriAdapt Webtool zur Anpassung, https://awa.agriadapt.eu/de/; Datenbasis: European Environment Agency (EEA)

Die Karte zeigt Teilergebnisse eines durch die EU geförderten Forschungsprojekts (2016–2019) zu Auswirkungen des Klimawandels auf die Landwirtschaft. Zu diesem Zweck wurden 120 Pilotbetriebe in den vier durch die EU auf Basis langjähriger Klimabeobachtungen ausgewiesenen Klimarisiko-Regionen untersucht. Die hierbei gewonnenen Informationen wurden herangezogen, um nachhaltige Anpassungsmaßnahmen zu erarbeiten (↗ = Merkmal nimmt zu; ↘ = Merkmal nimmt ab).

TIPP **Allgemeine Hinweise zur Lösung der Aufgabe**

Die Aufgabenstellung bezieht sich auf das **Fachmodul 1: Raumprägende Faktoren und raumverändernde Prozesse**. Im Mittelpunkt stehen die Ursachen und Auswirkungen des Klimawandels. Weiterhin wird das **Fachmodul 3: Ressourcennutzung und nachhaltige Entwicklung** mit den Aspekten „Ressourcen- und Energienutzung“ und „nachhaltiges Verbraucherverhalten“ thematisiert.
Bezüge zum **Raummodul 1: Deutschland in Europa** sind mit dem Strukturwandel in Landwirtschaft, Industrie und Dienstleistungen gegeben.
Inhaltlicher Schwerpunkt ist die Erläuterung von Zusammenhängen zwischen der Landwirtschaft in Deutschland und dem Klimawandel.
An **prozessorientierten Kompetenzen** sind anzuwenden: die materialbasierte Analyse (u. a. Karteninterpretation) ökonomischer Strukturen und Entwicklungen sowie die Bewertung des Vorschlages, für die von der Landwirtschaft verursachten Treibhausgasemissionen einen Preis zu erheben.

Lösungsvorschlag

1 **TIPP** *Anforderungsbereich I, Gewichtung 30 %*

Grundlage für die Beschreibung sind die ökonomischen Strukturdaten in M 1 und M 2, die alle in relativen Zahlen (Prozentangaben) gemacht werden. Sie können also direkt auf die Angaben Bezug nehmen, ohne sie umzurechnen. Stellenweise sind Summenbildungen für eine Akzentuierung hilfreich.
Im Diercke Weltatlas (2015) finden Sie auf den Seiten 56–59 thematische Karten zur Landwirtschaft in Deutschland. Unter diesen müssen Sie passende auswählen, um auf die räumliche Struktur der Landwirtschaft einzugehen. Achtung: Eine Beschreibung des Strukturwandels wird hier explizit nicht gefordert!

Wirtschaftliche Bedeutung

Die wirtschaftliche Bedeutung der Landwirtschaft in Deutschland ist, gemessen an den **BIP- und Beschäftigten-Anteilen**, sehr gering. Der Beitrag der Land-, Forstwirtschaft und Fischerei ist mit insgesamt weniger als einem Prozent marginal. Auch für den **Arbeitsmarkt** spielt dieser Sektor mit 1,4 % der Beschäftigten eine untergeordnete Rolle. Beide Indikatoren liegen deutlich unter den Werten für die gesamte EU (M 1). Der geringe Anteil der Beschäftigten und der vergleichsweise hohe **Professionalisierungsgrad** – mit 17 % fast doppelt so hoch wie in der gesamten EU – weisen auf eine hochtechnisierte und hochproduktive Landwirtschaft hin. Ein entsprechender Einsatz von Kunstdünger und Pestiziden in konventionell wirtschaftenden Betrieben trägt ebenfalls zur **Produktivität** bei. Der

Anteil des ökologischen Landbaus an der landwirtschaftlichen Nutzfläche beträgt lediglich 7,3 %, was leicht unter dem EU-Durchschnitt liegt (M 2).

Viehhaltung

Bei der Verbreitung landwirtschaftlicher **Betriebssysteme** fällt besonders ein Schwerpunkt der **Intensivtierhaltung** im Nordwesten auf: die Konzentration von Veredelungsbetrieben der Schweine- und Geflügelmast im Oldenburger Münsterland (Diercke Weltatlas 2015, S. 56.1). Milchvieh- und Rinderzuchtbetriebe herrschen im Nordwesten Deutschlands vor, sind aber auch gehäuft im Alpenvorland und in einigen Mittelgebirgsregionen zu finden. Die Tierhaltung erbringt innerhalb des Agrarsektors fast die Hälfte des **Produktionswerts** (M 2). Grundsätzlich geht die Verbreitung der großen Viehhaltungsbetriebe mit einer starken Konzentration von riesigen Schlachthöfen und wenigen großen Vermarktungskonzernen einher, z. B. Südfleisch, Westfleisch (Unterrichtswissen). Dies ist z. B. an der Häufung fleischverarbeitender Betriebe im Oldenburger Münsterland erkennbar (Diercke Weltatlas 2015, S. 57.3).

Bodennutzung

Der Anteil der **landwirtschaftlichen Nutzfläche** an der gesamten Landfläche Deutschlands betrug 2016 etwas über 47 %. Dabei zeigen die **Bodennutzungssysteme** regionale Schwerpunkte: **Ackerbau** kann auf guten Böden betrieben werden im Nordosten Schleswig-Holsteins und in Mecklenburg-Vorpommern, in den lössreichen Bördengebieten, den Buchten und Becken zwischen den Mittelgebirgen sowie am Oberrhein und im Alpenvorland südlich der Donau. Im Nordwesten Niedersachsens ist Ackerbau auf Geestböden möglich. **Dauergrünland** findet sich in den Marschen Ost-, West- und Nordfrieslands sowie in Südbayern. **Futterbau** wird im räumlichen Zusammenhang mit der **Viehhaltung** betrieben (s. o.), außerdem in Brandenburg, am Nordrand des Erzgebirges sowie ebenfalls in Südbayern. Weitere Ackerbaugebiete auf geringwertigen Böden finden sich in den Tieflagen, verteilt über die gesamte Fläche.

Anbauprodukte

In Deutschland werden vorwiegend **Getreidesorten** angebaut, auf fruchtbareren Böden auch Zuckerrüben, auf weniger guten Böden Kartoffeln, besonders in Niedersachsen. Als Schwerpunkte des **Obstanbaus** sind neben dem Alten Land an der Niederelbe Gebiete zwischen Harz und Mittelelbe zu nennen, der Oberrheingraben und der Nordrand der Schwäbischen Alb. Auch im östlichen Schleswig-Holstein sowie um Berlin herum wird Obst angebaut. Wein gedeiht vorwiegend in südlicheren Gefilden Deutschlands. Bekannte **Weinanbaugebiete** sind die Hanglagen an Rhein, Mosel, Main und Neckar.

In der **Fleisch- und Milcherzeugung** werden Überschüsse erzielt und auch bei Kartoffeln und Zucker wird mehr produziert, als im Land verbraucht wird. Trotz dieser Überschüsse ist Deutschland ein Nettoimporteur landwirtschaftlicher Güter. Ein **Import**-Anteil von über 6 % am Weltagrarhandel und ein **Export**-Anteil von über 5 % belegen eine bedeutende Beteiligung Deutschlands am Weltagrarmarkt (M 2). Agrarmarkt

Die deutsche Landwirtschaft weist einen hohen Grad an **Technisierung** und **Produktivität** auf und ist wichtiger Teil des Weltagrarhandels. Weniger bedeutend ist der primäre Sektor im Hinblick auf die **Wertschöpfung** bei einem Vergleich mit den anderen Wirtschaftssektoren. Die räumliche Verteilung der landwirtschaftlichen Aktivitäten zeigt kein ausgeprägtes Muster, sondern eine recht gestreute Verteilung. Einige Schwerpunkte sowohl in der Fleischerzeugung als auch beim Anbau von Sonderkulturen lassen sich erkennen. Eine ökologische Ausrichtung der Landwirtschaft deutet sich allenfalls an. Fazit

2 **TIPP** *Anforderungsbereich II, Gewichtung 40 %*

Eine Erläuterung der Zusammenhänge sollte folgende Aspekte umfassen:
- eine Erklärung des anthropogenen Treibhauseffekts (Unterrichtswissen),
- die Bedeutung der Landwirtschaft als Emittent von Treibhausgasen (M 3), wobei direkte (M 4) und indirekte Effekte (Unterrichtswissen, M 2) zu berücksichtigen sind,
- die Folgen der Erderwärmung auf die Landwirtschaft (M 5).

Nach den Erkenntnissen von Klimaforscherinnen und Klimaforschern, nachzulesen in Berichten des **IPCC** (*Intergovernmental Panel on Climate Change*), geht man davon aus, dass sich der **natürliche Treibhauseffekt** durch den Einfluss des Menschen verstärkt und sich dadurch die globale Mitteltemperatur der Erde erhöht. Verantwortlich für den **anthropogenen Treibhauseffekt** ist die Zunahme von **Treibhausgasen** (Kohlenstoffdioxid, Methan, Distickstoffmonoxid/Lachgas und Wasserdampf) in der Atmosphäre. Die solare kurzwellige **Einstrahlung** wird von der Erdoberfläche absorbiert und in langwellige Wärmestrahlung umgewandelt. Diese terrestrische **Ausstrahlung** wird von den Treibhausgasen absorbiert und zum Teil wieder zur Erdoberfläche zurückgestrahlt (**atmosphärische Gegenstrahlung**). Dadurch erwärmt sich die Troposphäre. Neben natürlichen Emissionsquellen von Treibhausgasen (z. B. Vulkanismus) erhöhen vor allem anthropogene **Emissionsquellen** (z. B. die Verbrennung fossiler Energieträger) oder eben auch die Landwirtschaft die Konzentration der Treibhausgase in der Atmosphäre. Ursachen des Treibhauseffekts

Zwischen 1990 und 2018 sind die **Treibhausgasemissionen** von 1 250 Mio. t CO_2-Äquivalenten auf 850 Mio. t. gesunken, also um knapp ein Drittel. Dazu trugen v. a. die Energiewirtschaft und das verarbeitende Gewerbe bei. Auch technische Neuerungen bei sonstigen Feuerungsanlagen und kleineren CO_2-Quellen konnten ihren Beitrag halbieren (M 3). Der **Anteil der Landwirtschaft** dagegen konnte zumindest nicht signifikant gesenkt werden, der des Verkehrssektors überhaupt nicht. Die Emissionen aus der Landwirtschaft machen seit 30 Jahren weitgehend unverändert einen kleinen Teil von deutlich unter 10 % aus, tragen also nicht die Hauptverantwortung für die jährlichen Treibhausgasemissionen. Global gesehen lag der Anteil der Landwirtschaft 2012 bei 11 % (Diercke Weltatlas 2015, S. 264.2).

Landwirtschaft und Treibhausgasemissionen in Deutschland

Wie setzen sich die Emissionen zusammen, für die die Landwirtschaft direkt verantwortlich ist? Der größte Teil entfällt auf **Methan**, das über die Verdauung und Ausscheidung der Tiere emittiert wird: knapp 40 % (M 4). Der zweitgrößte Teil (knapp 39 %) entweicht als **Lachgas** aus landwirtschaftlich genutzten Böden. Im Zusammenhang mit Düngemitteln entstehen knapp 20 % der Emissionen, zur Hälfte Methan und zu je einem Viertel Lachgas und **Kohlenstoffdioxid** (4,6 %). Ein sehr geringer Anteil entfällt auf die Lagerung von Gärresten für Biogasanalgen (2,5 %; M 4).

Direkte Emissionen

Wodurch entstehen indirekte Emissionen? Der Einsatz von Maschinen und das Gebäudemanagement (z. B. Lagerhaltung) erfordern in einer hochtechnisierten Landwirtschaft den Einsatz von **Energie**, bei deren Bereitstellung v. a. Kohlenstoffdioxid freigesetzt wird. Für die Herstellung von Pestiziden und Kunstdünger wird ebenfalls Energie benötigt. Gleiches gilt für den Anbau importierter Futtermittel und deren Transport. Eine besondere Problematik entsteht beim Import von Soja, das fast ausschließlich aus den USA (62 %) und Brasilien (27 %) stammt (M 2). Für dessen Herstellung auf Plantagen werden in Brasilien Regenwälder gerodet, die folglich als **CO_2-Senken** irreversibel wegfallen.

Indirekte Emissionen

Aufgrund ihrer starken Abhängigkeit von klimatischen Faktoren ist die Landwirtschaft natürlich auch von den Folgen klimatischer Veränderungen betroffen. Diese fallen in Europa regional unterschiedlich aus (M 5). In West- und Nordwestdeutschland als Teil der **atlantischen Klimarisiko-Region** treten vermehrt heißere und trockenere Sommer mit der Gefahr von Dürrezeiten auf. Im Winter steigt das Überschwemmungsrisiko durch häufigere und anhaltende Niederschläge. Im Sommer herrscht öfter Wassermangel; im Winter öfter ein Wasserüberangebot. Durch höhere Temperaturen oder langfristig auch den Anstieg des Meeresspiegels droht in Küstenregionen eine Ausbreitung von Schädlingsbefall und Krankheiten – mithin

Folgen des Klimawandels

eine Bedrohung der Tiergesundheit und des Tierwohls. In der **kontinentalen Klimarisiko-Region**, zu der Ost- und Südostdeutschland zählen, ist eine Zunahme der Bodenerosion durch Wind und Wasser zu erwarten. Auch hier droht in den Sommermonaten eine zunehmende Wasserknappheit (M 5). Aber auch positive Effekte durch die Temperaturveränderung sind denkbar, beispielsweise eine Steigerung der Erträge oder **Diversifizierung** der Anbauprodukte.
Der Klimawandel geht allgemein mit einer Zunahme von **Extremwetterereignissen** wie Starkregen, Hagelschlag und Stürmen einher. Davon sind nicht nur Menschen und Infrastruktureinrichtungen betroffen, sondern insbesondere auch der Ackerbau.

Der Anteil der Landwirtschaft an den Treibhausgasemissionen von Deutschland ist mit etwa 7 % (M 3) nicht sehr hoch, in den letzten 30 Jahren aber auch kaum gesunken. Er setzt sich zusammen aus direkten (Viehhaltung, Dünger) und indirekten (Sojaimport, Energiebedarf) Emissionen. Die Landwirtschaft zählt sowohl zu den Mitverantwortlichen für den Klimawandel als auch zu den Betroffenen. Die wenigen positiven Wirkungen, die mit der Erhöhung der Durchschnittstemperaturen verbunden sein könnten, werden von den negativen Effekten und Ertragseinbußen deutlich überlagert. Fazit

3 **TIPP** *Anforderungsbereich III, Gewichtung 30 %*

Die Stellungnahme verlangt eine Begründung mit Bezug zu den bisher erarbeiteten Zusammenhängen und Ergebnissen. In Verbindung mit Ihrem Wissen aus dem Unterricht leiten Sie daraus Argumente ab, die die Forderung von Robert Habeck be- oder entkräften. Auf dieser Grundlage gelangen Sie zu einem eigenen Urteil. Wie dieses ausfällt, ist auch von Ihren eigenen sachbezogenen und/oder politischen Wertmaßstäben abhängig. Es gibt hier kein Richtig oder Falsch – entscheidend ist, dass Sie Ihre Stellungnahme nachvollziehbar begründen.

Die deutsche Landwirtschaft wurde bereits in der zweiten Teilaufgabe als hochtechnisierter und produktiver Wirtschaftssektor gekennzeichnet. Darüber hinaus handelt es sich um einen hochsubventionierten Sektor, zumindest was die **konventionelle, intensive Landwirtschaft** betrifft, die auf über 90 % der landwirtschaftlichen Nutzfläche betrieben wird (M 2). Diese Art der Landwirtschaft geht einher mit der Verdichtung von Böden, einer Belastung des Trinkwassers mit Nitratstickstoff und sie trägt in hohem Maße zum **Biodiversitätsverlust** und in geringerem Maße auch zum Klimawandel bei. Diese negativen Auswirkungen werden aber keineswegs eingepreist; die Kosten dafür tragen die Umwelt und die Allgemeinheit Umwelt

der Steuerzahler*innen – sie werden „ausgelagert“. Ohne **Subventionen** und **Externalisierung von Kosten** wäre die konventionelle Landwirtschaft ökonomisch nicht tragfähig. So gesehen fordert Habeck in dem Zitat nur einen kleinen Teil dieser Kosten ein. Da der quantitative und qualitative Beitrag der Landwirtschaft zum Klimawandel auch zahlenmäßig belegbar ist (vgl. M 3, M 4), ist der erste Teil der Aussage Habecks absolut sachlogisch: Selbstverständlich muss die Landwirtschaft ihren Beitrag zum Klimaschutz leisten.

Subventionen

Die deutsche Landwirtschaft hat den **gesellschaftlichen Auftrag** und die Funktion, die Versorgung der Bevölkerung mit Nahrungsmitteln bzw. mit den Grundstoffen für Lebensmittel zu sichern – im Idealfall mit unbelasteten, gesunden und bezahlbaren Produkten. Daraus lässt sich eine Verpflichtung der Gesellschaft ableiten, dafür einen Rahmen bereitzustellen, der den Landwirtinnen und Landwirten ein angemessenes **Einkommen** ermöglicht und gewährleistet. Eine Maßnahme dafür ist sicherlich die **Subventionierung**. Diese werden auf europäischer Ebene aber nur sehr zögerlich mit der Förderung einer **nachhaltigen** Wirtschaftsweise verknüpft. Hierin wäre eine Alternative zu der von Habeck geforderten Bepreisung der Treibhausgase zu sehen. Die konsequente Förderung einer **ressourcenschonenden** Landwirtschaft würde sich nicht nur positiv auf den Klimaschutz auswirken, sondern auch auf die Qualität von Böden, Trinkwasser, der Luft und insbesondere der Fleisch- und Milchprodukte. Es handelte sich hier zudem um einen **ganzheitlichen** und nachhaltigen Ansatz.

Klimagerechtigkeit

Im Hinblick auf **Klimagerechtigkeit** sind u. a. zwei Aspekte zu betrachten. Zum einen leisten einige der Emittenten bereits einen kostenintensiven Beitrag zum Klimaschutz: Die **Energiewirtschaft** oder das **verarbeitende Gewerbe** investieren in Filter- und Anlagentechnik, in neue Wege der Energiebereitstellung (z. B. erneuerbare Energien) oder **Emissionszertifikate**. Folgerichtig müsste dann auch die Landwirtschaft in die Pflicht genommen werden, und zwar in Relation zu ihrem Beitrag zum Klimawandel (M 3).
Im Hinblick auf internationale Klimagerechtigkeit würden von einer Reduzierung von Treibhausgasemissionen durch Emissionshandel auch Länder des Globalen Südens profitieren, die besonders unter den Folgen des anthropogenen Klimawandels zu leiden haben, ohne dass sie maßgeblich dazu beigetragen hätten.

Konsumfreiheit

Auch der Aspekt der **Konsumfreiheit** sollte hier berücksichtigt werden. Eine Abgabe für Treibhausgase würde die Produktionskosten der Landwirtschaft in die Höhe treiben, Agrarprodukte würden sich in der Folge verteuern und **Lebensmittelpreise** steigen. Dies könnte zu einem Umdenken und einer Umorientierung bei den **Ernährungsgewohnheiten** der Bevölkerung führen: Die Konsumentinnen und Konsumenten könnten auf Lebensmittel tierischen Ursprungs verzichten oder den Konsum reduzieren. In negativem Sinne bedeutet dies eine Einschränkung der Konsumfreiheit; in positivem Sinne könnte dies einen **verantwortungsvolleren Konsum** und eine gesündere Ernährungsweise fördern sowie den Marktanteil an **umweltverträglicheren Lebensmitteln** erhöhen, was letztlich wiederum dem Klimaschutz zugutekäme.

Export-orientierung

Auch die **Exportorientierung** der Landwirtschaft kann bei Überlegungen zur Bepreisung von Treibhausgasen eine Rolle spielen. Ein nicht unerheblicher Teil der landwirtschaftlichen Produktion dient nicht direkt der Versorgung der Bevölkerung in Deutschland (M 2). Vor allem in der Produktion von Fleisch und Milchprodukten, die etwa 50 % des Produktionswertes ausmachen, aber auch von Kartoffeln und Zuckerrüben zeigt sich eine gewisse Exportorientierung. Ebenfalls entkoppelt von der Nahrungsmittelversorgung (teilweise eher als Konkurrenz dazu) ist die Erzeugung **erneuerbarer Energie** aus Biomasse. Diese Erwerbsmöglichkeiten außerhalb des unmittelbaren Versorgungsauftrages der Landwirtschaft könnten die Akzeptanz für eine Klimaabgabe erhöhen.

Unternehmer-perspektive

Ein **Wertmaßstab**, insbesondere der Landwirtinnen und Landwirte, könnte deren **unternehmerische Freiheit** sein. Sie werden durch Reglementierungen und rechtliche Vorgaben in ihrem Entscheidungsfreiraum bereits eingeschränkt. Eine Bepreisung ihrer Treibhausgasemissionen käme sozusagen noch dazu. Die **Gewinnspanne** der Landwirte ist in vielen Bereichen, besonders bei den Fleisch- und Milchpreisen, ohnehin nur sehr gering. Sie würde durch eine Abgabe weiter geschmälert, sodass einige Betriebe im Hinblick auf das Unternehmensziel der **Gewinnmaximierung** beeinträchtigt oder im Extremfall sogar existenziell gefährdet wären. Aus der Perspektive der Landwirte wird vor diesem Hintergrund der Klimaschutz nicht unbedingt höchste Priorität genießen.

Fazit

Der ersten Teilaussage von Robert Habeck ist vorbehaltlos zuzustimmen. Im Hinblick auf die zweite Teilaussage ergeben sich unterschiedliche Bewertungsansätze, die zwischen Bekräftigung und Skepsis einzuordnen sind. Insgesamt erscheint die Bepreisung von Klimagasen als ein gerechtfertigtes und wirksames Instrument im Rahmen des Klimaschutzes. Die Landwirtschaft verursacht und externalisiert Kosten, die die Umwelt oder die Allgemeinheit zu tragen haben. Daher ist der Gedanke, diese Kosten zu internalisieren, nicht von der Hand zu weisen. Im Sinne der Verantwortung für einen umfassenden Umweltschutz, der über den Klimaschutz hinausgeht, ist ein ganzheitlicher Ansatz zur Förderung einer nachhaltigeren Ausrichtung der Landwirtschaft vorzuziehen, z. B. durch eine an die Herausforderungen dieser Zeit angepasste EU-Agrarpolitik.

ALBANIEN – TOURISMUSBOOM AM MITTELMEER?

Aufgabenstellung

1 Beschreiben Sie das touristische Potenzial sowie die Entwicklung des Tourismus in Albanien (M 1–M 4, Atlas).

2 Charakterisieren Sie die sozioökonomische Entwicklung in Albanien (M 3, Atlas).

3 Beurteilen Sie die Perspektiven des Tourismus in Albanien (M 1–M 4, Atlas).

Hilfsmittel: eingeführter Schulatlas, Taschenrechner

M 1 Farbkarte: Touristische Karte Albanien

Farbkarte zum Download:
www.stark-verlag.de/mystark

Quelle: Ontheworldmap.com, https://ontheworldmap.com/albania/tourist-map-of-albania.jpg

M 2 Daten zum Tourismus in Albanien 2014–2018

		Einheit	2014	2016	2018
Touristenankünfte gesamt		in 1 000	3 673	4 736	5 927
davon nach Verkehrsmittel	per Flugzeug		337	457	692
	per Schiff		202	279	439
	über Land		3 134	3 999	4 796
davon nach Reisezweck	Urlaub		1 315	1 920	2 784
	andere persönliche Gründe (Familienbesuch, religiöse Gründe usw.)		2 309	2 758	3 056
	beruflich		48	59	87
Tourismuseinnahmen gesamt		in Mio. US-$*	251,73	267,23	412,16
davon	Unterkünfte		36,94	49,25	81,20
	Gastronomie		180,14	182,51	279,54
	sonstige touristische Dienstleistungen		34,65	35,47	51,42
Einnahmen Albaniens durch ausländische Touristen		in % des Gesamtexports	45	49	46
Besucher von Museen und archäologischen Stätten		in 1 000	402	550	990
z. Vgl. Kolosseum in Rom					7 400
Herkunft ausländischer Touristen (2018) Top 5		%	Kosovo		35
			Nordmazedonien		11
			Griechenland		9
			Italien		7
			Montenegro		6
Unterkünfte (2018)			gesamt		1 326
			davon an der Küste		543
			davon im Binnenland		783

Abweichungen der Gesamtsummen von den Summen der Einzelindikatoren sind auf Rundung zurückzuführen.

* Eigene Umrechnung von Albanischen Lek in US-$ (Kurse jeweils vom 02. 12. des betreffenden Jahres mit https://bankenverband.de/service/waehrungsrechner/)

Quelle: eigene Zusammenstellung, Daten nach Instat (2019), Bankenverband

M 3 Strukturdaten Albanien 1990–2017[1]

	Einheit	1990	2000	2017
Einwohner	in 1 000	3 287	3 089	2 873
Fruchtbarkeitsrate	Geburten/Frau	3,0	2,2	(2018) 1,7
Bevölkerung unter 15 Jahren/über 65 Jahre	in % der Gesamtbevölkerung	32,7/5,5	30,3/7,1	17,4/13,2
Nettomigration		(1992) −443 212	(2002) −176 774	−40 000
HDI	Indexwert	0,645	0,669	0,785
BIP	Mrd. US-$	2,03	3,48	(2018) 15,06
BNE/Einwohner	US-$ (KKP)	2 720	4 150	12 120
BIP – reale Wachstumsrate	%	−9,6	6,7	3,8
Rücküberweisungen[2] **(Deutschland z. Vgl.)**	in % des BIP	(1995) 17,6 (1995) 0,2	16,5 0,2	10,1 0,5
Import (Güter)	Mrd. US-$	0,38	1,09	(2016) 4,47
Export (Güter)	Mrd. US-$	0,23	0,26	(2016) 1,96
Anteil am BIP[3]	%			
• **Land-, Forstwirtschaft, Fischerei**		37,2	24,5	(2018) 18,4
• **Industrie**		49,9	19,4	(2018) 21,3
• **Dienstleistungen**		16,5	44,3	(2018) 47,9
Tourismus, inkl. vor- und nachgelagerter Branchen	in % des BIP	(1995) 11,2	17,3	(2018) 27,3
Anteil an den Beschäftigten	%			
• **Landwirtschaft**		(1991) 47,5	46,2	(2018) 38,0
• **Industrie**		(1991) 16,6	17,8	19,3
• **Dienstleistungen**		(1991) 33,8	35,9	42,7
Arbeitslosenquote	in % aller erwerbsfähigen Personen	9,5	22,7	13,9
Schienenpersonenverkehr	Mio. Personenkilometer	779	125	(2013) 32

1 Der Erfassungszeitraum der Daten beginnt nach Ende des Sozialismus in Albanien. Durch Rundungen können von 100 % abweichende Summenwerte auftreten.
2 Rücküberweisungen: Überweisungen von im Ausland lebendender albanischstämmiger Bevölkerung an ihre im Heimatland verbliebenen Familien.
3 UN-Statistik: z. T. deutliche Abweichungen der Summenwerte von 100% aufgrund statistischer Methodik.

Quelle: eigene Zusammenstellung, Daten nach: Fischer Weltalmanach 2019, Worldbank, UNDP, Knoema, Transparency International e.V.

M 4 Zukunftsträume aus Beton

Die albanische Riviera [Küstenstreifen am Ionischen Meer zwischen dem Llogora-Pass und Sarandë] hat Dirk sich anders vorgestellt. „Von einsamen weißen Kiesstränden und idyllischen Fischerdörfchen keine Spur. Überall, wo es möglich ist, entstehen Hotelanlagen direkt am Wasser", erzählt der Backpacker. Zusammen mit seiner Freundin war er der Reiseempfehlung des Lonely Planet gefolgt. Der Reiseführerverlag empfiehlt in seinem Buch „Best in Travel 2011" Albanien als Reiseziel Nummer eins für Rucksacktouristen. Jetzt wollen die beiden nichts wie weg von der touristischen Küste ins – wie der Artikel verspricht – ursprünglichere Hinterland. [...] In Sarandë im Süden Albaniens, nur wenige Kilometer von der griechischen Grenze entfernt, rotieren die Betonmischer rund um die Uhr. Jeden Tag scheint ein weiteres pastellfarbenes Feriendomizil aus Beton und Styropor fertiggestellt zu werden. Einst war Sarandë ein beschauliches Fischerdorf, jetzt leben rund 30 000 Menschen hier. In den Sommermonaten sind es locker dreimal so viele. „Viele Hotels sind nie ausgebucht. Aber die Touristen werden schon noch kommen", sagt ein Bauingenieur, der gerade eine Apartmentzeile mit Pool direkt am Wasser fertigstellt. Nur wenige hielten sich wie er an die Spielregeln:

„Viele bauen einfach drauf los – ohne Genehmigung und ohne Bauplan." Was am Ende nicht passt, werde mit Mörtel und Putz einfach passend gemacht. „Nicht überall kommen die Behörden hinterher, illegale Bauvorhaben rechtzeitig zu stoppen", erzählt der Ingenieur. Doch wenn die Behörden Wind von einem illegalen Hotel bekommen, rückt das städtische Abrisskommando an. Die Folgen sind unübersehbar: Wie faule Zähne in einem gesunden Gebiss verschandeln unzählige Bauruinen die Ferienkulisse. Trotzdem wird munter weiter gebaut.

Etwas mehr als 100 Kilometer nördlich von Sarandë hat sich auch Avni entschieden, umzusatteln. 200 Jahre lebte seine Familie von der Landwirtschaft in Radhimë, einem von Olivenhainen umgebenen Bergdorf. Heute vermietet er im Sommer Unterkünfte für Touristen. [...] Am Fuße des Hangs erstreckt sich das Orikum, eine weitläufige Bucht mit weißen Sandstränden, umspült von türkisfarbenem Meer. [...] In den Sommermonaten befördern öffentliche Busse Hunderte Sonnenhungrige an der Bucht vorbei. Bis auf mehr als 1 000 Meter schlängelt sich die Straße in waghalsigen Serpentinen einen Gebirgspass hinauf und gibt den Blick frei auf den Golf von Gjipe und dessen schöne Buchten. Hier versuchen einige junge Unternehmer zu retten, was zu retten ist. Tomi Gjikuria betreibt im dritten Jahr das Sea Turtle Camp, einen kleinen, alternativen Zeltplatz in Dhërmi. Unter Schatten spendenden Pinien schlafen die Gäste in einfachen Igluzelten, einer der schönsten Naturstrände Albaniens liegt gleich nebenan. Bis zum nächsten Laden sind es einige Kilometer Fußmarsch. [...] Im Nachbardorf Vuno versucht sich eine Gruppe Idealisten an einer Idee für Alternativtouristen. Von Ende Juni bis Ende September wird die Dorfschule in eine einfache Herberge mit Campingplatz umfunktioniert. Tomi ist sich bewusst, dass sie alle auf Zeit spielen. „Offiziell dürfen größere Gebäude nicht näher als 100 Meter vom Meer entfernt gebaut werden. Im Moment wird diese Regelung noch weitgehend respektiert", sagt der Jungunternehmer. Doch die ersten kleineren Gebäude befinden sich bereits im Bau. „Ich hoffe, dass wir in Dhërmi vom Massentourismus verschont bleiben."

Virgil Kules Job ist es, noch mehr Touristen nach Albanien zu locken. Im Auftrag der Kommune Sarandë erstellt er Imagefilme, die die Vorzüge der Region hervorheben sollen. „Das Potential der albanischen Riviera ist immens“, erklärt Virgil Kule. Von der antiken Ausgrabungsstätte bis hin zur versteckten Felsbucht kennt er jede Touristenattraktion. Und er kennt die Menschen hier. „Die Leute haben nichts“, sagt er. „Der Massentourismus, denken sie, ist ihre einzige Chance.“ An vielen Orten bleibe die Bevölkerung dabei sich selbst überlassen. Noch immer gebe es oft keine verlässliche Stromversorgung, das veraltete Abwassersystem bedürfe dringend einer Runderneuerung. „Die Regierung investiert lediglich in den Bau von Straßen.“

Quelle: Birgit Ulrich: Tourismus-Boomland Albanien – Zukunftsträume aus Beton, DPA vom 06.09.2011, https://www.spiegel.de/reise/europa/tourismus-boomland-albanien-zukunftstraeume-aus-beton-a-784648- druck.html

TIPP **Allgemeine Hinweise zur Lösung der Aufgabe**

Die Aufgabenstellung bezieht sich auf das **Fachmodul 2: Bedeutungswandel von Räumen** mit den Schwerpunkten „Indikatoren des Entwicklungsstandes“ sowie „Wachstumsimpulse, vor allem durch Tourismus“; weiterhin auf das **Fachmodul 1: Raumprägende Faktoren und raumverändernde Prozesse** unter den Aspekten „Grundzüge der naturräumlichen Gliederung“ und „Anthropogeographische Faktoren“ wie Religion oder Tradition sowie „Mobilität“, inkl. Tourismus.
Bezüge zum **Raummodul 1: Deutschland in Europa** lassen sich über „Probleme und Perspektiven zentraler und peripherer Räume“ mit den Aspekten der ökologischen Überlastung und des Tourismus als Chance für periphere Räume herstellen.
Inhaltliche Schwerpunkte bilden die Charakterisierung der sozioökonomischen Entwicklung Albaniens und die Beurteilung der Perspektiven des Tourismus.
An **prozessorientierten Kompetenzen** sind anzuwenden: die materialbasierte Analyse (u. a. Karteninterpretation) naturräumlicher Potenziale und sozioökonomisch relevanter Strukturen und Entwicklungen mit dem Ziel einer Prognose. Dabei sind neben Daten zum Tourismus und zur Wirtschaftsstruktur auch exemplarisch Perspektiven von Menschen aus Albanien zu berücksichtigen.

Lösungsvorschlag

1 **TIPP** *Anforderungsbereich I, Gewichtung 30 %*

Einleitend sollten Sie kurz auf die **geographische Lage** Albaniens eingehen. Eine Möglichkeit zur **Gliederung der Aufgabe** ergibt sich durch die Einnahme der Perspektive einer potenziellen Touristin bzw. eines potenziellen Touristen: Welche naturräumlichen oder kulturellen Attraktionen hat Albanien zu bieten? Welche Aktivitäten im Bereich Erholung und Erlebnis sind dadurch möglich? Und wie ist die dafür relevante Infrastruktur beschaffen? Die meisten Informationen bieten die Materialien M 1, M 2 (Tourismusdaten, die Rückschlüsse auf das Potenzial erlauben) und der Atlas. Auch den Materialien M 3 (ein Infrastrukturaspekt) und M 4 (Motive Beteiligter) sind einzelne Aspekte zu entnehmen.

Geographische Lage

Albanien besitzt im Westen einen etwa 300 Kilometer langen **Küstenstreifen** an der östlichen Adria. Der südliche Teil der Küste zwischen Vlorë und Sarandë ist **gebirgig** wie der größte Teil des Landes. Die Landhöhen nehmen tendenziell nach Osten hin zu (Diercke Weltatlas 2015, S. 138/139). Albaniens Nachbarländer sind Italien jenseits der Adria im Westen und Montenegro, der Kosovo, die Republik Nordmazedonien sowie Griechenland auf der **Balkanhalbinsel** (von Nord nach Süd). Albanien hat eine relativ kleine Staatsfläche, vergleichbar mit dem deutschen Bundesland Brandenburg. Die Hauptstadt ist Tirana, gut 20 Kilometer von der Küste entfernt.

Naturraumpotenzial

Albanien gilt als bedeutende Tourismusregion (vgl. Diercke Weltatlas 2015, S. 98.1). Das **Klima** ist gemäßigt mediterran mit relativ hohen Niederschlägen und wechselnden kalten (Bora) und warmen (Schirokko) Windereignissen. Der **Naturraum** der Küste bietet besonders im Süden, abschnittsweise aber auch im Norden Möglichkeiten zum **Strandurlaub**. Punktuell sind an den **Küstengewässern** weitere **Aktivitäten** möglich wie angeln oder tauchen. Die Marina im Süden der Vlora Bay bietet weitere Möglichkeiten zum **Wassersport**. Auch auf einigen Flüssen im Landesinneren sind Aktivitäten auf dem Wasser ausgewiesen: Destinationen für Angler sind beispielsweise der Shkodra-See im Norden an der Grenze zu Montenegro sowie der Ohrid- und der Prespa-See im Osten an der Grenze zur Republik Nordmazedonien (M 1).

Der Tierbestand scheint an zahlreichen Orten eine Grundlage für einen **Jagdtourismus** zu bieten; auch die Möglichkeit zur Tierbeobachtung besteht (M 1). Mehr als ein Dutzend **Nationalparks** sind über das gesamte Land verstreut. **Wintersportler** finden an zahlreichen Orten im Gebirge Schnee zum Skifahren. Außerdem bieten Höhenlagen an der Küste und im Hinterland auch Möglichkeiten zum Gleitschirmfliegen. An einigen Stellen finden sich im Gebirge Höhlen als mögliche touristische Attraktionen (M 1).

Kulturraumpotenzial

Auch der **Kulturraum** weist ein vielfältiges Angebot auf. Drei **Welterbestätten** finden sich im Süden des Landes. Zahlreiche touristisch interessante Sakralbauten sind im ganzen Land errichtet worden. Katholische **Kirchen** haben ihren Verbreitungsschwerpunkt im Norden, orthodoxe Kirchen eher im Süden. Bedeutende Moscheen sind vorwiegend im mittleren Landesteil zu finden. Weitere kulturhistorische Bauwerke sowie auch einige **Museen** sind über das ganze Land verteilt (M 1).

Verkehrsinfrastruktur und deren Bedeutung für den Tourismus

2014 besuchten gut 3,6 Mio. Touristinnen und Touristen Albanien; knapp 6 Mio. waren es 2018 (M 2). Tourismus benötigt eine entsprechende **Infrastruktur**, beispielsweise im **Verkehrssektor**. Die meisten Touristinnen und Touristen reisten über Land ein: 2014 waren es 85 %, 2018 noch 81 %. Der Anteil der **Flugreisenden** lag 2014 unter 10 %; vier Jahre später war der Anteil mit 11,7 % nur unwesentlich höher. Alle landeten in Tirana, der Stadt mit dem einzigen internationalen **Flughafen**. Mit dem **Schiff** reisten 2014 5,5 % der Touristinnen und Touristen an; 2018 waren es knapp zwei Prozentpunkte mehr. **Fährverbindungen** gibt es nach Italien, Slowenien und Griechenland (M 1). Es ist also keine Trendwende in Sicht, auch wenn sich die Zahl der Flugreisenden in den vier Jahren mehr als verdoppelt hat.

Die Touristinnen und Touristen gelangen nicht nur überwiegend auf Straßen ins Land, in Albanien bewegen sie sich auch hauptsächlich auf Straßen fort. Denn das **Schienennetz** ist schwach entwickelt (M 1): Gemessen an den zurückgelegten Personenkilometern kann man geradezu von einem Bedeutungsverlust sprechen. 1990 kamen noch rund 780 Mio. Personenkilometer zusammen; 23 Jahre später war die Zahl auf 32 Mio. geschrumpft.

Neben einigen Landstraßen im Nordosten Albaniens dienen Nationalstraßen als Einfallsrouten in das Land und bilden ein dichtes **Fernstraßennetz** (M 1). Das Straßennetz hat also für die touristische Erschließung eine dominante Bedeutung.

Struktur des Tourismus

Der Anreiseweg über Land ist auch mit der **Herkunft** der Touristinnen und Touristen zu erklären: Mehr als zwei Drittel stammen aus den fünf Nachbarländern (M 2). Der Tourismus in Albanien ist daher eher von regionaler als von internationaler Bedeutung. Aufschlussreich ist auch ein Blick auf die **Motive** der Reisenden: Der überwiegende Teil hat persönliche, z. B. familiär bedingte Gründe; der geringere Teil macht Urlaub im engeren Sinne. Allerdings hat sich das Verhältnis dieser beiden Gruppen im Laufe von vier Jahren verschoben. Betrug der Anteil der Urlaubsreisenden 2014 lediglich gut ein Drittel, stieg er bis 2018 auf immerhin 47 %. Der Anteil beruflich bedingter Reisen ist zu vernachlässigen. Der geringere Teil der Urlauber*innen an der Gesamtzahl der Reisenden korreliert auch mit den **Besucherzahlen** von Museen und archäologischen Stätten. Diese verdoppelten sich zwar im betrachteten Vierjahreszeitraum. Die Gesamtzahl lag 2018 jedoch noch unter einer Million, was im Vergleich zu einer einzigen Attraktion wie dem Kolosseum in Rom (7,4 Mio. Besucher) immer noch wenig ist (M 2).

Ökonomische Bedeutung des Tourismus

Das **ökonomische Potenzial** des Tourismus wird durch den wachsenden Anteil dieses Sektors am **BIP** deutlich: Betrug dieser vor 30 Jahren noch gut 11 %, war er 2017 auf über ein Viertel angestiegen. Die **Einnahmen** aus dem Tourismus haben von etwa 250 Mio. US-$ im Jahre 2014 auf 412 Mio. US-$ 2018 zugenommen – in vier Jahren also um knapp 60 %. Mehr als zwei Drittel davon wurden im **Gastronomiegewerbe** erzielt. Die Einnahmen aus der **Vermietung von Unterkünften** machten dagegen nur ein Fünftel aus. Im Laufe des betrachteten Vierjahreszeitraumes entsprach das zwar einer Steigerung von mehr als 100 %; das Verhältnis zwischen den Einnahmen aus Gastronomie und der Vermietung von Unterkünften hat sich dadurch aber nur leicht zugunsten letzterer verschoben. Hier ist aber durchaus **Entwicklungspotenzial** zu vermuten: Denn die Gesamtzahl der Unterkünfte erscheint noch sehr gering (2018: 1 326) und somit ausbaufähig. Sie verteilen sich relativ ausgewogen auf die Küste (41 %) und das Binnenland (59 %; M 2, M 3).

Fazit

Albanien verfügt durchaus über ein **diversifiziertes** und touristisch attraktives **Potenzial**. Der Tourismus kann aufgrund der Indikatoren auch als tragender Zweig für die albanische Wirtschaft bezeichnet werden. Er ist allerdings regional begrenzt und wird derzeit noch überwiegend gespeist von Besuchern mit familiärem oder religiösem Hintergrund und weniger von Devisen bringenden Touristen im engeren Sinne.

2 **TIPP** *Anforderungsbereich II, Gewichtung 40 %*

Basis für die Charakterisierung der sozioökonomischen Entwicklung Albaniens sind die **Strukturdaten** aus M 3, die Sie als Indikatoren zur Begründung Ihrer Einschätzung heranziehen müssen. Der Erfassungszeitraum beginnt nach Ende des Sozialismus in Albanien, also nach 1989. Einige wenige **Atlaskarten** beinhalten zusätzliche oder bestätigende Informationen. Es ist von Vorteil, wenn Sie am Ende Ihrer Ausführungen den Entwicklungsstand kurz **zusammenfassen**.

Wesentliche **Indikatoren** für den sozioökonomischen Entwicklungsstand sind das **BIP** für die Wirtschaftsleistung und das **BNE/Einwohner** für den Wohlstand der Bevölkerung. Der absolute Wert des BIP war 2018 mit über 15 Mrd. US-$ mehr als sieben Mal so hoch wie 1990. Zu Beginn des Erfassungszeitraumes war die reale **Wachstumsrate** des BIP mit –9,6 % noch deutlich negativ, was vor allem dem **Transformationsprozess** nach 1989 zuzuschreiben ist. In den Jahren 2000 (6,7 %) und 2017 lag sie dagegen im positiven Bereich, wenngleich zuletzt etwas abgeschwächt (3,8 %). Parallel dazu ist das Nationaleinkommen pro Einwohner gestiegen, allerdings nur um den Faktor vier (M 3). Im europäischen Vergleich liegen die Zahlen weit unter dem EU-Durchschnitt (Diercke Weltatlas 2015, S. 100.2) – für postsozialistische Staaten nicht ungewöhnlich. Wirtschaftsleistung

Ein Blick auf die Wirtschaftsstruktur zeigt einen Niedergang der Industrie zwischen 1990 (noch fast 50 % BIP-Anteil) und 2000 (nur noch unter 20 % BIP-Anteil). Auch heute noch liegt der Beitrag des **sekundären Sektors** kaum höher und lediglich drei Prozentpunkte über dem der Landwirtschaft. Ebenso liegt der Anteil der in der Industrie Beschäftigten heute unter 20 % (M 3). Diese Entwicklung ist für Transformationsökonomien nicht ungewöhnlich. Aufgrund der zentral verwalteten Wirtschaft war die Industrie nach der Wende international vermutlich nicht konkurrenzfähig. Wirtschaftsstruktur

Im **tertiären Sektor** arbeitete 1990 ein Drittel der Erwerbstätigen, 2017 waren es mehr als 42 %. Die Wertschöpfung im Bereich der Dienstleistungen hat sich im gleichen Zeitraum sogar verdreifacht. Auch die Bedeutung der Landwirtschaft hat sich nach 1990 gewandelt. Der Anteil an der Wertschöpfung ging bis 2017 auf die Hälfte zurück, der Anteil der Erwerbstätigen nur um knapp zehn Prozentpunkte (M 3). Das weist auf eine relativ geringe Produktivität des **primären Sektors** hin.

Albanien hat sich also von einer industriell dominierten und agrarisch geprägten **sozialistischen Wirtschaft** vor 1990 zu einer Marktwirtschaft entwickelt, in der die Industrie schwächelt. Die landwirtschaftliche Prägung ist immer noch deutlich erkennbar, aber die höchsten Werte bei den Beschäftigten (knapp 43 %) und bei der Wirtschaftsleistung (knapp 48 %, M 3) weist der Dienstleistungssektor auf.

Diese Entwicklung ist u. a. auf das **Wachstum der Tourismusbranche** inkl. vor- und nachgelagerter Bereiche zurückzuführen. Ihr Anteil am BIP stieg zwischen 1995 und 2018 von gut 11 % auf gut 27 %. Ein Wachstum (Verzehnfachung der Werte) zeigt auch das **Außenhandelsvolumen**, wobei die **Handelsbilanz** stets negativ war und die Werte im internationalen Vergleich auf sehr niedrigem Niveau liegen (M 3). Außenhandel

Die grundsätzlich hohe **Arbeitslosenquote** schwankte in den Vergleichsjahren stark und lag 2017 bei knapp 14 %. Die im Ausland lebenden und arbeitenden Albanerinnen und Albaner tragen durch **Rücküberweisungen** in ihr Heimatland erheblich zum Einkommen ihrer Familien bei. 1995 entsprach dieser Beitrag 17,6 % des BIP. Zwar ist er seitdem ständig gesunken, aber auch 2017 hatten die Rücküberweisungen noch einen Wert von 10 % des BIP (M 3).

Bevölkerung

Albanien ist seit der Wende ein **Abwanderungsland**. Waren es 1992 fast eine halbe Million Menschen, die das Land verließen, stellt sich die **Nettomigration** 2017 mit weniger als 10 % von diesem Wert als stark gebremst dar. Auch eine stetig sinkende **Fruchtbarkeitsrate** verstärkt den Bevölkerungsverlust von 200 000 Einwohnern zwischen 2000 und 2017. Dieses Szenario bildet sich auch in den demographischen Verschiebungen ab: Seit 1990 ist der Anteil der jungen Bevölkerung unter 15 Jahren um die Hälfte gefallen. Der Anteil älterer Menschen über 65 Jahre hat gegenläufig um das 2,5-Fache zugenommen. Der Trend zur **Überalterung** der Bevölkerung ist deutlich. Die demographische Entwicklung ist aber für Transformationsländer nicht ungewöhnlich. Gemessen am **HDI** sind die Lebensbedingungen im Erfassungszeitraum kontinuierlich besser geworden. 2017 lag der Indexwert mit 0,785 (M 3) an der Grenze zur obersten Kategorie (Diercke Weltatlas 2015, S. 274.1).

Fazit

Die sozioökonomische Entwicklung Albaniens trägt durchaus Merkmale einer **prosperierenden Volkswirtschaft**. Die Erfolge lassen sich an der Entwicklung des BIP oder des HDI festmachen, auch am Aufschwung im Außenhandel. Die Wirtschaftsstruktur, die relativ hohe Arbeitslosigkeit und die Abwanderung sind aber deutliche Hinweise darauf, dass die **Transformation** Albaniens noch nicht abgeschlossen ist. Die sozioökonomische Entwicklung ist insgesamt als ambivalent zu charakterisieren.

3 **TIPP** *Anforderungsbereich III, Gewichtung 30 %*

Im Rahmen dieser Teilaufgabe müssen Sie die Analyse des touristischen Potenzials, der touristischen sowie der sozioökonomischen Entwicklung zu einer perspektivischen **Beurteilung** zusammenführen. Dazu wägen Sie Argumente, Aspekte und Indikatoren, die für eine positive Beurteilung sprechen, gegen einschränkende Kriterien ab. Des Weiteren müssen Sie u. a. Ihr **Unterrichtswissen** über Transformationsstaaten einfließen lassen. Abschließend sollten Sie zu einem nachvollziehbaren Sachurteil kommen und die Frage im Titel der Aufgabe plausibel beantworten.

Kriterien, die eher für eine **positive Prognose** sprechen:

- Die jüngsten Steigerungsraten der Touristenankünfte – insbesondere der zu Urlaubszwecken – und der Tourismuseinkünfte lassen eine **Bedeutungszunahme** dieses Wirtschaftszweiges für Albaniens Gesamtwirtschaft vermuten. Beziffern lässt sich der Beitrag des Tourismus inkl. vor- und nachgelagerter Branchen mit über 4 Mrd. US-$ (M 3), was 27 % des BIP entspricht. Das geringe Niveau der direkten **Tourismuseinnahmen** von nur 412 Mio. US-$ schränkt die positive Einschätzung etwas ein. Dabei stagnieren die Einnahmen durch ausländische Touristinnen und Touristen in den letzten Jahren bei einem Vergleichswert von unter 50 % des Gesamtexportwertes. Das **Einzugsgebiet**, das derzeit noch sehr regional ausgerichtet und begrenzt ist, müsste erweitert werden, sodass zahlungskräftige Touristinnen und Touristen, etwa aus Westeuropa, diesen **Markt** entdecken. Bislang sind diese noch in der Minderheit und es überwiegen die Touristinnen und Touristen, die keinen Urlaub im engeren Sinne machen, sondern aus anderen Gründen, beispielsweise zu Familienbesuchen, einreisen.

Dynamik der touristischen Entwicklung

- Nach dem **Destinationslebenszyklus-Modell** befindet sich Albanien noch in der ersten von vier Phasen, der **Einführungsphase**. Das zeigt, dass noch sehr viel Wachstumspotenzial besteht. Traditionelle Tourismusregionen in der Nachbarschaft wie Italien, Griechenland und auch Kroatien stellen einerseits eine **Konkurrenz** dar; andererseits könnte Albanien unter Umständen eine in diesen Destinationen auftretende Stagnationsphase substituieren und davon profitieren. Für Kroatien und Griechenland wäre dieser Effekt durchaus denkbar.

Bezüge zu BUTLERs Destinationslebenszyklus-Modell

- Ansätze für **sanften Tourismus** zeichnen sich ab, sind aber noch sehr zaghaft. Formen von **Agrotourismus** in Bergdörfern oder von **Campingtourismus** in den Küstenregionen (zahlreiche Campingplätze, M 1) sind denkbar. Bislang scheinen dies aber Einzelinitiativen zu sein. Ein konzeptioneller Hintergrund für nachhaltige Projekte ist nicht erkennbar.

Ansätze für sanften Tourismus

- Die **Vielfalt** naturnaher und kultureller Attraktionen (M 1, M 4) könnte für ein entsprechendes Angebot im Sinne von **Bildungsurlaub** genutzt werden. Eine Vernetzung der Lokalitäten durch die Organisation von **Rundreisen** wäre z. B. eine Option, die möglicherweise auch ausländische Touristinnen und Touristen ansprechen würde. Das Potenzial dafür ist vorhanden.

Vielfältiges touristisches Potenzial

Kriterien, die eher eine **skeptische Einschätzung** nahelegen:

- Größtes **Entwicklungshemmnis** dürfte ein fehlendes Gesamtkonzept für einen möglichst nachhaltigen Tourismus in Albanien sein. An der albanischen Riviera am Ionischen Meer herrschte vor

Mängel bei Konzeption und Planung

zehn Jahren ein ungeregelter Bauboom (M 4). Ohne jegliche **Bauleitplanung** und ohne Genehmigungen entwickelte sich eine Art **informeller Bausektor**. Auf Spiegel Online war 2011 von illegalen Bauvorhaben zu lesen, die wenig ausgereift sind, wenig solide hochgezogen und teilweise ebenso schnell wieder abgerissen werden (M 4).

Mögliche Image-Schäden

- Ein kommunaler Tourismusbeauftragter sieht den **Massentourismus** als einzige Chance für ärmere Bevölkerungsteile (M 4). Diese Sichtweise leistet der Zerstörung weiter Teile der Küstenregion Vorschub. Das **touristische Image** Albaniens könnte dadurch Schaden nehmen: Es könnte der beliebige Eindruck einer **identitätslosen** Destination entstehen. Möglicherweise würde dieser eine finanzkräftige Touristenklientel aus wohlhabenden Regionen von einem Urlaub in Albanien abhalten.

Mängel bei der touristischen Infrastruktur

- Die **tourismusrelevante Infrastruktur** weist einen erheblichen **Investitions- und Ausbaubedarf** auf, beispielsweise das wenig leistungsfähige Schienennetz oder eingeschränkte Flugverbindungen. Zu einer planvollen Entwicklung würden auch die Verbesserung und Stabilisierung der **Stromversorgung** sowie die Instandsetzung des **Abwassersystems** gehören. Der Regierung wird vorgeworfen, einseitig in den Bau des Straßennetzes zu investieren (M 4).

Fachkräftemangel

- Die negative Nettomigrationsrate könnte ein Hemmnis für die Entwicklung des Tourismus darstellen, wenn dadurch qualifizierte **Arbeitskräfte** im Beherbergungsgewerbe und in der Gastronomie fehlen.

Fazit

Albanien ist zweifellos eine Region mit touristischem Potenzial, das in erster Linie auf **natur- und kulturräumlicher Attraktivität** beruht. Einige Indikatoren belegen eine positive Entwicklung der Wirtschaft im Allgemeinen und der Tourismusbranche im Besonderen. Aber es gibt auch Hemmnisse, die einer nachhaltigen Entwicklung des Tourismus in Albanien entgegenstehen. Die Inwertsetzung des touristischen Potenzials ist u. a. abhängig von einer **leistungsfähigen Infrastruktur** sowie der Entwicklung eines **nachhaltigen Gesamtkonzepts**. An der Tragfähigkeit dieser beiden Säulen muss noch konstruktiv gearbeitet werden, wenn man Albanien als zukunftsfähige Tourismusdestination im Mittelmeerraum etablieren möchte. Von einem Tourismusboom kann derzeit noch nicht die Rede sein, auch wenn sich eine gewisse Dynamik abzeichnet.

TUNESIEN – HOFFNUNGSTRÄGER IM MAGHREB?

Aufgabenstellung

1 Beschreiben Sie das natur- und wirtschaftsräumliche Potenzial Tunesiens.

2 Vergleichen Sie sozio-ökonomische Entwicklungen Tunesiens, Algeriens und Marokkos.

3 „*Sechs Jahre nach den Umbrüchen ist Tunesien für uns Europäer in unmittelbarer Nachbarschaft auch weiterhin ein Leuchtturm der Hoffnung.*“ (Bundeskanzlerin Merkel am 05. März 2017 im tunesischen Parlament)

Nehmen Sie – ausgehend von diesem Zitat – Stellung, ob und inwiefern Tunesiens Entwicklung vielversprechend ist.

Hilfsmittel: eingeführter Schulatlas, Taschenrechner

M 1 Kartenausschnitt: Afrika nördlicher Teil – Wirtschaft

Farbkarte zum Download:
www.stark-verlag.de/mystark

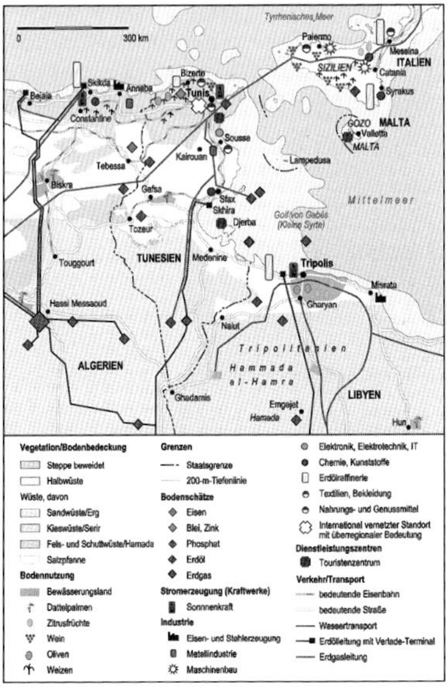

Quelle: © Cartomedia, Karlsruhe

M 2 Wirtschaftliche Entwicklung Tunesiens

Nachdem Tunesien 1956 seine Unabhängigkeit von der Kolonialmacht Frankreich erlangt hatte, wurde das Land mehr als fünf Jahrzehnte lang autoritär regiert. Seit Ende der 1980er Jahre setzte Tunesien auf eine zunehmende wirtschaftliche Liberalisierung. Dies hat dem Land einen wirtschaftlichen Aufschwung mit konstanten Wachstumsraten um 5 % beschert. Im Oktober 2011 kam es nach massiven Protesten gegen das korrupte Regime zu ersten freien Wahlen. Terroristische Anschläge stürzten das Land jedoch in eine neue schwere Krise. Ein Zusammenschluss von Gewerkschaftsbund, Arbeitgeberverband, Anwaltsverband und Menschenrechtsliga wurde 2015 allerdings mit dem Friedensnobelpreis geehrt.
Tunesien war 2014 weltweit der größte Exporteur von Olivenöl und Datteln, der zehntgrößte Tomatenexporteur und der zweitgrößte Exporteur von Bioprodukten in Afrika. Die Landwirtschaft ist in Oberstromgebieten aufgrund mangelhafter Bewässerung gering entwickelt. Es fehlen Beschäftigungsmöglichkeiten, vielerorts ist die Arbeitslosigkeit hoch. Mangelnde öffentliche Dienstleistungen – etwa bei der Wasserversorgung – tragen zudem zu einer geringen Lebensqualität und damit zu Landflucht und Verarmung der lokalen Bevölkerung bei.

Rund 350 000 Menschen sind direkt im Tourismus beschäftigt, noch einmal 350 000 indirekt davon abhängig. Die Einnahmen aus dem Tourismus betragen ca. 7 % des BIP. Nach zwei Terroranschlägen auf touristische Ziele im März und Juni 2015 sind die Besucherzahlen eingebrochen. Bis Oktober 2016 reisten jedoch wieder etwas mehr Touristen nach Tunesien als im selben Zeitraum 2015.

Die Exportindustrie bestreitet mehr als 85 % der Ausfuhren des verarbeitenden Gewerbes. In rund 115 Kfz-Zulieferbetrieben werden z. B. Kabelbäume, Airbags, Sicherheitsgurte sowie für den lokalen Markt Batterien hergestellt. Angesiedelt sind zudem rund 65 Unternehmen der Luftfahrtindustrie. Der tunesische Textilsektor ist zunehmend dem Kostendruck aus Ostasien und der Türkei ausgesetzt, sodass er die Funktion als Beschäftigungsmotor eingebüßt hat. Die chemische Industrie ist durch die Phosphatverarbeitung geprägt, deren jüngste Produktionsrückgänge in sozialen Konflikten in der Phosphatregion Gafsa begründet sind.

Tunesien möchte sich als IT-Hub am Mittelmeer positionieren, doch ist das IT-Potenzial insgesamt nicht ausgeschöpft. Die IKT-Branche[1] ist von 2010 bis 2014 um durchschnittlich 9,8 % gewachsen. Eine Reihe ausländischer Unternehmen haben in Tunesien Forschungs- und Entwicklungszentren eingerichtet. Das Land verfügt über einen qualifizierten Ingenieursstamm, der u. a. über CAD-/CAM[2]- sowie andere digitale Fertigungstechnologien verfügt. Zudem bietet die tunesische Regierung im Rahmen des Programms „Smart Tunisia" der als strategischen Sektor bezeichneten digitalen Wirtschaft u. a. finanzielle Unterstützung bei der Ausbildung von Berufseinsteigern, denn die Wirtschaftsentwicklung kann bei einer wachsenden Bevölkerung und einer steigenden Quote bei Hochschulabgängern nicht genügend Arbeitsplätze schaffen.

Als erstes Land der Maghreb-Region hat Tunesien 1995 ein Assoziationsabkommen mit der EU abgeschlossen. Im Herbst 2012 erreichte es den Status einer „privilegierten Partnerschaft" und profitiert von umfangreichen Hilfsprogrammen zur Förderung der Wettbewerbsfähigkeit. Ziel der Verhandlungen zwischen Tunesien und der EU ist ein vollständiges Freihandelsabkommen.

1 IKT – Informations- und Kommunikationstechnologie

2 CAD/CAM – computer-aided design bzw. computer-aided manufacturing: rechner-/EDV-unterstütztes Konstruieren zur Herstellung eines Produkts

Quellen: eigene Zusammenstellung nach:

- *www.bmz.de/de/laender_regionen/naher_osten_nordafrika/tunesien/index.html; www.zeit.de/politik/2015-10/friedensnobelpreis-2015-live;*
- *Isabel Schäfer: Der Maghreb vor neuen Herausforderungen: Sicherheit, Entwicklung, Migration; in: Bundeszentrale für politische Bildung: APuZ, 66. Jahrgang, 33–34/2016, 15. August 2016, S.11–18; www.investintunisia.tn;*
- *www.liportal.de/tunesien/wirtschaft-entwicklung; www.gtai.de/GTAI/Navigation/DE/Trade/Maerkte/Geschaeftspraxis/wirtschaftsstruktur-und-chancen, t=wirtschaftsstrukt ur-und-chancen-tunesien,did=1537960.html;*
- *BMZ: Tunesien. Nachhaltige Ressourcennutzung. Die Bevölkerung oberhalb des Nebhana-Staudamms nutzt ihre Boden- und Wasserressourcen für eine nachhaltige landwirtschaftliche Entwicklung. November 2016; www.bmz.de/de/laender_regionen/naher_osten_nordafrika/tunesien/zusammenarbeit/index.html*

M 3 Strukturdaten ausgewählter Staaten des Maghreb

	Einheit	Algerien	Marokko	Tunesien
Einwohner	in 1 000			
2000		31 184	28 850	9 699
2008		34 861	31 597	10 407
2016		40 606	35 277	11 403
Bevölkerung unter 15 Jahre (2000 / 2008 / 2016)	%	34 / 28 / 29	34 / 29 / 27	30 / 24 / 24
Alphabetisierungsrate Frauen / Männer über 15 Jahre	%			
2000		57 / 76	36 / 62	61 / 81
2008		68 / 82	43 / 68	71 / 86
2015		73 / 86	62 / 82	73 / 90
Arbeitslosigkeit	%			
2000		29,8	13,6	15,7
2008		11,3	9,6	12,4
2016		11,2	10,0	14,8
Städtische Bevölkerung	in % der Gesamtbevölkerung			
2000		60	53	63
2008		66	57	66
2016		71	61	67
BIP	Mio. US-$			
2000		54 790	38 857	21 473
2008		171 001	92 507	44 857
2016		156 080	101 445	42 063
BNE pro Kopf	US-$			
2000		1 590	1 380	2 280
2008		4 200	2 690	3 860
2016		4 270	2 850	3 690
Anteil am BIP (2000 / 2008 / 2016; *2015)	%			
• Landwirtschaft		9 / 7 / 13	13 / 13 / 13	11 / 9 / 11*
• Industrie		58 / 62 / 36	30 / 30 / 30	30 / 33 / 28*
• Dienstleistungen		33 / 31 / 51	57 / 57 / 57	59 / 58 / 61*
Inflationsrate (2000 / 2008 / 2016)	%	0,3 / 4,9 / 6,4	1,9 / 3,7 / 1,6	3,0 / 4,9 / 3,7
Tourismus-Einnahmen (2000 / 2008 / 2015)	Mio. US-$	102 / 473 / 357	2 280 / 8 885 / 7 765	1 977 / 3 909 / 1 869
Globale Wettbewerbsfähigkeit 2016	Weltrang von 138 Staaten	97	72	92
Zum Vergleich Deutschland:		5		

Quellen M 3: eigene Zusammenstellung aus: Fischer Weltalmanach 2018, Printausgabe und digital; World Economic Forum, Global Competitiveness Report 2016–17; Wirtschaftskammer Österreich: Länderprofile Algerien, Marokko, Tunesien Oktober 2017

M 4 Außenhandel ausgewählter Staaten des Maghreb

	Import (in Mrd. US-$)	Export (in Mrd. US-$)	Importgüter und Länder	Exportgüter und Länder
Algerien	2000: 9,1 2008: 39,5 2016: 46,7	2000: 22,0 2008: 79,3 2016: 28,9	**2015:** 18 % Maschinen, 17 % Nahrungsmittel, 9 % Kfz und -teile, 8 % Eisen und Stahl, 5 % Elektronik **2015:** 16 % VR China, 11 % Frankreich, 9 % Italien, 8 % Spanien	**2015:** 43 % Erdgas, 34 % Erdöl, 18 % Petrochemie, 2 % chem. Erzeugnisse, 2 % Erdölnebenerzeugnisse **2015:** 18 % Spanien, 15 % Italien, 13 % Frankreich, 7 % Großbritannien
Marokko	2000: 11,5 2008: 42,4 2016: 41,5	2000: 7,4 2008: 20,3 2016: 22,8	**2016:** 11 % Kfz u. -teile, 10 % Nahrungsmittel, 10 % Maschinen, 9 % Petrochemie, 7 % Textilien u. Bekleidung **2016:** 16 % Spanien, 13 % Frankreich, 9 % VR China, 6 % USA, 6 % Deutschland	**2016:** 20 % Nahrungsmittel, 15 % Textilien u. Bekleidung, 14 % Elektrotechnik, 14 % Kfz u. -teile, 9 % Düngemittel **2016:** 23 % Spanien, 21 % Frankreich, 5 % Italien, 4 % USA, 3 % Indien
Tunesien	2000: 8,6 2008: 24,6 2016: 19,5	2000: 5,9 2008: 19,3 2016: 13,6	**2015:** 49 % Textilien u. Bekleidung, 9 % Elektronik, 8 % Nahrungsmittel, 8 % Kfz u. -teile **2015:** 18 % Frankreich, 15 % Italien, 8 % VR China, 7 % Deutschland, 4 % Spanien, 4 % Russland, 4 % Algerien	**2015:** 20 % Elektrotechnik, 18 % Textilien und Bekleidung, 7 % Öle, Fette, Wachse, 6 % Nahrungsmittel, 5 % Maschinen **2015:** 29 % Frankreich, 19 % Italien, 11 % Deutschland, 5 % Spanien, 4 % Algerien, 4 % Libyen, 3 % Großbritannien

Quelle: Fischer Weltalmanach 2018; Printausgabe und digitale Ausgabe

M 5 **Karte: Index der regionalen Entwicklung in Tunesien 2012**

Farbkarte zum Download:
www.stark-verlag.de/mystark

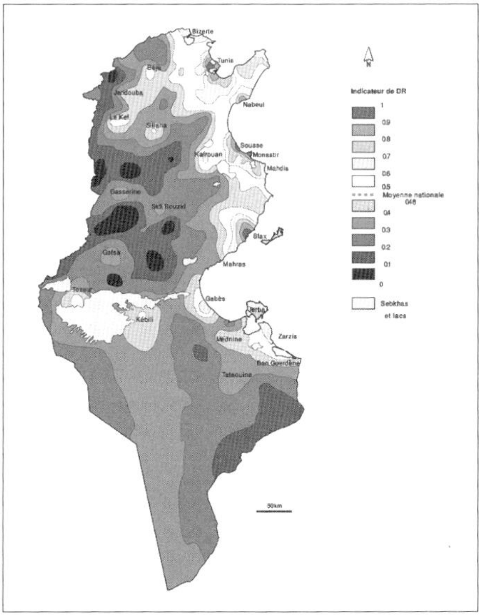

Quelle: Revue franco-brésilienne de géographie 30, 2017, numero 30. https://confins.revues.org/11701#article-11701, Zugriff am 08. 11. 2017

TIPP **Allgemeine Hinweise zur Lösung der Aufgabe**

Die vorliegende Aufgabenstellung aus dem Jahr 2018 bezieht sich auf das **Raummodul 2: Nordafrika und Vorderasien (Orient)**. Von besonderem Interesse ist hier der Schwerpunkt „Tourismus als Entwicklungsfaktor".

Fachinhaltlich werden das **Fachmodul 1: Raumprägende Faktoren und raumverändernde Prozesse** (hier: Physisch-geographische Faktoren (Klima, Relief, Boden, Wasser, Vegetation, Rohstoffe); Grundzüge der naturräumlichen Gliederung), das **Fachmodul 2: Bedeutungswandel von Räumen** (hier: Sozial- und wirtschaftsräumliche Disparitäten; Ursachen und Erscheinungsformen regionaler, internationaler und globaler Verflechtungen; Stellenwert von Räumen in der Weltwirtschaft) sowie das **Fachmodul 3: Ressourcennutzung und nachhaltige Entwicklung** (hier: Entwicklungspotenziale und -perspektiven) tangiert.

Lösungsvorschlag

1 **TIPP** *Anforderungsbereich I, Gewichtung 30 %*

Der Operator „Beschreiben" fordert, dass Sie raumbezogene kartographische Informationen auf die wichtigsten Aspekte reduzieren und sprachlich strukturiert wiedergeben. Inhaltlich geht es um die natur- und wirtschaftsräumlichen Gegebenheiten Tunesiens, die aus Klima, Bodenschätzen und Landnutzung abgeleitet werden können. M 1 können Sie diesbezüglich die wichtigsten Informationen entnehmen.

Lage und räumliche Einordnung

Tunesien ist das kleinste der drei Maghrebländer, zu denen noch seine westlichen Nachbarn Algerien und Marokko zählen. Im Osten grenzt Tunesien an das politisch instabile Libyen.
Die **räumliche Distanz zwischen Tunesien und Europa** ist gering: Knapp 200 km nordöstlich der tunesischen Halbinsel Cap Bon beginnt Sizilien; rund 100 km vor der tunesischen Ostküste, auf der Höhe von Sousse, liegt die kleine italienische Insel Lampedusa, die als erster Zufluchtsort vieler afrikanischer Flüchtlinge auf europäischem Boden Bekanntheit erlangt hat. Auch Malta ist nur etwa 300 km von der tunesischen Ostküste entfernt.

Klima

Der tunesische Naturraum und die sich aus ihm ergebenden wirtschaftlichen Potenziale werden von zwei entscheidenden Faktoren bestimmt: Zum einen ist die geologisch-geomorphologische Ausgangssituation von Bedeutung und zum anderen beeinflussen die Klimazonen Tunesiens den Naturraum des Landes und seine Nutzungsmöglichkeiten. Tunesien befindet sich in einer **klimatischen**

Übergangszone zwischen dem südlichen Saum des Mittelmeeres und der Sahara. Dies bedeutet, dass das Land Anteile an vier verschiedenen Klimazonen hat, die sich durch den Grad ihrer Aridität klar voneinander unterscheiden lassen.

Landwirtschaft

Der nördliche bzw. nordöstliche Saum des tunesischen Festlandes wird vom **Mittelmeerklima** mit warmen, trockenen Sommern und milden, feuchten Wintern bestimmt. Grundsätzlich ist hier **Trockenfeldbau** (Pflanzenbau ohne zusätzliche Bewässerung) möglich. Es können mehrjährige Kulturen gedeihen, die aufgrund besonderer Anpassungsfähigkeiten die mehrmonatige trockene Sommerzeit überstehen, ohne Schaden zu nehmen. Zu diesen Kulturen zählen die **Weinrebe** und die wichtigste Kulturpflanze des gesamten Mittelmeerraumes, der **Ölbaum**. Aus den Oliven wird Olivenöl gepresst, das traditionell bedeutendste Handelsgut der Mittelmeeranrainerstaaten (M 2, Z. 10). Es gibt auch Ölbaumpflanzungen, die **bewässert** werden, was zu signifikant höheren Ernteerträgen führt.
Darüber hinaus besteht die Möglichkeit des **Getreideanbaus**. In Tunesien wird, wie in den meisten anderen Mittelmeeranrainerstaaten, überwiegend Hartweizen angebaut. Die abgeernteten Felder dienen im Sommerhalbjahr häufig als Weideflächen für Ziegen, Schafe und andere Nutztiere. Während dieser Periode werden die Ackerbauparzellen entsprechend gedüngt und können sich auf diese Weise regenerieren.
Von wirtschaftlich größerer Bedeutung als der Trockenfeldbau ist jedoch der **Bewässerungsfeldbau**, der den Anbau von Obst und Gemüse erlaubt. So war Tunesien 2014 der zehntgrößte Tomatenexporteur weltweit und der zweitgrößte Exporteur von Bio-Produkten in Afrika (M 2, Z. 11 f.).

Verstädterte Gebiete / Entwicklungspole

In der vom Mittelmeer beeinflussten Klimazone liegen auch die tunesischen **Großstädte** und Fremdenverkehrsgebiete: der Großraum Tunis, eingeschränkt auch das etwas weiter nördlich liegende Bizerte, der Verdichtungsraum von Sousse / Monastir / Mahdia sowie das weiter südlich gelegene Sfax. Diese verstädterten Gebiete üben die Funktion räumlicher **Entwicklungspole** aus. Wirtschaftliche und soziale Parameter sind hier entsprechend hoch ausgebildet, während weite Teile des mittleren, westlichen und südlichen Tunesiens in dieser Hinsicht deutliche Entwicklungsnachteile erkennen lassen (M 5).

Tourismus und Tourismusgebiete

Das mediterrane Klima ist zudem ein wichtiger Faktor für den **Tourismus**, der immerhin 7 % des Bruttoinlandsproduktes Tunesiens generiert (M 2, Z. 17 ff.). Vom Tourismus profitieren 350 000 Menschen auf direkte und weitere 350 000 auf indirekte Weise. Das bedeutendste Tourismusgebiet ist die Insel Djerba im Südosten. Weitere wichtige Standorte befinden sich an der Ostküste, in Mahdia, im Raum Sousse / Monastir und an der Südküste der Halbinsel Cap Bon in Nordosttunesien. Spätestens seit zwei Terroranschlägen im Jahr 2015 gilt Tunesien nicht mehr als sicheres Reiseziel, was sich in einem Einbruch der Touristenzahlen niedergeschlagen hat. Bis Oktober 2016 hatte sich die Lage jedoch wieder etwas entspannt und es kamen wieder mehr Touristen als im gleichen Zeitraum des Vorjahres (M 2, Z. 19 ff.).

Oasen

Südlich an die vom **Mittelmeerklima** geprägte Zone schließt sich ein trockeneres **Steppenklima** an, das wiederum im Süden, beim Schott Djerid, in ein noch trockeneres **Halbwüstenklima** übergeht. Südlich des Schotts wird es schließlich von einem **Vollwüstenklima** abgelöst (M 1). Hier kann Landwirtschaft nur noch punktuell in **Oasen** betrieben werden, wo u. a. Dattelpalmen angebaut werden.

Bodenschätze / Rohstoffe

Tunesien verfügt im Gegensatz zu seinen Nachbarn Algerien und Libyen nur über ein begrenztes Potenzial an Bodenschätzen, von denen **Phosphate, Erdöl** und **Erdgas** sowie geringere Vorkommen an **Gold, Blei, Zink und Eisenerze** erwähnenswert sind (M 1). Die größten Phosphatlagerstätten befinden sich in der **Phosphatregion von Gafsa** in Südtunesien (M 1 und M 2, Z. 28 ff.). Von dort führt eine Bahnstrecke zum **Hafen Skhira** an der Ostküste, südlich von Sfax, von wo aus das für die Dünge- und Waschmittelproduktion wichtige Phosphat exportiert wird. Dies gilt auch für einen Teil des in Tunesien geförderten Erdöls. Ein anderer Teil des „schwarzen Goldes“ wird in einer an der Nordküste gelegenen Raffinerie bei Bizerte weiterverarbeitet. Im internationalen Maßstab und insbesondere im Vergleich zu Raffinerien in den Nachbarländern Algerien, Libyen und Italien handelt es sich hierbei aber um eine kleine Anlage (M 1).

Industrie

Die **industrielle Produktion** beschränkt sich im Wesentlichen auf die bereits genannten großen Städte **Tunis, Sousse** und **Sfax** (M 1). Die wichtigsten Industriezweige sind traditionell die Textil- und die Lederwarenindustrie. Allerdings ist die Textilindustrie in den letzten Jahren, bedingt durch die große Konkurrenz aus Ostasien und der Türkei sowie den dadurch verursachten Kostendruck, in Schwierigkeiten geraten (M 2, Z. 25 ff.). Weitere relevante Industriezweige sind die **KFZ-Zulieferindustrie** mit ca. 115 Betrieben und die **Luftfahrtindustrie** mit rund 65 Unternehmen (M 2, Z. 23 ff.). Die chemische Industrie hingegen, die sich im Wesentlichen auf die Anreicherung von Phosphat beschränkt, hat in jüngerer Zeit an Bedeutung verloren. Ihre Produktionsrückgänge sind im Wesentlichen auf soziale Konflikte in der Phosphatregion Gafsa zurückzuführen (M 2, Z. 27 ff.).

Informations- und Kommunikationstechnologie (IKT)

Als ein Wirtschaftszweig mit Zukunft könnte sich unter veränderten Rahmenbedingungen die **IKT-Branche** erweisen (M 2, Z. 31 ff.), die von 2010 bis 2014 um durchschnittlich 9,8 % gewachsen ist.

Dieses Wachstum ist vor allem **ausländischen Unternehmen** zu verdanken, die in Tunesien **Forschungs- und Entwicklungszentren** aufgebaut haben. Zudem verfügt das Land mittlerweile über qualifizierte Ingenieure mit Kenntnissen der CAD-/CAM2- sowie anderer digitaler Fertigungstechnologien. Von der tunesischen Regierung wurde die IKT-Branche im Rahmen des Programms „Smart Tunisia" sogar als „strategische[r] Sektor" (M 2, Z. 36) ausgerufen. Als zentrales Problem hat sich hier jedoch erwiesen, dass die Wirtschaftsentwicklung mit der wachsenden Bevölkerung und der zunehmenden Anzahl an Hochschulabgängern nicht Schritt halten konnte: Hochschulabsolventen mit guten IKT-Qualifikationen finden nicht genügend Arbeitsplätze in innovativen Industrie-und Wirtschaftszweigen (M 2, Z. 30–40).

2 **TIPP** *Anforderungsbereich II, Gewichtung 40 %*

In dieser Teilaufgabe sollen soziale und wirtschaftliche Entwicklungen der drei Maghrebstaaten verglichen werden. Dabei sind zeitliche, räumliche und thematische Aspekte zu berücksichtigen. Beachten Sie auch, dass in M 3 und M4 sowohl relative als auch absolute Zahlenangaben enthalten sind. Zu empfehlen ist, die Länder zunächst aus globaler Perspektive einzuordnen und zu vergleichen. In einem zweiten Schritt sollten für jedes Land relative Entwicklungen der in M 3 und M 4 genannten sozioökonomischen Merkmale quantifiziert werden. Hierzu sollte der Taschenrechner genutzt werden. Die aus den Berechnungen abgeleiteten Daten bilden schließlich die Grundlage für einen seriösen Ländervergleich.

Globale Einordnung

Im Hinblick auf die **globale Wettbewerbsfähigkeit** liegen die drei Maghrebstaaten Tunesien, Algerien und Marokko im unteren Bereich der Rangliste, die 138 Staaten auflistet. Am besten schneidet Marokko ab, das auf dem 72. Rang liegt, während Tunesien Rang 92 und Algerien Rang 97 einnimmt.
Vor allem das schlechte Abschneiden Algeriens ist bemerkenswert, da das BIP des Landes mit rund 156 Mrd. US-$ vergleichsweise hoch ist und in etwa dem vierfachen BIP Tunesiens entspricht (M 3, Daten von 2016). Algeriens Vorsprung ist auf Einnahmen aus dem Ölgeschäft zurückzuführen, von denen Tunesien und Marokko nicht in gleichem Maße profitieren können. Die überraschend geringe globale Wettbewerbsfähigkeit Algeriens könnte darauf zurückzuführen sein, dass die durch Öl erzielten Einnahmen zwar akkumuliert, aber nicht in geeigneter Weise in die Landesentwicklung reinvestiert wurden.
Sie schwache globale Leistungsfähigkeit der drei Länder spiegelt sich auch in deren Bruttonationaleinkommen (BNE) pro Kopf wider. Dieses fiel 2016 nämlich mit Werten von 2 850 US-$ (Marokko),

3 690 US-$ (Tunesien) und 4 270 US-$ (Algerien) ebenfalls gering aus. Auffallend ist jedoch, dass sich die wirtschaftliche Leistungsfähigkeit aller Maghrebstaaten seit der Jahrtausendwende deutlich verbessert hat. In Tunesien betrug die Steigerungsrate seither 62 %, während Marokko mit 107 % und Algerien mit 169 % sogar von noch höheren Zuwächsen profitieren konnten. (M 3)

Außenhandelsbilanz

Problematisch ist vor allem die negative Außenhandelsbilanz der drei Maghrebländer (M 4): Der Wert der Importgüter übersteigt den Wert der exportierten Güter. Auf diese Weise entstehen Finanzierungslücken im Staatshaushalt, die wieder geschlossen werden müssen. Allerdings fällt das **Außenhandelsdefizit** Tunesiens 2016 mit – 5,9 Mrd. US-$ noch vergleichsweise moderat aus. Algerien kommt auf ein deutlicheres Minus von 17,8 Mrd. US-$, Marokko sogar auf ein Defizit von 18,7 Mrd. US-$. Bemerkenswert ist jedoch, dass sich der negative Saldo der Außenhandelsbilanz in Tunesien seit dem Jahr 2000 vergleichsweise moderat entwickelt hat, während sich für Marokko eine deutlichere Zunahme verzeichnen lässt. Algerien konnte zwischen 2008 und 2016 noch eine positive Außenhandelsbilanz verbuchen (zuletzt +39,8 Mrd. US-$), 2016 verzeichnete es jedoch einen negativen Saldo von – 17,8 Mrd. US-$.

Inflation

Interpretiert man die Höhe der **Inflationsrate** (M 3) als Indikator für das Vertrauen der Bevölkerung in die wirtschaftliche Leistungsfähigkeit eines Landes, so nimmt Tunesien 2016 mit 3,7 % einen mittleren Wert zwischen Marokko (1,6 %) und Algerien (6,4 %) ein. Auffällig ist auch, dass zumindest in Marokko und Tunesien seit dem Jahr 2008 die Inflationsrate deutlich gesunken ist. Dies ist insofern überraschend, als in beiden Ländern die volkswirtschaftlich relevanten Tourismus-Einnahmen aufgrund ausgebliebener Touristenzahlen zurückgegangen sind.

Wirtschaftsstruktur

Die Wirtschaftsstruktur wird in allen drei Ländern vom **Dienstleistungssektor** beherrscht. Auffallend ist jedoch auch die relativ hohe Bedeutung der **Landwirtschaft**. In Algerien, in geringerem Maße auch in Tunesien, hat hingegen die Bedeutung der **Industrie**, vor allem in der jüngeren Vergangenheit, abgenommen. In der Summe weist Algerien den größten **Strukturwandel** auf, während Marokkos Wirtschaft im Vergleich zu den anderen Staaten am stärksten durch die Landwirtschaft geprägt wird.

Demographie

Eine weitere Gemeinsamkeit besteht darin, dass die **Bevölkerung** in den drei Maghrebländern in jüngerer Zeit **stark gewachsen** ist. Überwiegend geht das Wachstum auf die natürliche Bevölkerungsentwicklung zurück. Tunesien verzeichnet sowohl absolut als auch relativ das schwächste Wachstum: Zwischen 2000 und 2016 ist die dortige Bevölkerung nur um etwas mehr als 1,7 Millionen Einwohner gewachsen. Dies entspricht einem Anstieg um 17,6 %. Im

gleichen Zeitraum wuchs die Einwohnerzahl von Marokko um 6,4 Millionen Menschen (22,3 %), die Einwohnerzahl von Algerien sogar um 9,4 Millionen, was einem Anstieg von etwas mehr als 30 % gleichkommt.
Dementsprechend ist auch in allen drei Ländern der Anteil der **Kinder und Jugendlichen** relativ hoch. Der Anteil der Bevölkerung unter 15 Jahren lag 2016 in Tunesien bei 24 %, während in Marokko 27 % und in Algerien gar 29 % zu verzeichnen sind. Allerdings musste Marokko zwischen den Stichjahren 2000 und 2016 den größten Rückgang dieser Bevölkerungsgruppe, von 34 % auf 27 % verbuchen. Ähnliche Entwicklungen sind auch für Algerien und Tunesien abzulesen. Allerdings hat in Algerien seit dem Jahr 2008 der Anteil der Kinder und Jugendlichen unter 15 Jahren wieder um ein Prozent zugenommen, während in Tunesien ihr Anteil mit 24 % konstant geblieben ist. Nur in Marokko ist 2008–2016 ein geringer Rückgang um 2 % zu verzeichnen.

Bildung

Die **Alphabetisierungsrate** ist in allen drei Ländern vergleichsweise hoch: Marokko kommt 2016 bei den Männern auf einen Wert von 82 %, Algerien auf 86 % und Tunesien sogar auf 90 % (M 3). Auffällig ist, dass die Werte für Frauen durchgängig deutlich niedriger liegen. Marokko kommt hier nur auf 62 %, während Tunesien und Algerien immerhin jeweils 73 % verzeichnen können. Festzuhalten ist auch, dass sich in allen drei Ländern die Alphabetisierungsrate sowohl bei Männern als auch bei Frauen seit dem Jahr 2000 konstant erhöht hat. Allerdings fielen die Zuwächse in Marokko und Algerien deutlich höher als in Tunesien aus. Dieser Umstand ist darauf zurückzuführen, dass der Alphabetisierungsgrad der Bevölkerung in Tunesien im Jahre 2000 schon vergleichsweise hoch lag und schon allein aus diesem Grund die Zuwachsraten nicht mehr so hoch sein konnten: Damals erreichte die Alphabetisierung in Tunesien bei den Frauen einen Wert von 61 % und bei den Männern einen Wert von 81 %. Der **vergleichsweise hohe Bildungsstand** gerade der jungen tunesischen Bevölkerung war wiederum eine wesentliche Grundlage für die positive Entwicklung der IKT-Branche.

Arbeitslosigkeit

Die **Arbeitslosigkeit** (M 3) als Ausdruck der wirtschaftlichen Leistungsfähigkeit eines Landes zeigt für das Jahr 2016, dass die Situation in Tunesien mit 14,8 % erkennbar schlechter ist als in den beiden Nachbarländern. Algerien kommt auf 11,2 %, in Marokko liegt der Anteil der Arbeitslosen nur bei 10 %. Bemerkenswert ist auch, dass in allen drei Ländern zwischen den Stichjahren 2000 und 2008 die Arbeitslosenquote zum Teil massiv zurückgegangen ist. In Algerien konnte sogar eine Reduzierung von 29,8 % auf 11,3 % verzeichnet werden. In Marokko sank die Arbeitslosenquote um 4 % von 13,6 % auf 9,6 % ab, während in Tunesien ein etwas moderaterer

Abfall von 15,7 % auf 12,4 % (–3,3 %) erfasst wurde. Jedoch ist in Tunesien in jüngerer Zeit wieder ein Anstieg der Arbeitslosenquote zu beobachten gewesen, von 12,4 % im Jahre 2008 auf 14,8 % im Jahr 2016. Diese Entwicklung ist aus volkswirtschaftlicher Perspektive hochbrisant, weil sie zur Abwanderung von Spezialisten und Experten führt, in deren Ausbildung Tunesien investiert hat. Diesen Prozess bezeichnet man als **Braindrain**.
Im genannten Zeitraum verzeichnete Marokko nicht ganz so hohe Zuwächse der Arbeitslosenzahlen; in Algerien ist die Arbeitslosenquote sogar weiter abgesunken, wenn auch nur geringfügig.

Binnenmigration

Der Anteil der **städtischen Bevölkerung** wächst in allen drei Ländern an: 2016 lebten dort zwischen 61 % und 71 % in Städten, wobei die Abwanderung aus den ländlichen Räumen seit 2000 kontinuierlich fortgeschritten ist. Dies ist die Folge von **Binnenwanderungen**, die sowohl die Großstädte als Zielgebiete als auch die ländlichen Räume als Quellgebiete vor erhebliche Herausforderungen stellen.

Fazit

Insgesamt lässt sich festhalten, dass Tunesiens Wirtschaft im regionalen Vergleich als **vulnerabel** eingeschätzt werden muss. Ein relevanter und dauerhaft wirkender Stressfaktor ist die **Bedrohung** des Landes **durch Terroranschläge**, die (in der Vergangenheit) nicht nur den Tourismus getroffen haben, sondern das gesamte Land nach außen als unsicher erscheinen lassen. Darüber hinaus bedeutet die zunehmende Einbindung Tunesiens in weltwirtschaftliche Verflechtungen eine stärkere Verletzbarkeit bei globalen Konjunkturschwankungen.
Im Gegensatz zum Nachbarland Algerien, das seine wirtschaftliche Stärke aus den Öleinnahmen bezieht, ist die potenzielle Leistungsfähigkeit Tunesiens zwar schwächer, gleichwohl könnte sich der günstigere demographische Aufbau der Bevölkerung in Zukunft positiv auswirken. Was Marokko betrifft, so ist Tunesien als wirtschaftlich stärker und auch innovativer einzuschätzen.
Für alle drei Staaten ist zudem festzustellen, dass es große interne sozioökonomische Disparitäten gibt. Räumlich schmalen **Aktivräumen in Meeresnähe**, in denen deutliche Urbanisierungstendenzen erkennbar sind, stehen große **Passivräume** in den **küstenferneren Hinterlandgebieten** gegenüber. Diese können aus sozioökonomischer Perspektive als rückständig und von Entleerung bedroht eingeordnet werden.

3 **TIPP** *Anforderungsbereich III, Gewichtung 30 %*

Diese Teilaufgabe erfordert eine Bewertung der in den ersten beiden Teilaufgaben herausgearbeiteten Strukturmerkmale und Entwicklungstendenzen Tunesiens. Ausgangspunkt des Diskurses ist eine Betrachtung der vorhandenen politischen und wirtschaftlichen Beziehungen zur EU (M 5 und M 2). Darauf aufbauend sollen Sie einerseits die Möglichkeiten erörtern, unter denen eine Weiterentwicklung dieser Beziehungen möglich ist. Andererseits sollten auch relevante Risikofaktoren angesprochen werden.

Bezugnahme zum Zitat von Merkel

Der Einschätzung der deutschen Bundeskanzlerin Angela Merkel, Tunesien sei für die Europäer in unmittelbarer Nachbarschaft „weiterhin ein Leuchtturm der Hoffnung", lässt sich zumindest in Teilen zustimmen. Dafür spricht, dass sich Tunesien als erstes Land der Maghrebregion auf friedliche Weise aus einer Diktatur gelöst hat. Zudem gibt es eine Reihe von Hinweisen darauf, dass sich Tunesien Europa kulturell und wirtschaftlich annähern möchte. Bereits 1995 hat das kleine Maghrebland mit der EU ein **Assoziationsabkommen** geschlossen, das die Basis für das Erlangen des Status einer **„privilegierten Partnerschaft"** im Jahr 2012 war. Seither profitiert das Land von umfangreichen Hilfsprogrammen, die die wirtschaftliche Wettbewerbsfähigkeit stärken sollen. Die Zeichen stehen gut dafür, dass in nicht allzu ferner Zukunft zwischen Tunesien und der EU ein vollständiges **Freihandelsabkommen** zustande kommen könnte (M 2, Z. 41 ff.).

Handelsbeziehungen zur EU

Die starke Bindung an die EU zeigt sich auch in den **Handelsbeziehungen**. 2015 gingen 29 % der Exporte nach Frankreich, 19 % nach Italien, 11 % nach Deutschland und 5 % der Exporte nach Spanien, während in die Nachbarländer Algerien und Libyen nur jeweils 4 % exportiert wurden. Ganz ähnlich sieht die Bilanz bei den Importen aus: Tunesien bezog 2015 die meisten Handelsgüter aus Frankreich (18 %), was an den noch vorhandenen Bindungen aus der Kolonialzeit liegen dürfte. Auf dem zweiten Rang liegt Italien mit 15 %, gefolgt von China (8 %) und Deutschland (7 %). Das Nachbarland Algerien liegt mit 4 % nur auf dem siebten Platz (M 4).

Terrorismus als Risikofaktor

Dagegen ist der islamistische **Terrorismus** ein relevanter politischer Faktor, der immer wieder das Vertrauen in Tunesien als seriöser Partner der EU erschüttert. Auch die wenig erfolgreichen Bemühungen der Regierung, die wirtschaftliche Struktur des Landes nachhaltig zu verbessern, sind problematisch und bergen Gefahren in sich: Eine unbefriedigende ökonomische Situation vor Ort bedeutet stets auch sozialen Unfrieden, der terroristische Bewegungen stärken kann. Aus der Masse der jungen, unzufriedenen Männer lassen sich unter wirtschaftlich schwierigen Bedingungen vergleichsweise leicht Personen rekrutieren, die empfänglich für radikales islamistisches Gedankengut sind.

Tunesien kann eigentlich nur dann ein geschätzter **Partner der Europäischen Union** werden, wenn das Land seine wirtschaftlichen und sozialen Probleme mittelfristig und dauerhaft in den Griff bekommt. Es ist zu erwarten, dass die Verbesserung der wirtschaftlichen Situation auch zu einer Reduzierung des Braindrain führen wird und somit indirekt die IKT-Branche wie geplant ausgebaut werden kann. Dann, aber auch nur dann, könnte der Einschätzung der Bundeskanzlerin vollständig zugestimmt werden. Fazit

GASTURBINEN FÜR ÄGYPTEN – EIN ZUKUNFTSFÄHIGES STROMVERSORGUNGSPROJEKT?

Aufgabenstellung

1 Beschreiben Sie das Megaprojekt zur Stromversorgung in Ägypten (M 1 – M 2, Atlas).

2 Erläutern Sie die Energieversorgung Ägyptens unter Berücksichtigung der naturräumlichen und sozio-ökonomischen Bedingungen (M 1 – M 5, Atlas).

3 Erörtern Sie, ob das Megaprojekt Nachhaltigkeitsansprüchen gerecht wird.

Hilfsmittel: eingeführter Schulatlas, Taschenrechner

M 1 Das „Siemens-Megaprojekt“ in Ägypten

Im Inneren des blauen Stahlkastens summt und wummert es. Die ersten beiden Turbinen arbeiten bereits, draußen am Zaun warnen Schilder vor der frisch erzeugten Hochspannung. Auf riesigen Bildschirmen halten die Techniker im Kontrollzentrum das nagelneue Geschehen im Blick. 30 Autominuten vor den Toren der 25-Millionen-Metropole Kairo baut Siemens in der Wüste das größte Gaskraftwerk der Welt: [„New Capital“].
Im Rahmen des Megaprojektes entstehen [zusätzlich] zwei baugleiche Schwestergiganten in Beni-Suef am Nil und in Borollos am Mittelmeer. [Alle drei zusammen können] zukünftig Strom für 45 Millionen Menschen liefern. Das entspricht der Hälfte der ägyptischen Bevölkerung. 14 400 Megawatt werden die drei Ende 2018 produzieren […]. Obendrein will der Münchner Konzern im Rahmen des Projektes noch zwölf Windparks errichten, die weitere 2 000 Megawatt beisteuern.
Die Stimmung auf der Baustelle „New Capital“ ist entspannt und gelassen. Alles befindet sich im Zeitplan, auch Siemens-Chef Joe Kaeser ist angereist. Stolz führen die Ingenieure Besucher durch die 1,3 Kilometer lange Anlage, die Bundeskanzlerin Angela Merkel und Ägyptens Staatschef Abdel Fattah al-Sissi vom Präsidentenpalast aus per Videolink offiziell einweihen. Damit geht das erste Drittel der geplanten Gesamtkapazität offiziell ans Netz. […]
Alle drei Kraftwerke werden in Weltrekordzeit gebaut – alle sprechen nur vom „Megaproject“. Die Gasturbinen sind noch nie zuvor verwendete Giganten mit sechs Metern Durchmesser und einem Gewicht von 500 Tonnen, die von Berlin und Mülheim aus über den Hafen Alexandria herangeschafft werden. Erst vor 19 Monaten, im

Juli 2015, begann man, die drei Bauflächen abzustecken und zu begutachten. […] Rund 5 000 Menschen arbeiten auf dem Gelände, in den beiden Schwesterwerken Beni-Suef und Borollos sind es weitere 20 000. Die meisten sind Ägypter der ägyptischen Baufirma Orascom, die für den Beton- und Stahlbau verantwortlich ist. Das technische Innenleben, die Gas- und Dampfturbinen, die Transformatoren, die Kühlanlagen sowie die gesamte Computersteuerung kommen von Siemens.
Jedes Teil muss aus Deutschland geliefert und vor Ort eingebaut werden. 13 000 Container sind im Einsatz, für jedes der drei Kraftwerke werden 120 000 Tonnen Material importiert. [Der Wirkungsgrad liegt schließlich] ein Drittel höher als in den bisherigen ägyptischen Anlagen. Beim Gaseinsatz spart das Land dadurch 1,2 Milliarden Euro pro Jahr, sodass sich die Investitionskosten von sechs Milliarden Euro bereits nach fünf Jahren amortisieren. […]

Quelle: verändert nach Martin Gehlen, http://www.handelsblatt.com/unternehmen/industrie/siemens-grossprojekt-merkel- weiht-baustelle-in-aegypten-ein/19465056.html, 02. 03. 2017

M 2 Wirtschaftskarte Ägypten

Farbkarte zum Download:
www.stark-verlag.de/mystark

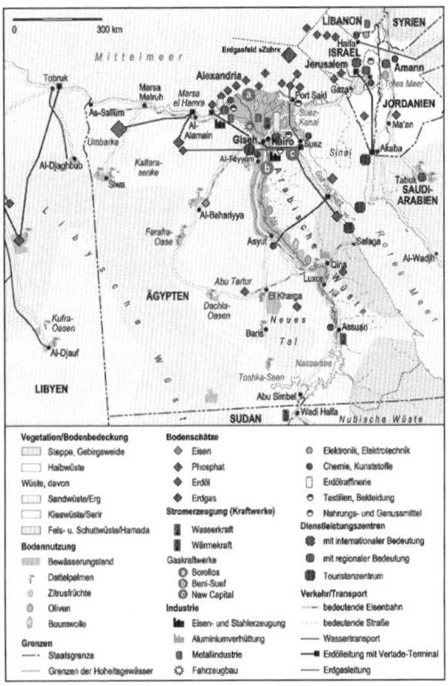

Quelle: © cartomedia, Karlsruhe

M 3 Sozio-ökonomische Daten: Ägypten

	Einheit	2000	2010	2016
Bevölkerung	Mio.	69,9	84,1	95,7
BNE / Kopf (kaufkraftbereinigt)	US-$	5 910	9 470	11 110
Wirtschaftswachstum (Vgl. zum Vorjahr)	%	5,4	5,1	4,3
Stromverbrauch / Kopf	kWh	962	1 551	1 658
Industrieproduktion (Anteil am BNE)	%	17	14	12
Dienstleistungen (Anteil am BNE)	%	50	48	55
ADI (Zufluss)	Mio. US-$	1 235	6 386	6 885
CO_2-Emissionen	Mio. t	99	176	137 (2014)
Stromproduktion mit		**2000**	**2010**	**2014**
• Öl	GWh*	22 313	19 782	21 029
• Erdgas		41 996	112 264	135 177
• Wasser		13 697	13 046	13 979
• Solar		0	206	247
• Wind		137	1 498	1 315
• Sonstige		0	0	0
Energierohstoffe		**2000**	**2010**	**2014**
• Rohöl	1 000 t			
– Produktion		34 728	33. 308	29 364
– Import		0	3 694	3 047
– Export		9 891	9 438	9 945
• Erdgas	GWh*			
– Produktion		186 548	599 700	595 990
– Import		0	0	0
– Export		0	136 955	68 310

* **GWh (Gigawattstunde):**
Maßeinheit für die Energiemenge. 1 GWh = 1 Mio. kWh (Kilowattstunden)

Quellen: http://databank.worldbank.org/data/Views/Reports/ReportWidgetCustom.aspx?Report_Name=CountryProfile&Id=b450fd57&tbar=y&dd=y&inf=n&zm=n&country=EGY; www.iea.org/statistics/statisticssearch/report/?product=Indicators&country=EGYPT; Zugriff am 22. 10. 2017

M 4 Energieversorgung in Ägypten

Ägypten legte auf dem UN-Klimagipfel in Paris 2015 eine Zusage vor, die sich wesentlich auf Energieeffizienzmaßnahmen stützt. Bis 2022 sind, laut Zahlen des Strom- und des Erdölministeriums, konkrete Energieeinsparungen angestrebt, deren Ziel für die Industrie 20 % beträgt. Als größtem Energiekonsumenten des Landes kommt dem Beitrag der Industrie eine Schlüsselrolle bei der Senkung des Verbrauchs zu. Zahlen der Internationalen Energieagentur von 2013 zufolge verbrauchte die Industrie 33 % des Stroms und stand für 43 % des Gesamtenergieverbrauchs. Die ägyptische Behörde *New and Renewable Energy Authority* (NREA) erwartet, dass die Industrie 2020 rund doppelt so viele Erdölprodukte, Erdgas und Strom benötigen wird wie 2016. Der spezifische Energieverbrauch je produzierter Einheit lag 2010 laut einer Studie um 10 bis 50 % über dem internationalen Durchschnitt.

Bis zum Sommer 2014 steuerte Ägypten auf eine handfeste Energiekrise zu. Bevölkerungszahl und Wirtschaftsleistung legten zu, während die Kraftwerkskapazitäten nicht mehr ausreichten und das veraltete Stromnetz die Anforderungen immer schlechter bewältigen konnte. Es kam zu Ausfällen in der Strom- und Gasversorgung. Zugleich belasteten Subventionen der Strompreise sowie für Erdgas und Erdölprodukte den Staatshaushalt stark.

In der auch politisch brisanten Stromkrise ließ die ägyptische Regierung Kraftwerke und Stromnetz warten und plante umfangreiche neue Kapazitäten. Allerdings führte das Bemühen um die Sicherung der Inlandsversorgung auch dazu, dass sich das Land 2015/2016 vom Nettogasexporteur zum -importeur wandelte und somit wichtige Deviseneinnahmen wegfielen.

Die Ausbeutung großer neuer Erdgasvorkommen dürfte ab 2018 schrittweise die Brennstoffversorgung der vorherrschenden Gaskraftwerke erleichtern und Spielraum für Exporte lassen. Dabei erwartet man vor allem von dem 2015 vor der ägyptischen Küste entdeckten Gasfeld „Zohr" einen wichtigen Beitrag: Die Lagerstätte ist die größte im Mittelmeerraum und soll etwa 850 Mrd. m^3 Gas enthalten. Dem steht eine ägyptische Jahresfördermenge von 44,3 Mrd. m^3 (2015) gegenüber. Schon im Herbst 2016 begann der Bau einer Unterwasserpipeline, um Zohr an das Pipelinenetz anzuschließen. Ende 2017 soll das erste Gas fließen.

Die Rahmenbedingungen für den Import von Bauteilen zur Steigerung der Energieeffizienz haben sich in den vergangenen Monaten verschlechtert. Zusätzlich zur Abwertung des ägyptischen Pfundes im März 2016 erschwert die unregelmäßige Verfügbarkeit von Devisen die Einfuhren auch in diesem Bereich.

Perspektivisch hofft Ägypten, zu einem wichtigen Akteur der regionalen Stromversorgung zu werden und Überkapazitäten ins Ausland zu exportieren. Ägyptens Stromnetz ist bereits seit 1998 mit denen von Jordanien und Libyen verbunden. Da Jordanien auch mit Syrien und Syrien mit Libanon verbunden ist, einigten sich die Länder auf eine Kooperation. Der Nettoexport Ägyptens nach Libyen lag 2014/2015 bei rund 40 GWh, der nach Jordanien bei rund 645 GWh.

Quellen: zusammengestellt nach: Germany Trade & Invest: www.gtai.de/GTAI/Navigation/DE/Trade/Maerkte/Trends/EE-Produktion/Land-Aegypten/trend-land-aegypten.html, veröffentlicht am 17. 10. 2016; www.gtai.de/GTAI/Navigation/DE/Trade/Maerkte/suche,t=erdgasfund-eroeffnet-

aegypten-neue-moeglich keiten,did=1308730.html, veröffentlicht 02. 09. 2016; www.bloomberg.com/news/articles/2017-02-06/egypt-said-to-seek-lng-as-bp-to-eni-gas-flow-to-restore- exports, veröffentlicht 02. 06. 2017; www.gtai.de/GTAI/Navigation/DE/Trade/Maerkte/suche,t=aegypten-auf-dem-weg-zur-selbst-versorgung-mit-erdgas, did=1664394.html, veröffentlicht am 21. 03. 2017; Deutsch-Arabische Industrie- und Handelskammer (Hrsg.): Ägypten. Photovoltaik. Kairo 2017. Abrufbar unter: www.german-energy-solutions.de/GES/Redaktion/DE/Publikationen/Marktanalysen/2017/zma_aegypten_2017solar energie.pdf?__blob=publicationFile&v=3, Zugriff am 22. 10. 2017

M 5 Stromerzeugung in Ägypten: Produktionskapazität und Spitzenlast

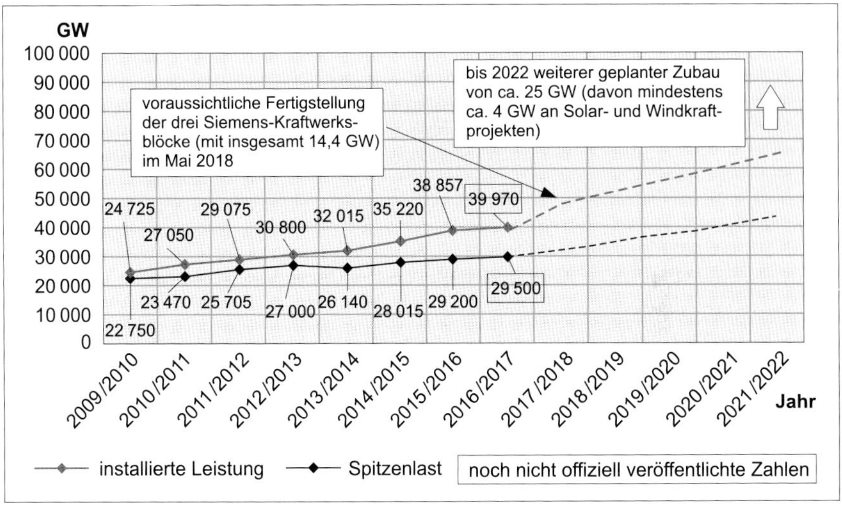

Hinweis: GW (Gigawatt, Maßeinheit für die Leistung)

Quelle: Deutsch-Arabische Industrie- und Handelskammer (Hrsg.): Ägypten. Photovoltaik. Kairo 2017 (www.german-energy-solutions.de/GES/Redaktion/DE/Publikationen/Marktanalysen/2017/ zma_aegypten_2017_solarenergie.pdf?__blob=publicationFile&v=3 (S. 24), Zugriff am 22. 10. 2017

TIPP **Allgemeine Hinweise zur Lösung der Aufgabe**

Die Aufgabenstellung aus dem Jahr 2018 bezieht sich auf das **Fachmodul 3: Ressourcennutzung und nachhaltige Entwicklung** mit den Schwerpunkten „Entwicklungspotenziale und -perspektiven" sowie „Anforderungen und Maßnahmen der nachhaltigen Raumnutzung".
Raumbezug ist das **Raummodul 2: Nordafrika und Vorderasien (Orient)**. In dieser Aufgabe werden v. a. die „Ressourcen Erdöl, Erdgas und Wasser als Entwicklungsfaktoren und Konfliktpotenzial" thematisiert.
Den **inhaltlichen Schwerpunkt** bildet die Erläuterung der Energieversorgung Ägyptens. Am Fallbeispiel des Siemens-Projekts sollen Aspekte der Nachhaltigkeit erörtert werden.
An **prozessorientierten Kompetenzen** sind gefordert: die materialbasierte Analyse geografischer Daten sowie die Bewertung eines Szenarios auf der Basis von Kriterien zur Nachhaltigkeit.

Lösungsvorschlag

1 **TIPP** *Anforderungsbereich I, Gewichtung 25 %*

Basis für die Beschreibung des Projekts sind M 1 und die Karte M 2. Beginnen sollten Sie mit einer räumlichen Einordnung. Konkrete Angaben über den Bau sind dem Textauszug aus dem „Handelsblatt" (M 1) zu entnehmen. Vermeiden Sie dabei Paraphrasierungen und versuchen Sie, die Infrastruktur, die Dimensionen und die Bedeutung des Megaprojekts in eigenen Worten akzentuiert darzustellen.

Lage

Im Nordosten Ägyptens und damit im Nordosten des afrikanischen Kontinents entsteht derzeit das größte Gaskraftwerk der Welt. Dieses kann somit zu Recht als **Megaprojekt** bezeichnet werden. Es besteht aus drei Kraftwerksblöcken: einer in Borollos am Mittelmeer, ein weiterer in Beni-Suef am Nil und ein dritter, New Capital, im Südosten der Hauptstadt Kairo (M 2). Alle drei Kraftwerke liegen im Bereich des Nildeltas und damit in der Nähe der Erdgasvorkommen an der Mittelmeerküste.

Bauzeit und Dimensionen

Die ersten Bauvorbereitungen wurden Mitte 2015 getätigt. Die erste Anlage, „New Capital", ging bereits im März 2017 nach weniger als zwei Jahren Bauzeit an das Stromnetz (M 1). Ende 2018 sollen alle drei Kraftwerke Strom in das ägyptische Netz einspeisen. Im Handelsblatt ist von „Weltrekordzeit" die Rede und der Bau wird als technische und logistische Meisterleistung gewürdigt (M 1, Z. 20 ff., 29 ff.). Die Ausmaße der Gasturbinen (6 m Durchmesser und 500 t

Gewicht) verdeutlichen die gigantischen **Dimensionen** dieses Megaprojekts, ebenso die räumliche Ausdehnung (1,3 km je Anlage) und der gewaltige Bedarf an importierten Materialien (insgesamt 360 000 t). Mit einer Gesamtleistung von 14 400 Megawatt sollen die drei Kraftwerke umgerechnet Strom für die Hälfte der ägyptischen Bevölkerung liefern.

Leistung und Kosten

Aufgrund des im Vergleich zu anderen Anlagen der ägyptischen Stromerzeugung um ein Drittel höheren **Wirkungsgrades** rechnet man pro Jahr mit einem Einsparpotenzial von 1,2 Mrd. Euro. Gemessen daran hätten sich die **Investitionskosten** von 6 Mrd. Euro nach fünf Jahren amortisiert. Die enorme Leistung der Gaskraftwerke könnte noch um 2 000 Megawatt erhöht werden, wenn zwölf Windparks – ebenfalls bei Siemens in Planung – errichtet würden.

Politische und ökonomische Bedeutung

Die politische Bedeutung dieses Megaprojekts lässt sich auch daran ermessen, dass die **Einweihung** von der deutschen Bundeskanzlerin Merkel und dem ägyptischen Staatspräsidenten al-Sissi vorgenommen wurde. Als Vertreter des ausführenden Unternehmens war Siemens-Chef Kaeser anwesend. Auch für Siemens und möglicherweise für weitere deutsche Zulieferer ist dieses Projekt von großer wirtschaftlicher Bedeutung. Die gesamte technische Infrastruktur inklusive der Steuerung stammt direkt von Siemens. Auch die geplanten **Windkraftanlagen** sollen bei dem Münchener Konzern in Auftrag gegeben werden. Für die Hochbauten ist in erster Linie die ägyptische Baufirma Orascom verantwortlich, die auch einen Großteil der insgesamt 25 000 **Arbeitskräfte** auf den drei Baustellen beschäftigt. Auch diese gigantische Zahl dokumentiert die enorme Bedeutung für die ägyptische Bauindustrie – zumindest während der Bauphase.

Fazit

In Ägypten entsteht derzeit ein echtes Megaprojekt der Stromerzeugung. Als **Joint-Venture** deutscher und ägyptischer Partnerschaft hat dieses Projekt für beide Seiten wirtschaftliche Relevanz. Es handelt sich um ein technisch anspruchsvolles Vorhaben mit einem relativ hohen Wirkungsgrad und gigantischen Dimensionen im Hinblick auf die Ausführung und die energetische Leistung.

2 **TIPP** *Anforderungsbereich II, Gewichtung 40 %*

Grundlage für die Erläuterung der Energieversorgung sind alle Materialien und ggf. der Atlas. Inhaltlich sind naturräumliche und sozioökonomische Bedingungen zu berücksichtigen. Der erste Aspekt bezieht sich auf die Ausstattung Ägyptens mit Rohstoffen bzw. nutzbaren Energiequellen. Hierzu bieten der Atlas, die Karte M 2 und Angaben aus M 4, Z. 23 ff. Informationen. Der zweite Aspekt bezieht sich auf die Ausstattung Ägyptens mit der technischen Infrastruktur, die für die Energieversorgung erforderlich ist (Informationen v. a. aus M 2 und M 4) sowie auf den Strombedarf und seine Deckung (Informationen v. a. aus M 3 und M 5). Die Aufgabenstellung enthält zwar explizit keinen Zeitbezug. Da das Material aber Daten über verschiedene Zeiträume enthält, sollten Sie nicht nur den Status Quo erläutern, sondern auch erkennbare Entwicklungen miteinbeziehen.

Naturräumliche Bedingungen
– Rohstoffe und Energiequellen

Energiequellen sind Rohstoffe aus der **Pedosphäre** wie Kohle, Erdöl und Erdgas (sowie Erdwärme), Faktoren der **Hydrosphäre** (fließendes Wasser oder Gezeiten) sowie der **Atmosphäre** (Solarstrahlung oder Wind).

– fossile Quellen

Ägypten verfügt über keine Kohle-, wohl aber über einige **Erdölvorkommen** in den nördlichen Wüstenregionen sowie am Roten Meer und vor allem über **Erdgasfelder** im Küsten- und Schelfbereich des Mittelmeers. Hier fällt besonders das Erdgasfeld „Zohr" auf (M 2), das über eine Kapazität von 850 Mrd. m^3 Gas verfügen soll (M 4). Neben den Vorkommen an der Küste findet sich noch ein kleineres Erdgasfeld im Landesinneren (M 2).

– regenerative Quellen

Wasserkraft steht über den Nil zur Verfügung. Der Atlas (z. B. Diercke Weltatlas 2015, S. 248/249, Karten 3 und 4) weist übers Jahr für Ägypten mäßig starke **Winde** aus nordwestlichen Richtungen aus, sodass darin durchaus eine weitere **regenerative Energiequelle** zu sehen ist. Und **Solarenergie** dürfte aufgrund der geografischen Lage in den Subtropen ebenfalls in nennenswerter Menge verfügbar sein.

Nutzung der Energiequellen und technische Infrastruktur
– fossile Energie

Der Großteil des Stroms (2014 über 78 %) wird in Ägypten durch die Nutzung von Erdgas bereitgestellt. Dies war bereits 2000 so, allerdings lag der Erdgas-Anteil zur Jahrtausendwende erst bei etwas über 50 %. Seitdem hat sich die aus Erdgas produzierte **Strommenge** mehr als verdreifacht (M 3).

Die Erdgasfelder sind oder werden durch Pipelines mit den Kraftwerken verbunden. In der Karte M 2 ist im Zentrum des Nildeltas eine Signatur für Wärmekraftwerke verzeichnet. Darüber hinaus wird das Gas von den drei Blöcken des aktuellen Gaskraftwerk-Projekts abgenommen.

Erdöl wird seit 2000 in gleichbleibender Menge zur **Stromproduktion** herangezogen, wobei der Anteil von gut 28 % auf etwa 12 % im

Jahre 2014 gesunken ist. Etwa ein Drittel des produzierten Erdöls wird über Leitungen zu den Verladehäfen transportiert und von dort exportiert (M 2, M 3). Es wird auch Erdöl importiert – 2014 allerdings ein Sechstel weniger als 2010.

– regenerative Energie

Die Wasserkraft des Nils wird seit Jahrzehnten mithilfe des **Wasserkraftwerks** am Assuan-Staudamm genutzt. Sie stellt die mit einem Anteil von 8 % (2014, M 3) drittgrößte Quelle für die Stromproduktion dar. Die Menge des durch Wasserkraft erzeugten Stroms ist ähnlich wie beim Öl in den letzten 15 Jahren nahezu gleich geblieben. Im Jahr 2000 betrug der Anteil der Wasserkraft an der Stromproduktion noch über 17 % (M 3). Die Strommenge aus dieser Quelle stagniert somit seit Längerem und ihr Anteil hat deutlich abgenommen. Die Menge des **Windstroms** hat sich zwischen 2000 und 2010 mehr als verzehnfacht, ging aber in den folgenden vier Jahren wieder leicht zurück. Dies soll sich nach den neusten Plänen jedoch wieder ändern. Der Anteil der Windenergie an der Stromerzeugung betrug 2014 gut 6 %. Er ist damit insgesamt relativ gering. Der Anteil des Solarstroms war im gleichen Jahr mit 0,14 % nahezu unbedeutend. Eine signifikante Zunahme zeichnet sich auch nicht ab.

Strombedarf / -erzeugung / -verbrauch

Die ägyptische Bevölkerung und der Stromverbrauch pro Kopf sind in diesem Jahrtausend stetig gewachsen (M 3), folglich also auch der Stromverbrauch insgesamt. Für einen weiter wachsenden **Energiebedarf** spricht auch das 2014 immer noch relativ hohe **Wirtschaftswachstum** von 4,3 %. Auch der beträchtliche Wert der **ausländischen Direktinvestitionen**, der 2016 gegenüber 2010 noch einmal leicht angestiegen ist, kann in diesem Sinne interpretiert werden. Mit 33 % des Strom- bzw. 43 % des Gesamtenergieverbrauchs (2013) ist die Industrie der Hauptkonsument (M 4). Die **Prognosen** der NREA gehen gar von einer Verdopplung des industriellen Bedarfes an Erdölprodukten, Erdgas und Strom bis 2020 aus. In M 4 ist davon die Rede, dass Ägypten um 2014 in einer **Energiekrise** steckte und es zu Ausfällen in der Strom- und Gasproduktion kam. Vor diesem Hintergrund gibt die Prognose der NREA durchaus zur Sorge Anlass. Andererseits erlaubt z. B. die Entdeckung des Erdgasfeldes „Zohr" zumindest für die **Gasproduktion** ein wenig mehr Zuversicht. Allein dieses Gasfeld würde eine Jahresfördermenge von 44,3 Mrd. m^3 (2015, M 4) fast zwanzig Jahre lang decken können.

– Wachstum

– Prognose

– Stromhandel

Da Ägyptens Stromnetz mit Nachbarstaaten verbunden ist, bietet sich grundsätzlich die Möglichkeit des **Stromhandels**. Dadurch könnten Engpässe überbrückt werden, sofern **Devisen** zur Verfügung stehen. Der Rückgang der **Gasexporte** (M 3) ist allerdings mit einem Rückgang der Deviseneinnahmen verbunden. In M 4 ist sogar die Rede davon, dass sich Ägypten zu einem Nettogasimporteur entwickeln könnte, was angesichts der Förderoptionen durch neue Erdgasfelder aber wenig wahrscheinlich sein dürfte. In jedem Fall stehen mit sinkenden Deviseneinnahmen auch geringere **Investitionsmittel** zur Verfügung, z. B. für den Import von Bauteilen zur Steigerung der **Energieeffizienz**. Die Abwertung des ägyptischen Pfunds 2016 trägt zur Verschärfung dieser Situation bei (M 4).

– Stromerzeugung

M 5 belegt **Überkapazitäten**, vergleicht man die Stromerzeugung und den Strombedarf unter Spitzenlast. Lagen beide Größen 2009/10 noch nah beisammen, so übersteigen besonders ab 2014/15 die Kapazitäten den Spitzenbedarf deutlich. Und durch das Megagasprojekt sowie ambitionierte weitere Zubau-Planungen, die auch Solar- und Windkraft miteinbeziehen, scheint die **Energieversorgung** Ägyptens zumindest in den nächsten Jahren nicht gefährdet.

Fazit

Nach einer kritischen Phase um 2014 herum scheint die Energieversorgung Ägyptens heute gesichert zu sein. Durch Verbesserungen in der Energie-Infrastruktur und in der Energie-Effizienz scheint die Krise überwunden.

3 **TIPP** *Anforderungsbereich III, Gewichtung 35 %*

Die Aufgabe verlangt letztlich ein Werturteil von Ihnen. Um zu entscheiden, ob das Megaprojekt Nachhaltigkeitsansprüchen gerecht wird, müssen diese erst einmal definiert werden. Die Kriterien für Nachhaltigkeit lassen sich in Anlehnung an das Nachhaltigkeitsdreieck in ökologische, soziale und ökonomische Aspekte einteilen. Die ökologische Seite lässt sich am Umgang mit Ressourcen festmachen, hier im Hinblick auf Energieerzeugung und mögliche Klimafolgen. Ziel muss eine Vermeidung oder Verminderung des Ressourcenverbrauchs sein. Die wirtschaftliche Seite beinhaltet die möglichst langfristige Sicherung der Grundlagen für eine stabile oder wachsende Volkswirtschaft. Die soziale Seite orientiert sich an der Sicherung der Grundbedürfnisse der Menschen und einer gerechten Verteilung innerhalb der Bevölkerung. Diese drei Kriterien sollten Sie berücksichtigen und am Ende Ihrer Erörterung möglichst ausgewogen in eine Gesamtbewertung einfließen lassen.

Ökologische Aspekte
– Emissionen

Gas ist ein fossiler **Energieträger** und setzt als solcher Kohlenstoffdioxid frei. Die **CO_2-Emissionen** hatten 2010 ein Maximum erreicht und sind bis 2014 um 22 % gefallen (M 3), was mit der Energiekrise 2014 (M 4) zusammenhängen könnte und teilweise wohl auch durch die in M 4 genannten Effizienzsteigerungen zu erklären ist. Das Gaskraftwerk wird die CO_2-Emissionen mit Sicherheit wieder erhöhen. Es steht daher den Zielen des **Klimaschutzes** entgegen und erschwert die Einhaltung von Ägyptens Zusage auf dem Klimagipfel von Paris 2015. Aufgrund des höheren **Wirkungsgrades** ist die

Verbrennung von Gas allgemein und speziell in modernen Kraftwerken im Vergleich zu älteren Anlagen zwar schonender für das Klima. In diesem Sinne könnte das Projekt zumindest als **eingeschränkt nachhaltig** bezeichnet werden. Allerdings basierten 2014 mehr als 90 % der Stromproduktion in Ägypten auf Öl und Erdgas, also auf endlichen Quellen. Der Anteil dieser nicht nachhaltigen Energieerzeugung wird durch das Projekt erhöht.

– Windkraftanteil

Rechnet man die zusätzlich eingeplanten 2 000 Megawatt aus Windenergie in dieses Projekt mit ein, so entspräche dieser nachhaltig erzeugte Anteil lediglich 12 %.

– Entwicklung des Energiebedarfs

Das Wachstum der ägyptischen Bevölkerung, des Wohlstandes und der Wirtschaft generieren einen zunehmenden **Energiebedarf**. Selbst unter Berücksichtigung effizienzsteigernder Technologien – wie in dem Gaskraftwerk-Projekt eingesetzt – kann eine Deckung dieses Mehrbedarfs durch fossile Energieträger nicht als nachhaltig bezeichnet werden. Eine **nachhaltige Strategie** zur Deckung dieses Mehrbedarfs sollte eher auf den Ausbau erneuerbarer Energieträger setzen. Entsprechende Tendenzen deuten sich auch durchaus an: Immerhin werden 4 GW Solar- und Windkraft als **Zielwert** bis 2022 angestrebt (M 5).

Wirtschaftliche Aspekte

– Gasvorkommen

Die Entscheidung für den Bau von Gaskraftwerken kann vor dem Hintergrund der landeseigenen **Gasvorkommen**, insbesondere des ergiebigen Erdgasfeldes „Zohr“, als ökonomisch sinnvoll angesehen werden. Solange diese Ressource zur Verfügung steht, lassen sich die Abhängigkeit und die Kosten von **Ölimporten** reduzieren.

– Gasverbrauch

Die Steigerung des landeseigenen Gasverbrauches schränkt allerdings die Möglichkeiten des **Gasexportes** weiter ein. Bereits zwischen 2010 und 2014 war ein Rückgang auf die Hälfte zu verzeichnen (M 3).

– Stromexport

Die Steigerung der Stromproduktion erlaubt möglicherweise eine Erhöhung des **Stromexports** z. B. nach Libyen und Jordanien. Dieser war 2014/15 mit unter 700 GWh relativ gering. Voraussetzung dafür sind außer Überkapazitäten die Funktionsfähigkeit der **Infrastruktur** und die **Nachfrage** der Kooperationspartner (außer Libyen und Jordanien auch Syrien und Libanon).

– Kosten

Die neuen Gaskraftwerke arbeiten effizient, wodurch auf der einen Seite die **Rohstoffkosten** gesenkt werden können. Die zusätzlichen Windkraftanlagen verursachen überhaupt keine Rohstoffkosten. Auf der anderen Seite verfälschen **Subventionen** für Erdgasprodukte die Preise auf dem Energiemarkt und belasten den Staatshaushalt.

Die zusätzlich durch die neuen Gas- und Windkraftanlagen erzeugten Strommengen können als Impuls für ein weiteres **Wirtschaftswachstum** bewertet werden. Sie sichern die Stromversorgung und beleben möglicherweise die industrielle Entwicklung. Der Bau der neuen Anlagen ist mit Aufträgen für inländische Unternehmen verbunden, obwohl ein Großteil der Güter und Dienstleistungen importiert wird. Dennoch könnten sich positive **Rückkopplungseffekte** auf andere Wirtschaftsbereiche ergeben, z. B. Zuliefer- und Service-Betriebe oder auch Hoch- und Tiefbauunternehmen, die Folgeinfrastruktur (z. B. Pipelines) erstellen.

– Standortfaktor

Soziale Aspekte

– Erwerbstätigkeit

Der zwar zeitlich begrenzte, aber nicht unerhebliche Bedarf an Arbeitskräften (25 000, M 1) entlastet den **Arbeitsmarkt**, erhöht die **Beschäftigungsquote** und steigert weiter das Einkommen: So hat sich das BNE pro Kopf zwischen 2000 und 2016 fast verdoppelt.

– Lebensstandard

Das zu erwartende Bevölkerungswachstum und die voraussichtliche Zunahme des Wohlstands generieren allerdings auch einen erhöhten Energieverbrauch. Dieser hat wiederum negative **ökologische Effekte**. In diesem Zusammenhang zeigen sich die Wechselwirkungen unter den Nachhaltigkeitsaspekten noch einmal deutlich.

Fazit

Abgesehen von der Effizienzsteigerung, die mit der neuen **Gastechnologie** verbunden ist, und der Berücksichtigung regenerativer Energie in Form von Windkraft erscheint das Megaprojekt **ökologisch** wenig nachhaltig. **Ökonomisch** sind deutlich positive Effekte zu erwarten, wobei fraglich ist, ob sich diese im Sinne von langfristig anhaltenden Wirkungen als nachhaltig erweisen. Mittelfristig dürfte die mit dem Projekt verbundene Sicherung und Steigerung der Energieerzeugung aber die Wirtschaft stabilisieren. Die Lebensbedingungen vieler Menschen dürften sich durch das Projekt verbessern. Aber auch hier stellt sich die Frage nach der Wirkungsdauer. Ob ein Stromversorgungsprojekt nachhaltig zur Verringerung sozialer **Disparitäten** beitragen kann, ist aufgrund der Datenlage nicht zu sagen. Dieses Megaprojekt genügt sicher einigen Nachhaltigkeitsansprüchen – vor dem Hintergrund der globalen Bestrebungen zur **Dekarbonisierung** ist es allerdings nicht nachhaltig.

PORT HEDLAND – PERSPEKTIVE DURCH BERGBAU?

Aufgabenstellung

1 Beschreiben Sie naturräumliche Voraussetzungen für die wirtschaftliche Nutzung und für die Besiedlung Port Hedlands und der Pilbara-Region (M 1, M 2, Atlas).

2 Erläutern Sie die sozioökonomische Entwicklung Port Hedlands sowie dessen gegenwärtige ökonomische Bedeutung innerhalb der Pilbara-Region (M 1 – M 5, Atlas).

3 Beurteilen Sie, inwiefern der Bergbau für Port Hedland und die Pilbara-Region eine Perspektive bietet (M 1 – M 5, Atlas).

Hilfsmittel: eingeführter Schulatlas, Taschenrechner

M 1 Port Hedland und die Pilbara-Region – Aspekte der Entwicklung

Tag und Nacht kommen in den Anlagen der Fortescue Metals Group (FMG) in Port Hedland zwei Kilometer lange Züge voller Eisenerz an. Die Beladung der riesigen Frachter dauert einen Tag. Die bis zu 330 Meter langen Frachtschiffe haben dann einen Tiefgang von 19,7 Metern. Das Ausbaggern des flachen Hafenbeckens hat jedoch Grenzen, denn je größer das Volumen des Beckens, desto mehr Wasser strömt mit den Gezeiten hinein und hinaus. Damit wird die Strömung immer stärker. Bereits heute braucht jeder Frachter die Hilfe von vier kräftigen Schleppern, um die enge und flache Hafeneinfahrt sicher zu passieren. 2012 gelang es zum ersten Mal, während einer Flut eine Million Tonnen Eisenerz zu verschiffen. Mittlerweile geschieht dies rund einmal pro Woche.

455 Mio. t Fracht, überwiegend Eisenerz, haben 2016 den Hafen von Port Hedland in Richtung China verlassen. Wenn […] mit Roy Hill nach FMG und BHP Billiton ein dritter großer Eisenerzproduzent seine Kapazitäten voll ausgebaut hat, wird die Menge auf 510 Mio. Tonnen ansteigen. Damit ist Port Hedland der größte Exporthafen für Schüttgut der Welt. 2 874 Schiffe mit 70 000 Seeleuten steuerten [2015] Port Hedland an. Nach der großen Ausbauphase der vergangenen Jahre ist die Produktion nun auf Rekordniveau.

Die Mount Goldsworthy Mining Association begann 120 Kilometer östlich von Port Hedland als Erste mit dem Eisenerzabbau. Die Erznachfrage des ehemaligen Kriegsgegners Japan unterlag bis 1960 allerdings einem Embargo, dessen Aufhebung Arbeitssuchende in Scharen nach Port Hedland kommen ließ. Innerhalb von 18 Monaten wurde die erste Mine erschlossen, eine Bahn nach Port Hedland sowie dort die Verladeanlagen gebaut.

Mittlerweile werden die Anlagen fast vollständig aus Perth ferngesteuert. Selbst die kilometerlangen Züge werden in absehbarer Zukunft führerlos fahren. Vor Ort sind nur jene Angestellten, die direkt mit der Wartung der Anlagen zu tun haben. In der gesamten Pilbara-Region arbeiteten 2013 ca. 50 000 Fly-in-Fly-out-Erwerbstätige, die aus anderen Regionen Westaustraliens ins Einsatzgebiet geflogen werden. Vor Ort sind die Angestellten u. a. in Container-Wohnanlagen untergebracht; mit ihrer überdurchschnittlichen Finanzkraft treiben sie jedoch auch die Preise sowohl für Immobilien als auch für Mobile-Homes auf Campingplätzen in die Höhe.

Im Oktober 2018 kündigte die Regierung von Westaustralien an, weitere Wohnbebauung westlich des Hafens von Port Hedland infolge von gesundheitsschädlichen Staubkonzentrationen in der Luft zu verbieten.

Auch wenn die Bergbaubranche Westaustraliens wegen der gegenwärtig tiefen Rohwarenpreise leidet, macht man sich im Hafen von Port Hedland keine Sorgen. Dass die Produktion einbricht, ist wenig wahrscheinlich, und die Hafenbehörde verrechnet ihre Gebühren pro Schiff. Viel eher gibt es Ausbaupläne von BHP, neue Anlegeplätze im Hafen auszubauen. Die Pilbara Minerals Ltd. errichtet derzeit bei Marble Bar eine Anlage zur Produktion von Lithium-Feinkonzentrat, erste Verschiffungen sind geplant. Der Betreiber einer Lithium-Mine bei Wodgina beabsichtigt dort eine Landebahn für seine Fly-in-Fly-out-Arbeitskräfte zu errichten.

Die Hafenbehörde von Port Hedland veranlasste, dass Heiligtümer indigener Völker im Hafengelände von der staatlichen Schutzliste gestrichen wurden. 2015 urteilte das Oberste Gericht Westaustraliens jedoch, dass dies widerrechtlich geschah.

Quellen: eigene Zusammenstellung nach Zoll, P. (2016), in: www.nzz.ch/wirtschaft/wirtschafts-politik/australiens-exporthafen-port-hedland-eisenerz-und- eisenbahnen-ld.111131; www.theguardian.com/australia-news/2015/apr/02/landmark-wa-judgement-on-aboriginal-sacred-sites-prompts-call-for-review; Day, C. und O'Connor, K. (2018), in: ww.abc.net.au/news/rural/2018-10-16/port-hedland-population-cap-due-to-health-concerns/10379680; Dougherty, R. (2018), in: www.thewest.com.au/news/north-west-telegraph/fifo-worries-aired-in-runway-plan-ng-b88959111z; www.miningscout.de/unternehmensnews/pibara-minerals-produziert-erstes-konzentrat-auf-pil-gangoora-2/

M 2 Farbkarte: Pilbara (Nordwestaustralien) – Eisenerzrevier

Farbkarte zum Download:
www.stark-verlag.de/mystark

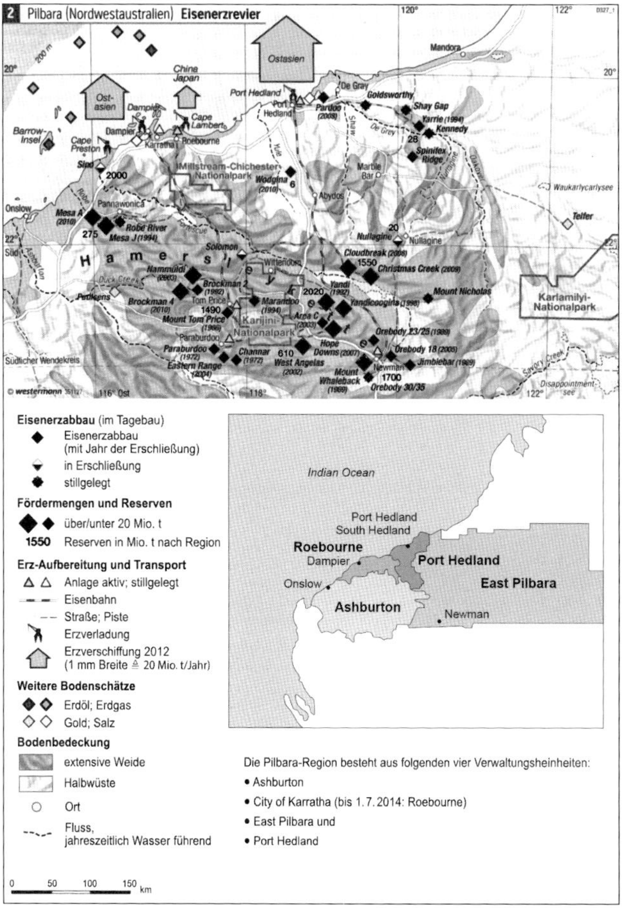

Quellen: Diercke Weltatlas digital und 2015, S. 200, Karte 2; www.landcorp.com.au/Industrial-and-Commercial/Pilbara-Opportunities/Pilbara-Maps/

M 3 Kenndaten Town of Port Hedland, Karratha und Pilbara-Region

	Einheit	Town of Port Hedland		Karratha		Pilbara-Region	
Einwohner							
2009		14 825		21 996		56 578	
2011		15 659		23 634		51 550	
2013		15 976		24 464		66 298	
2016		15 064		22 211		48 228	
Wertschöpfung in ausgewählten Sektoren 2011 / 2013 / 2016	Mrd. AUS-$						
• Bergbau		1,3 / 1,8 / 2,8		5,3 / 4,9 / 7,0		k. A.	
• Produzierendes Gewerbe		0,1 / 0,1 / 0,1		0,1 / 0,1 / 0,1		k. A.	
• Baugewerbe		0,2 / 0,9 / 0,2		2,9 / 2,7 / 0,5		k. A.	
Gesamt		3,1 / 3,5 / 3,8		9,6 / 8,9 / 8,5		k. A.	
Arbeitslosigkeit (Juni)	%						
2011		3,8		2,1		2,1	
2013		4,1		2,3		k. A.	
2016		4,7		2,5		5,3	
Erwerbstätige in ausgewählten Sektoren		**2011**	**2016**	**2011**	**2016**	**2011**	**2016**
• Bergbau		2 170	3 169	3 429	4 299	18 500	29 151
• Produzierendes Gewerbe		472	342	646	449	1 445	1 277
• Baugewerbe		1 547	917	4 067	1 518	8 404	11 212
• Beherbergung und Nahrungsmittel		520	501	718	674	2 467	2 792
• Transport, Post und Lagerwesen		732	1 270	1 028	1 041	2 354	3 102
• Wissenschaftliche, technische und Unternehmensdienstleistungen		246	252	658	463	1 366	2 776
• Gesundheit/Sozialassistenz		554	733	514	662	1 424	1 754
Arbeitsplätze gesamt		8 570	10 005	14 829	13 572	44 956	63 850

Quellen: www.economyprofile.com.au/pilbara/trends/population#table; https://profile.id.com.au/karratha/population-estimate; https://profile.id.com.au/port-hedland/population-estimate; www.economyprofile.com.au/pilbara/trends/jobs#bar-chart; www.economyprofile.com.au/pilbara/trends/jobs; https://profile.id.com.au/wapl/employment-status?WebID=530; Government of Western Australia: Pilbara: a region in profile 2014; www.economy.id.com.au

M 4 Bevölkerungsdiagramme Town of Port Hedland / Australien 2001 und 2016

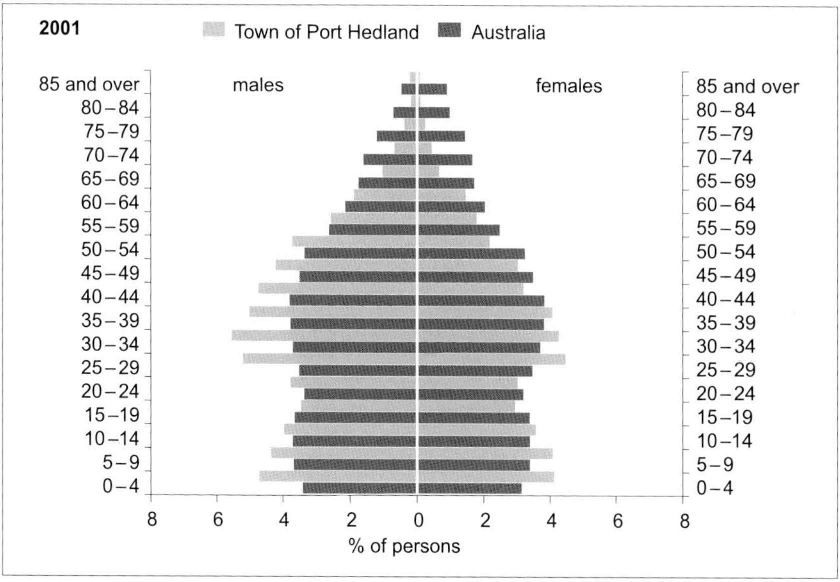

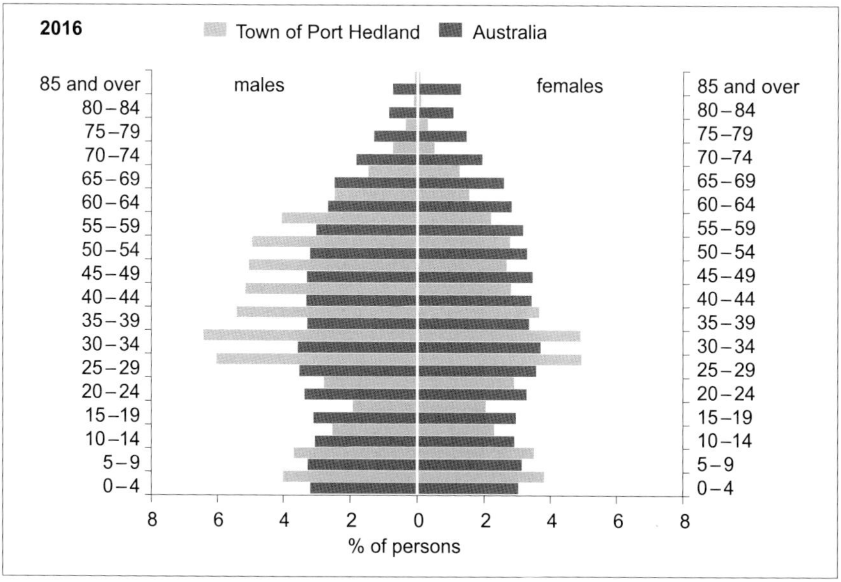

Quelle: https://profile.id.com.au/port-hedland/age-sex-pyramid?BMID=50

M 5 Online-Stellenangebot der Firma Roy Hill (Auszug)

Instandhalter von Bahn-Signalanlagen

Angebot-Nr.: 39475; Vollzeit, unbefristet

Roy Hill, mehrheitlich im Besitz von Western Australia, Arbeitgeber mit außergewöhnlichen Sicherheitsstandards, sucht für unser Eisenbahnteam einen erfahrenen Instandhalter der Signalanlagen.

Roy Hill repräsentiert die nächste Generation integrierter Eisenerzminen, mit Bahn- und Hafenoperationen in der Pilbara Region/Western Australia. Unser Weltklasse-Betrieb ist das einzige unabhängige Eisenerzunternehmen mit einem mehrheitlichen Eigneranteil Western Australias. Roy Hill löst eine neue Welle von Innovationen, Technologie und Know-how in der australischen Eisenerzindustrie aus.
Die in Roy Hills Eigentum befindliche 344 km lange, einspurige Schwerlastbahntrasse verbindet die Roy Hill Mine (340 km südöstlich von Port Hedland) mit Port Hedland. Unsere Bahnabteilung ist ein prominentes Beispiel unserer Innovationen und technologischer Investitionen. Für unsere Bahn-Abteilung suchen wir einen Instandhalter unserer Signalanlagen. Sie werden entweder in der Roy Hill Mine oder in Port Hedland stationiert sein, um auf technische Probleme zu reagieren und Ausfallzeiten zu minimieren sowie die Bahnsignalbestände hinsichtlich ihrer Zuverlässigkeit und Verfügbarkeit zu optimieren.

Ihre Aufgabe ist es, die erforderlichen Wartungsarbeiten effektiv durchzuführen sowie diese allen anderen Signalsystemen zeitlich anzupassen. Ihre Arbeit genügt dabei sehr hohen Qualitäts- und Sicherheitsansprüchen.

Wir erwarten von einem/einer idealen Bewerber*in:
- umfangreiche Erfahrungen in großen Minenprojekten, insbesondere als **Instandhalter von Signalanlagen** im Bahnsektor,
- ein anerkanntes australisches Bahnsignal-Zertifikat oder Äquivalent,
- einen gültigen Führerschein,
- die Western Australian Elektriker-Lizenz A,
- die Fähigkeit, effektiv und selbstständig wie auch im Team zu arbeiten,
- einen dauerhaften Einsatz im Rhythmus 14 Tage Arbeit/10 bzw. 11 Tage dienstfrei; Tag- und Nachtschichten.

Wir bieten:
- attraktive Karrieremöglichkeiten,
- großzügige Bezüge in einem innovativen und dynamischen Umfeld, das Sie zu Bestleistungen befähigt,
- Fly-in-Fly-out zur Mine oder nach Port Hedland von Perth aus.

Roy Hill ist ein Arbeitgeber, der Chancengleichheit fördert und indigene Australier*innen ermuntert, sich zu bewerben.
(veröffentlicht am 26. 10. 2018)

Quelle: https://jobs.royhill.com.au/job/39475/JQ2NPQQ2A/maintainer-signals-i-fifo-to-mine-or-port-hedland (eigene Übersetzung, leicht gekürzt und umstrukturiert)

TIPP **Allgemeine Hinweise zur Lösung der Aufgabe**

Diese Aufgabenstellung aus dem Jahr 2019 bezieht sich auf das **Raummodul 10: Australien und Ozeanien** bzw. folgende inhaltlichen Schwerpunkte:

- demographische Strukturen und Entwicklungen,
- Nutzungsformen und Nachhaltigkeitsprobleme (Landwirtschaft, Bergbau, Tourismus),
- Australiens Rolle in der Weltwirtschaft;

des Weiteren auf folgende Fachmodule:

- **Fachmodul 1: raumprägende Faktoren und raumverändernde Prozesse** (hier: physisch-geographische Faktoren; Grundzüge der naturräumlichen Gliederung; demographische Strukturen und Entwicklungen),
- **Fachmodul 2: Bedeutungswandel von Räumen** (hier: Indikatoren des Entwicklungsstandes und Entwicklungsstrategien; Ursachen und Erscheinungsformen regionaler, internationaler und globaler Verflechtungen; Stellenwert von Räumen in der Weltwirtschaft),
- **Fachmodul 3: Ressourcennutzung und nachhaltige Entwicklung** (hier: (nachhaltige) Ressourcen- und Energienutzung; Entwicklungspotenziale und Perspektiven).

Im Zentrum der Aufgabe stehen die sozioökonomische Entwicklung Port Hedlands, dessen gegenwärtige wirtschaftliche Bedeutung in der Pilbara-Region sowie die Zukunftsperspektiven des dortigen Bergbaus.

Lösungsvorschlag

1 **TIPP** *Anforderungsbereich I, Gewichtung 30 %*

Zur Bearbeitung dieser Aufgabe müssen Sie neben den Materialien M 1 und M 2 unbedingt den Atlas heranziehen. Nutzen Sie entsprechende Karten, um Aussagen zur Lokalisierung sowie zu Boden, Vegetation und Klima in der Region Port Hedland zu machen.
Achtung: Eine Untersuchung der sozioökonomischen Entwicklung der Region wird erst in der zweiten Teilaufgabe verlangt – beschränken Sie sich in der vorliegenden Teilaufgabe auf eine Beschreibung der naturräumlichen Bedingungen.

Pilbara ist eine in **Nordwestaustralien** gelegene Region ungefähr zwischen 20° S und dem südlichen Wendekreis. Sie umfasst die Verwaltungseinheiten Ashburton, City of Karratha, East Pilbara und Port Hedland. Die Stadt Port Hedland befindet sich in **peripherer Lage** direkt am **Indischen Ozean** ungefähr 1 300 km nördlich von Lokalisierung

Perth; die Entfernung zu den Metropolen Melbourne und Sidney sowie zur australischen Hauptstadt Canberra beträgt jeweils über 3 000 km (Diercke Weltatlas 2016, S. 201; M 2).

Relief und Böden

Die küstennahen Bereiche sind flach. Zum Landesinneren steigt das Relief im Bereich der **Hamersleykette** zunehmend an und erreicht Höhen bis über 1 000 m ü. NN. (z. B. Mount Bruce: 1 226 m). An Böden findet man überwiegend graue und zimtfarbene Halb- und Randwüstenböden mit **geringer Fruchtbarkeit** vor, des Weiteren etwas fruchtbarere rotbraune und rote Böden der Trockensavannen und Trockenwälder. Deren Nutzbarkeit ist jedoch wegen des **gebirgigen Reliefs** eingeschränkt. Allgemein sind die Böden der Region von Ausblasung durch Wind und Skelettierung betroffen (Diercke Weltatlas 2016, S. 201, 257; M 2).

Klima und Hydrologie

Aufgrund der Lage nördlich des südlichen Wendekreises ist die Region den **Tropen** zuzurechnen; die jährlichen Niederschläge sind jedoch gering (250–500 mm). Nach NEEF kann man von einem **trockenen Passatklima** sprechen. Die Sommertemperaturen liegen über 30 °C.
Die Region queren mehrere in den Indik entwässernde **Flüsse**, die jedoch wegen der geringen Niederschläge **nicht ganzjährig Wasser führen** (Diercke Weltatlas 2016, S. 202.3, 248.1; M 2).

Landwirtschaftliche Nutzbarkeit

Wegen der geringen Niederschläge, des steilen Reliefs und der schlechten Bodenfruchtbarkeit ist das Potenzial für eine landwirtschaftliche Nutzung grundsätzlich gering; lediglich **extensive Weidehaltung** ist teilweise möglich. Einige Regionen wurden als **Nationalparks** ausgewiesen (Karlamilyi-Nationalpark, Millstream-Chichester-Nationalpark, Karijini-Nationalpark; M 2).

Bodenschätze

In der Region gibt es sehr große **Eisenerzvorkommen** entlang der Flüsse Robe und DeGrey, v. a. aber im Bereich der Hamersleykette. Der Abbau erfolgt seit den 1960er-Jahren im Tagebau. Einige Minen wurden inzwischen bereits stillgelegt, aber neue sind in Erschließung. An **weiteren Bodenschätzen** sind zu finden: Salz bei Port Hedland und Karratha; Gold bei Paulsens und Telfer; Lithium bei Marble Bar; Niob und Tantal ca. 200 km südlich von Port Hedland. Im Offshore-Bereich befinden sich auch Erdöl- und Erdgasvorkommen (Diercke Weltatlas 2016, S. 202; M 1, M 2).

Besiedelung

Im Zuge der **Kolonialisierung** erfolgte eine **inselhafte Besiedlung durch die Europäer** ab 1850–1875, v. a. aber seit Beginn des Erzabbaus in den 1960er-Jahren im Bereich der Küste (Port Hedland, Karratha, Dampier), teils auch im Landesinneren in direktem Bezug zum Erzabbau. Aufgrund der ungünstigen naturräumlichen Bedingungen war jedoch keine flächenhafte Besiedlung möglich; das Landesinnere ist weitgehend unbewohnt (Unterrichtswissen; Diercke Weltatlas 2016, S. 200.1; M 1).

Fazit

Die ungünstigen naturräumlichen Bedingungen, v. a. Klima und Böden, hemmen die Entwicklung der Region Port Hedland. Die wirtschaftliche Nutzung ist eng gekoppelt an die Eisenerzvorkommen.

2 **TIPP** *Anforderungsbereich II, Gewichtung 40 %*

Diese Teilaufgabe aus dem AFB II ist recht komplex: Sie sollen zunächst die sozioökonomische Entwicklung der Stadt Port Hedland untersuchen. Bedenken Sie, dass der Begriff „sozioökonomisch" nicht nur Aspekte des wirtschaftlichen Handelns, sondern u. a. auch soziale, demographische und räumliche Indikatoren umfasst – beziehen Sie Ihre Ausführungen also keinesfalls nur auf den Bereich Wirtschaft! Dagegen ist im zweiten Teil der Aufgabenstellung nur eine Erläuterung der ökonomischen Bedeutung von Port Hedland innerhalb der Pilbara-Region gefragt. Achten Sie darauf, dass Sie die Ergebnisse Ihrer Materialanalyse sinnvoll verknüpfen. Sie sollten z. B. Aussagen zur Einwohnerentwicklung in M 3 in Beziehung setzen zu den Bevölkerungsdiagrammen in M 4. Auch ist es wichtig, sich vorher eine Struktur der Antwort zu überlegen; diese können Sie optisch z. B. in Form von Zwischenüberschriften kennzeichnen.

Entwicklung der Stadt Port Hedland

Zunächst lebte im Bereich der heutigen Stadt Port Hedland die indigene Bevölkerung, bevor sich v. a. im Zeitraum 1850–1875 **europäische Siedler** entlang des Küstenstreifens niederließen. In den **1960er-Jahren** begann man mit dem **Eisenerzabbau** in Goldsworthy im Osten von Port Hedland; diese Mine ist heute bereits stillgelegt. In der Folge wurden zahlreiche Minen im Bereich der Hamersleykette erschlossen, eine Bahnlinie nach Port Hedland wurde errichtet, Verladeanlagen wurden gebaut, zahlreiche Global Player des Erzabbaus haben Standorte in Port Hedland, z. B. Fortescue Metals Group, Roy Hill, BHP Billiton (Diercke Weltatlas 2016, S. 200.1; M 1, M 2).

Analyse der Einwohnerzahlen und Arbeitsplätze

In Port Hedland war nach Aufhebung des Embargos gegen Japan in den 1960er-Jahren eine starke **Zuwanderung von Arbeitssuchenden** zu verzeichnen. Seitdem schwankt die Einwohnerzahl der Stadt um ca. 15 000 Einwohner*innen, Port Hedland ist damit nach Einwohnern die zweitgrößte Stadt der Region (M 1, M 3).
Eine genauere Analyse der Bevölkerungsentwicklung Port Hedlands zeigt, dass die Anzahl der Einwohner*innen von 2009 bis 2013 um gut 1 000 Menschen angestiegen ist; zuletzt ist deren Anzahl von 15 976 (2013) auf 15 064 (2016) jedoch wieder zurückgegangen. Der

Trend zu sinkenden Einwohnerzahlen im Zeitraum 2013–2016 ist auch in Karratha und der gesamten Pilbara-Region festzustellen (M 3). In Port Hedland lebte 2016 knapp ein Drittel der gesamten Bevölkerung der Pilbara-Region, in Port Hedland und Karratha zusammen sogar 77 % (M 3). Dies ist ein Hinweis auf große **Disparitäten** zwischen den wenigen Küstenstädten und dem nahezu unbewohnten Hinterland.
Auffällig ist der **Männerüberschuss** in Port Hedland im Vergleich zu Gesamt-Australien; dieser Überschuss hat sich zwischen 2001 und 2016 sogar noch verstärkt. Dafür gibt es im Verhältnis zu Gesamt-Australien kaum ältere Menschen sowie wenig Kinder und Jugendliche (M 4) – vermutlich fehlt es an entsprechender Infrastruktur für diese Altersgruppen (Ärzte, weiterführende Schulen/Unis usw.).
Trotz des oben erwähnten Bevölkerungsrückgangs kam es zu einem **Anstieg der Anzahl der Arbeitsplätze** zwischen 2011 und 2016 um 1 400 Arbeitsplätze. Dabei dominierte der **Bergbau** (hier waren 2016 knapp ein Drittel aller Erwerbstätigen beschäftigt). Auch die Sektoren Transport/Post/Lagerwesen (besonders wichtig für einen Hafenstandort!), wissenschaftliche/technische und Unternehmensdienstleistungen sowie Gesundheit/Sozialassistenz konnten zulegen.
Die meisten Erwerbstätigen werden per **Fly-in-Fly-out** aus anderen Regionen Australiens eingeflogen (M 1, M 3).

Ökonomische Bedeutung innerhalb der Pilbara-Region

Die Hafenanlage in Port Hedland ist sehr bedeutend für die Verschiffung des Erzes nach Ostasien – in M 1 ist die Rede davon, dass im Durchschnitt einmal pro Woche eine Mio. Tonnen Eisenerz verschifft wurde. Port Hedland ist der **größte Exporthafen für Schüttgut der Welt**, es gibt auch schon weitere Ausbaupläne für neue Anlegeplätze (M 1, M 2).
Im **Vergleich zu Karratha** leben jedoch weniger Einwohner*innen in Port Hedland und es gibt hier auch weniger Arbeitsplätze: In Port Hedland befinden sich 15 % aller Arbeitsplätze der Region, in Karratha jedoch 21 % (M 3). Dies zeigt, dass Port Hedland nicht das alleinige wirtschaftliche Zentrum der Pilbara-Region ist.
Die grundsätzliche **wirtschaftliche Monostruktur** mit der **Dominanz des Bergbaus** bringt es des Weiteren mit sich, dass Port Hedland stark abhängig ist von der Nachfrage und der wirtschaftlichen Entwicklung in Ostasien bzw. weltweit. Konjunkturelle Einbrüche bei den Abnehmern des Erzes in (Ost-)Asien treffen Port Hedland deshalb besonders schwer und hemmen auch die weitere (sozio)ökonomische Entwicklung.

3 **TIPP** *Anforderungsbereich III, Gewichtung 30 %*

Bei einer solchen Beurteilungsaufgabe können Sie für Ihre Stoffsammlung und als gedankliche Strukturierungshilfe auf das „Dreieck der Nachhaltigkeit" zurückgreifen (auch wenn dies in der Aufgabenstellung natürlich nicht explizit gefordert wird). So vermeiden Sie es, einzelne Aspekte zu vergessen.

Positive Perspektiven

Ganz offensichtlich sind die **Eisenerz-Reserven** in der Region bei Weitem noch **nicht erschöpft**, da fortwährend neue Abbaustätten erschlossen werden. In M 2 ist als letztes Datum der Eröffnung einer neuen Mine das Jahr 2010 angegeben. Doch auch in jüngster Zeit wurden **neue Minen** errichtet, z. B. eröffnete Rio Tinto im Jahr 2022 die Mine Gudai-Darri mit zahlreichen technologischen Innovationen (Einsatz von künstlicher Intelligenz und Robotern, autonom fahrende Maschinen und Züge usw.; M 2, Unterrichtswissen).
In Verbindung mit dem Eisenerz-Abbau entstanden und entstehen **zahlreiche, gut bezahlte Arbeitsplätze** (M 1, M 2, M 5).
Neben Eisenerz gibt es offenbar auch **abbauwürdige Vorkommen an Gold, Salz und Lithium**. Auch diese Bodenschätze werden per Schiff zu ihren Abnehmern transportiert, was den Fortbestand des Hafenstandorts Port Hedland weiter sichert (M 1, M 2).
Generell scheinen schwankende Weltmarktpreise auf den Abbau wenig Einfluss zu haben (vgl. M 1, Z. 35 ff.). Die im Zuge der Ukrainekrise 2022 **gestiegenen Weltmarktpreise** für Eisenerz liefern sogar weitere Anreize zum Abbau.

Negative Perspektiven

Ganz egal, wie groß die Reserven auch sein mögen: **Rohstoffe wie Eisenerz sind endlich**, die Lagerstätten irgendwann ausgebeutet. Einige Gruben wurden bereits stillgelegt, v. a. im Nordosten der Pilbara-Region (M 2).
Die Wirtschaft Port Hedlands wie auch der Pilbara-Region ist **einseitig auf den Bergbau** mit anschließendem Export nach Ostasien, China und Japan ausgerichtet (M 2). Bei zu geringen Weltmarktpreisen oder wirtschaftlichen Krisen in den Importländern in Verbindung mit einem Anstieg der Transportkosten, wie zuletzt im Zuge der Coronapandemie geschehen, könnte der Erzabbau zurückgefahren werden. Außerdem **hemmt die Dominanz des Bergbaus** eine (notwendige) **Diversifizierung der Industrie**.
Im Zuge der zunehmenden **Technisierung, Automatisierung und Robotisierung** entfallen viele Arbeitsplätze bzw. die Tätigkeiten können zunehmend von Perth oder anderen Regionen Australiens ausgeführt werden, was die Arbeitsmöglichkeiten vor Ort weiter schmälert (M 1, Unterrichtswissen).
Die **Arbeitskräfte**, die vor Ort verbleiben, sind nur zeitweise anwesend („Fly-in-fly-out-Erwerbstätige", M 1, Z. 27) und somit **kaum**

in die Gemeinde vor Ort integriert. Sie tragen nichts dazu bei, z. B. durch soziales Engagement, die Lebensbedingungen in den Orten zu verbessern. Im Gegenteil haben die Angestellten der großen Konzerne durch die gezahlten hohen Löhne (vgl. M 1, M 5) eine **hohe Finanzkraft** und treiben somit die Preise fürs Wohnen in die Höhe. In der Folge können sich viele Einheimische eine eigene Immobilie nicht mehr leisten, was **Abwanderungseffekte** in andere Regionen Australiens nach sich ziehen kann.
Häufig empfinden es die Fly-in-Fly-out-Beschäftigten als sehr belastend, immer wieder lange Zeit von ihren Familien getrennt zu sein und in einer abgeschiedenen Umgebung leben zu müssen. **Psychische Probleme**, Alkoholsucht, Übergewicht usw. können mögliche Folgen dieser Arbeitsweise sein.
Die **indigene Bevölkerung** der Region ist in einer schwierigen Lage: Mehr Minen bedeuten auch eine Zerstörung ihrer Kultur. Immer wieder gibt es deshalb **Konflikte mit den Behörden**, z. B. sollten indigene Heiligtümer im Bereich des Hafens von Port Hedland von der staatlichen Schutzliste gestrichen werden. Dass dies gerichtlich untersagt wurde, ist einerseits ein Sieg für die Aborigines, andererseits könnte dies die weitere wirtschaftliche Entwicklung des Hafenstandorts gefährden, der ohnehin schon durch die natürlichen Gegebenheiten (flaches Hafenbecken, starke Gezeitenströmungen) eingeschränkt ist (M 1).
Das Errichten von Minen und Bahnstrecken in der wüstenartigen Landschaft **gefährdet** neben den Kultstätten der indigenen Bevölkerung auch **das fragile Ökosystem** und ist generell für eine mögliche Ausweitung des Tourismussektors, der vielleicht eine Alternative zur Beschäftigung im Bergbau sein könnte, nicht förderlich.

Generell überwiegen die negativen Aussichten für Port Hedland und die Pilbara-Region. Allerdings mangelt es an echten Alternativen. So erscheint eine enorme Entwicklung des Tourismus angesichts der peripheren Lage und der nicht vorhandenen touristischen Infrastruktur nicht realistisch. Auf absehbare Zeit wird die Pilbara-Region also wohl vom Bergbau abhängig bleiben. Fazit

Abiturprüfung 2023
Erdkunde Niedersachsen

Um Ihnen die Prüfung 2023 schnellstmöglich zur Verfügung stellen zu können, bringen wir sie in digitaler Form heraus.

Sobald die Original-Prüfungsaufgaben 2023 freigegeben sind, können sie als PDF auf der Plattform **MyStark** heruntergeladen werden (Zugangscode vgl. Innenseite des Umschlags).

Aktuelle Prüfung

www.stark-verlag.de/mystark